CONTEMPORÁNEA

Manuel Vázquez Montalbán es poeta, periodista y novelista. La política y la crítica social es constante en su obra, aliñadas con elementos de la cultura popular. Manuel Vázquez Montalbán tiene más alcance como narrador. Recibió el Premio Nacional de Literatura en 1991 por la novela *Galíndez* sobre el asesinato del político en la República Dominicana; el Premio Planeta que concede la editorial del mismo nombre, el internacional de Literatura Policiaca en Francia y el Premio de la Crítica. Guionista de su novela *El laberinto griego* para la cinta dirigida en 1993 por Rafael Alcázar. Autor de numerosos artículos periodísticos y también de una antología de la canción popular española hasta 1975. Como periodista, colabora en revistas y diarios con artículos sobre la actualidad española: *Hermano Lobo*, *Triunfo*, *El País*, *Interviu*, *La Vanguardia*, son algunos medios en los que ha publicado. Entre su extensísima obra destacan: *Una educación sentimental* (1967), *Movimientos sin éxito* (1969), *A la sombra de las muchachas sin flor*, *Coplas a la muerte de mi tía Daniela* (1973), *Praga* (1982); la recopilación *Memoria y deseo* (1986) y *Pero el viajero que huye* (1991); *Recordando a Dardé* (1969), *El pianista* (1985), *Los alegres muchachos de Atzavara* (1987), *Cuarteto* (1988), *Pasionaria y los siete enanitos* (1995), *Un polaco en la corte del rey Juan Carlos* (1996), *Erec y Enide* (2002) y el ciclo de novelas policiacas que protagoniza el detective Pepe Carvalho, entre las que destacan *Yo maté a Kennedy* (1972), *Tatuaje* (1975), *Los mares del sur* (1978), *Asesinato en el Comité Central* (1981), *La rosa de Alejandría* (1984), entre otras.

MANUEL VÁZQUEZ MONTALBÁN

Los alegres muchachos de Atzavara

DEBOLS!LLO

Diseño de la colección: Depto. de diseño de Random House Mondadori
Fotografía de la portada: © William Vandderson/Hutton Getty

Primera edición: mayo, 2003

Printed in Spain – Impreso en España

ISBN: 84-9759-620-X (vol. 511/2)
Depósito legal: B. 17.258 - 2003

Compuesto en Fotocomposición: 2000, S. A.

Impreso en Liberdúplex, S. L.
Constitució, 19. Barcelona

P 8 9 6 2 0 X

Traversare la strada per scappare de casa lo fa solo un ragazzo.

Cesare Pavese, *Lavorare stanca*

I

LA IRRESISTIBLE ASCENSIÓN DE VICENTE BLESA

Mi familia, los Muñoz González, fue una de las primeras en meterse en los bloques de La Fabriqueta y al decir mi familia no hablo sólo de mis padres y hermanos, sino de mis tíos de Loja y de mis primos de Guadix que se fueron viniendo detrás nuestro y casi ocupamos todos juntos un bloque completo. Yo llegué aquí con once años y he visto cómo se ocupaban los bloques construidos y cómo se construían otros y a mí esto me va y sólo cambiaría los bloques de La Fabriqueta por una casa con piscina. Aquí me he criado, aquí encontré a mi novia, hoy día mi señora y madre de mis dos hijos, Margot y Papet, Margarita y José en realidad, pero su madre se ha empeñado en que llamemos Margot a la niña que quiere ser bailarina y yo le llamo Papet al niño porque tiene cara de llamarse Papet y porque Papet fue el primer nombre de chico que aprendí en catalán recién llegado del pueblo yo y más bruto que un pedazo de carne bautizada. Se lo digo yo a quien sea y no sólo aquí, en Catalunya, sino en Madrid si hiciera falta.

—Cuando yo llegué a Barcelona era sólo un pedazo de carne bautizada y aquí me he hecho un hombre.

Y no es que aquí le regalen nada a nadie, porque son muchos los que se creen que aquí atamos los perros con longanizas y están muy equivocados, pero es que muy equivocados y sobre todo en estos últimos diez años ganarse las judías en Catalunya ha sido muy difícil, si querías hacerlo con dignidad y honradez. Mi familia llegó de Andalucía en los años mejores, en los sesenta y eso nos dio ciertas ventajas, como encontrar trabajos fijos que más o menos hemos conservado, aunque yo he tenido que cambiar dos veces desde que volví de la mili, pero me defiendo con una furgoneta que alquilo a distintos almacenes de Hospitalet y les hago los repartos por Barcelona, todo incluido: yo cargo, selecciono, descargo y llevo la contabilidad. En toda la zona que comprende Hospitalet, La Fabriqueta y Bellvitge no hay otro repartidor como yo, eso lo saben todos y el trabajo me sobra, aunque no tengo horas para mí. Ni falta que me hacen. El trabajo es duro pero distraído y no deja tiempo para pensar en chorradas, que por ahí vienen buena parte de las desgracias de los hombres: pensar demasiado, no hacer nada, tener las manos desocupadas y la cabeza libre. Eso lo digo yo donde sea y ante quien sea, porque hay mucho vago apalancado que está en el paro, en el paro esquelético como le digo yo porque lo que tienen parado es el esqueleto y luego se arrastran por ahí quejándose de todo, dándose mala vida a sí mismos y a los demás. Si ellos se quieren hundir que se hundan, pero que no arrastren a los inocentes, a su familia, de la que son responsables.

En La Fabriqueta hay de todo, pero la gente ha cambiado y no para mejorar. Al principio había trabajo para todos y la gente prosperaba. Todos empezamos comprándonos una nevera eléctrica a plazos, después la lavadora, luego el coche de segunda mano y mi familia se compró una parcela en una montaña de Vallirana, cerca de Barcelona, pero lejos de todo, en el quinto pino. No la hemos construido porque en seguida llegaron los gastos: las milis, la boda de mi hermano mayor, la mía. A veces mi padre y mi madre se van para allí con el viejo Seat, una mesa plegable, dos sillas y se hacen un arroz bajo los pinos, en el solar vacío y hablan y hablan sobre cómo será la casa cuando cambien los tiempos y todos los hermanos podamos ayudar a construir el chalet. Los viejos también sueñan. Yo a veces he querido envejecer de pronto, rápido, para no tener deseos, para resignarme con lo que soy y con lo que tengo. Pero a medida que me hago mayor me doy cuenta de que es una esperanza inútil: siempre se tienen deseos y, lo peor, deseos que jamás podrás satisfacer. Pero yo trampeo bien mis propios fracasos y no me puedo quejar a la vista de cómo le va a otra gente, no ya de la más joven, que se muere de asco, de lepra o de cosas peores que tanto abundan en La Fabriqueta. Incluso entre la gente de mi edad hay mucho derrotado sin trabajo y con muchas ganas de quejarse. Han visto demasiadas películas, demasiada tele y les han comido el coco. Los más jóvenes se pasan el día pendientes de las últimas canciones, de las últimas modas y tienen también sus sueños imposibles. No hace mucho puse la radio de la camioneta y escuché una canción que me dio que pensar. Una criaja sin casi voz, pero muy agradable la poca que tenía, cantaba una canción en la que decía que cuando se metía en la bañera de su casa era como estar en Hawai o Bombay. Se lo conté a mi mujer y Margot, que parece que no está en los sitios pero que lo oye todo, saltó y nos dijo:

—Es una canción de Mecano. Se llama *Hawai, Bombay...*

Y la cantó. Entera. Margot tiene una voz muy bonita y el cuerpo también muy bonito, dice mi mujer, por eso quiere que sea bailarina. Yo no me fijo en el cuerpo de mi hija porque los padres no debemos mirar el cuerpo de las hijas, que luego vienen los malos pensamientos y esas historias que te ponen la piel de gallina y que pueden pasar a pocos metros de distancia, aquí mismo, en La Fabriqueta. Hay mucho preñado de chica soltera que se convierte en secreto de familia, porque el autor del preñado es el propio padre o un hermano o un tío. Yo antes que hacer una barbaridad así me la corto, pero por si acaso más vale no dar pie a las malas pasiones en unos tiempos en que es tan fácil equivocarse y tan difícil salir de los pozos cuando te caes en ellos. Mi padre me lo tenía muy dicho desde pequeño:

—Hay que ir recto en la vida. No porque lo digan los curas o los guardias. Sino por ti mismo. Cuando un rico se cae, todo le ayuda a levantarse. Cuando un pobre se cae, todo se le cae encima.

El ejemplo de tantos chicos de mi edad que empezaron robando un coche por vacilar o fumándose un canuto por fardar y que luego han sido carne de cárcel y entran y salen de la

Modelo como yo entro y salgo de mi furgoneta, me ha vacunado y me ha hecho receloso ante las conductas estrafalarias. El que quiera líos que se los busque y el que esté en ellos, que salga como pueda, yo le tenderé una mano, pero no tanto para que me la coja y me arrastre al fondo con él. No es que haya vivido demasiado para ser tan precavido, es decir, la vida no me ha escarmentado como a otra gente, sino el espectáculo de la vida de los demás. De hecho sólo he salido de La Fabriqueta para hacer el servicio militar en Valencia y algunos viajes en verano al pueblo de mi familia y muy especialmente aquellos días que pasé en Atzavara con Vicente y sus amigos, sin duda los días más raros de mi vida. Pero ya en la mili tuve una experiencia que me hizo abrir los ojos y aún los llevo bien abiertos. Me tocó hacerla poco antes de la muerte de Franco, cuando todo el mundo hablaba de democracia y el primer domingo de campamento un sargento hijo de la gran puta nos dijo en un tono campechano:

—Como ahora estamos con eso de la democracia, los que no quieran ir a misa que se queden, que algo bueno tendrán que hacer, por ejemplo, escribir a la novia.

Exactamente eso dijo: ... por ejemplo, escribir a la novia. No es que yo sea un ateo, algo debe haber que haya creado todo lo que existe, pero no soy de iglesia ni de curas, aunque cuando era jovencillo me iba hasta el Centro Católico más próximo a jugar a ping-pong y a baloncesto. Por eso me quedé con otros diez, algunos de ellos chicos de cultura, con estudios y sus ideas, ingenuos de nosotros, pensando que el sargento había obrado de buena fe. No bien se habían marchado nuestros compañeros, nos hizo formar en el patio y nos dijo:

—Conque vosotros sois los demócratas que no vais a misa, muy bien, muy bien. El trabajo nos ayudará a santificar las fiestas. Mirad ese montón de arena. Quiero que la metáis en bidones.

Llenamos los bidones de arena y entonces el tío se rió como un sádico, desde la chulería de la mierda de galones que llevaba y los tacones postizos de su grado y se fue a por los bidones y los volcó, tal como lo digo, los volcó, después del trabajo que nos había dado llenarlos.

—Fijaros cómo ha quedado el patio. ¿Habrá que barrerlo, no? Digo yo.

Y lo barrimos. Pero al domingo siguiente el hijo de la gran puta no nos pilló y cuando empezó con el rollo de la democracia todos nos fuimos a misa, que al menos en la iglesia se estaba fresquito y uno podía pensar en las cosas que había dejado en casa, que tanto añoraba y que tanto tardaría en recuperar. Con el tiempo se olvidan los malos momentos, salvo cuando son producto de cabronadas de mal lechero como la que acabo de contar y por eso yo tengo un recuerdo bastante bueno de la mili y aún me carteo con un maestro de Sevilla que era muy rojo y trató de mantener el tipo frente al sargento, pero yo le cogí por mi cuenta y le dije:

—Mira, chico, ya te lo han dicho. Aquí los cojones hay que dejarlos en la puerta de entrada. Este mulo estaba aquí antes de que tu llegaras y seguirá aquí dentro de veinte años. Ésta es su pocilga y nosotros estamos de paso. Cuanto antes salgamos, mejor.

Me hizo caso y a veces me lo recuerda por carta y eso que ya han pasado muchos años de todo aquello, casi tantos como de mi excursión a Atzavara en el verano de 1974. Mi mujer dice que sólo hablo de la mili o de la excursión a Atzavara. ¿De qué voy a hablar con ella? Un hombre ha de tener vida privada que por respeto no debe contarle ni a su propia mujer, diría más aún, menos que a cualquier otra persona, a la propia mujer, porque las mujeres hoy en día no son como en tiempos de mi madre que aceptaban que el marido viviera su vida sin salirse ellas en cambio del raíl. Las mujeres hoy en día están a la que salta y en cuanto el marido hace la más mínima, ellas la hacen doble y nosotros no somos de la pasta de nuestros padres a los que les bastaba lanzar una mirada para que a nuestras madres se les cayeran las bragas. Nosotros somos más blandos y se nos suben a las barbas, por eso hay que gritar tantas veces y cada vez más alto. En cambio a mi padre le bastaba decir: por aquí y todos íbamos por allí. Luego ya podrías discutir con él todo lo que quisieras, pero primero se hacía lo que él decía y era una norma, porque mi padre era una persona justa y nunca mandaba tonterías. Si hablo siempre de la mili es porque fue cuando estuve más tiempo fuera de casa y cuando conocí a gente más diferente, aunque después de la experiencia de Atzavara ya no diré la más rara. Gente rara la hay en todos los niveles y desde muy jóvenes, desde muy niños incluso ya les adivinas que van a ser más raros que la madre que les parió. Mi chico, por ejemplo, el Papet, es un bendito y más normal que pegarse un pedo, pero en cambio la Margot es más reconcentrada que la leche condensada y cuando tú vas, ella ya viene, y a mí me da miedo que sea así, porque este tipo de personas a veces destacan por encima de los demás y les salen bien las cosas, pero a otras esa misma diferencia que llevan dentro las distancia de los demás, de su familia, de su gente y acaban siendo unos extraños y a veces unos maleantes. Sin ir más lejos, tengo yo una prima segunda que vive en el bloque 23, séptima escalera, que desde chica parecía un portento, hasta escribía versos y ganaba premios en todos los concursos escolares de Hospitalet, Bellvitge y La Fabriqueta. Pero en cuanto echó tetas y se creyó una mujer más lista que sus padres y que todos los demás juntos de la familia, ya no hizo una buena. Porros, robos de motos, coches y lo que no quiero ni imaginarme porque me duele imaginarme las desgracias más sucias, sobre todo cuando las viven los miembros de mi familia, aunque sea lejana, como en este caso.

Igualito, igualito al suyo es el caso de Vicente que llegó a La Fabriqueta ya a punto de acabar los sesenta y no encajaba el tío, porque para empezar ya no encajaba su familia, ni su padre, ni su madre. Nadie sabía en qué estaba empleado el padre, pero se levantaba a las diez de la mañana y se iba a trabajar y ya me dirán qué trabajo decente empieza a las once de la mañana. Y la madre se las daba de señora en un barrio en el que nadie puede dárselas de señora, porque aquí nos conocemos todos y sabemos que los señores jamás han vivido y jamás vivirán en un barrio como La Fabriqueta o Bellvitge u Hospitalet, y aun Hospitalet es diferente, porque se dice que hace muchos años era una ciudad despegada de Barcelona y dentro de ella pues había lo mismo que en Barcelona, ricos y pobres, señores y trabajadores. Pero ahora todos somos lo mismo y habrá a quien le vaya mejor que a otros e incluso gente de pasta, de pasta larga y gansa, pero señores no, de eso nada. Pues la madre de Vicente se las daba de señora y cuando iba a la compra ya llevaba las uñas pintadas y siempre parecía recién salida de la peluquería y más pintada que la Gunilla von Bismarck, esa de la jeta society de la que tanto hablan sin que nadie sepa por qué. Y el chico pues tres cuartos de lo mismo. Parecía un chulo de barrio de película norteamericana. Ahora en verano, los chicos llevan esos chalecos sin nada debajo que a mí me parecen cosas de *trincharaire*, de golfo de poca monta, pero dicen que es la última moda. Pues bien, Vicente ya iba así hace veinte años, como si fuera uno de los golfos de *West Side Story*, pero sin ser golfo, es decir, como un señorito voluntariamente disfrazado de golfo y en plan provocador. Además el tío «estudiaba». Y cuando decía lo que estudiaba es que en el barrio nos descojonábamos. Estudiaba «ballet moderno», es decir, ese ballet que entonces sólo bailaba Gene Kelly, aunque mi madre decía que mejor que Gene Kelly había sido Fred Astaire, un tío con aspecto de bacalao muerto de hambre que bailaba como un ángel. Pero a pesar de que era más cursi que un guante y hablaba sin acento catalán ni andaluz, ni nada que se le pareciera y caminaba como un torero, Vicente se hizo respetar porque tenía músculos y cuando alguien se pasaba en la chacota, le arreaba dos leches duras, dos leches de esas que hacen daño y bien dirigidas a donde más daño pueden hacer. Además era un tipo generoso que cuando tenía un duro se lo gastaba con todos y por lo tanto se hizo apreciar y le dejábamos que bailara lo que quisiera porque cada cual es cada cual y también los hay que se dedican a criar periquitos. Yo me hice su amigo y me engrescó para que fuera con él a un gimnasio de Hospitalet porque yo tengo buena percha y buenos músculos, que ya me viene de mi padre, y además he trabajado siempre con las manos y no sé lo que es estarme quieto en una silla. Pero también soy algo cargado de espaldas, como mi tío José que es un tiarrón cuando se pone tieso, pero cuando se abandona, camina como el Quasimodo, el jorobado más jorobado que nunca ha existido, según cuenta mi madre que ésa ha visto poco mundo, pero para nada lo necesita, porque tiene una cabeza llena de películas y de novelas y de ahí saca todo lo que sea. Vicente me llevó al gimnasio y me recomendó una tabla con poleas para endurecer los músculos de la espalda y era un espectáculo verle a él, en slip, la hostia, era una colección completa de músculos, allí estaban todos, como un catálogo, ya podía ser pequeño ya, el músculo, que allí estaba y bien destacado.

—Macho, tienes un cuerpo que parece un maniquí de esos de las farmacias.

Pues no estaba satisfecho el tío con su armadura y trabajaba sobre todo los bíceps y los tríceps ante el espejo del gimnasio, con pesas de ocho y diez kilos en cada mano, dale que te pego, bíceps, tríceps, bíceps, tríceps, uao, uao, bíceps, tríceps, con los ojos obsesivos como un torito y los labios apretados para que no se le descontrolara la respiración, se le escapara el aire y se le deshincharan los músculos. Digo yo.

—Tener los brazos fuertes es muy importante en el ballet. Has de hacer cabriolas y levantar a las bailarinas y hay que hacerlo como si no te costara el menor esfuerzo. Como si levantaras una pluma. ¿Quieres probar lo del ballet moderno?

—Tú baila *La Traviata*, si te da la gana. Pero a mí no me líes. Primero que no me va y me echaría a reír de mí mismo en cuanto diera un paso. Segundo que yo le digo a mi padre que me voy a aprender ballet y de la hostia que me da me pongo a dar más vueltas que el Nureyev y ya no paro.

Exageraba, porque mi padre no me habría dado ninguna hostia, pero sí me habría mirado como a un desgraciado, porque más de una vez le he oído decir que los artistas son muy especiales y que él los respeta, pero que el que se dedica a artista ha de convivir con el vicio y no todos acaban bien. Y además a mi padre le irrita hasta que finjamos ser maricones en broma.

—Se empieza en broma y se acaba en serio.

Y para él un bailarín siempre tiene algo de afeminado.

—Pues fíjate en Vicente. Es bailarín y no hay quien le tosa con lo bestias que somos todos en La Fabriqueta.

—La excepción confirma la regla.

Cuando mi padre dice: La excepción confirma la regla, no hay más que añadir, primero porque la frase siempre me ha parecido misteriosa y como incontestable. Es una de esas frases que no pueden contestarse. Hay otras cuatro o cinco, pero ahora no me acuerdo bien de cómo son.

A pesar de que Vicente quería ser bailarín, en casa se le aceptaba bien y mi madre incluso decía que era el más «persona» de mis amigos.

—Siempre va limpio, huele bien y es muy educado. A ver si aprendes.

Normalmente, si mi madre me hubiera hablado así de cualquier otro, yo le habría cogido manía, porque no me gusta que me pasen por los morros las virtudes de los demás, al tiempo que sirven para poner en evidencia mis defectos, pero en el caso de Vicente lo aceptaba bien, porque era un tío legal que me caía de puta madre de bien. Y además me tenía con la boca abierta porque planeaba su futuro en un tono de voz que parecía irrebatible. No soñaba en voz alta, sino que lanzaba profecías sobre sí mismo con la seguridad de la mejor pitonisa del mundo.

—Primero me meteré en compañías de revista españolas, las que pueda, para foguearme y para ganar algún duro. Siempre va bien además conocer la gente. Cada oficio tiene sus reglas y gentes que cortan el bacalao. Las relaciones son muy importantes. Mientras tanto iré buscando una posible pareja y un show, un show que sea mío, personal.

—¿Qué es un show?

—Es como una actuación pero no a lo loco, no bailar por bailar siguiendo una música, sino con algún argumento. ¿Tú has visto *Cantando bajo la lluvia*? No. ¿*West Side Story*? Pues recuerda el número de los portorriqueños cuando cantan la canción dedicada a América, lo que bailan cuenta algo, cuenta lo que están diciendo en la canción.

—¿Te buscarás una tía cojonuda para la pareja de baile?

—No sé. Eso depende también de mis características. Yo tengo un baile bastante atlético, más a lo Gene Kelly que a lo Fred Astaire. A Gene Kelly le iban mejor las parejas masculinas que las femeninas. En cambio a Fred Astaire no. Yo tengo un baile demasiado masculino para compartirlo con una mujer, aunque siempre tiene más gancho bailar con una mujer. He de pensármelo.

Todo lo demás estaba escrito en su cabeza. Alguna turné por Europa y América Latina para foguearse. Luego Miami, que para cualquier latino, dijo, es la puerta de entrada en Estados Unidos. Nueva York. Las Vegas. Hollywood. Me hizo ver tres veces *La cuadrilla de los once* que la ponían en un cine de Hospitalet y el tío se sabía de memoria todo lo de Las Vegas y hasta me hizo ver algo en lo que yo no había podido caer porque lo desconocía. Cuando Sinatra y los otros golfos planean asaltar los diferentes casinos, entre ellos está el Sand o el Sands y tiene cojones la cosa porque el Sand o como se llame es propiedad de Sinatra.

Empezó a viajar haciendo bolos en algunas compañías de revista, como boy y una vez me dio entradas para que fuera a verle en una revista de mala muerte que se hizo durante el verano en el Paralelo, una de esas revistas con cuatro *arreplegados* que no conoce ni su padre y que sirven para que la gente disfrute con la refrigeración del teatro más que con la revista. Pero yo y tres más de La Fabriqueta fuimos a verle y hay que decir que el tío estuvo muy bien. Salía cuatro veces acompañando a distintas *vedettes* y ninguna de las cuatro se equivocó. Primero iba vestido de corsario tuerto, con los pies descalzos, un chaleco verde, un pañuelo de cuadros escoceses en la frente y un ojo tapado. Pues con el ojo tapado y todo no se equivocó en ningún paso y cuando le tocó coger a la vaca de la vedette por la cintura y tirársela a un compañero de comparsa, primero la recibió sin pestañear, luego la levantó como si fuera mi Margot y se la tiró al otro, pobrecillo, sin aparentar el menor esfuerzo. Digo pobrecillo porque el otro no estaba tan preparado como Vicente y casi se vino abajo cuando le cayó encima aquella vaca que abierta en canal pesaba al menos trescientas toneladas. Luego salió de marino, de chico tropical y de cosmonauta y en todos los papeles estuvo bien, cumplió con su cometido y se comportó con gran seguridad sobre la escena. Su nombre no estaba en los carteles, pero lo hizo mejor que sus compañeros de coro y mejor que más de una de las figuras que salieron que daban pena, especialmente un maricón asqueroso que cantaba una canción estúpida:

Si en amor es el límite
el llamarte mi cónyuge...

No he olvidado este fragmento porque lo repetía una y otra vez con voz de gallo desplumado. Nosotros aplaudimos entusiasmados cada vez que Vicente salía al escenario y para que nadie dudara que los aplausos iban para él y no para cualquier otro de los rinocerontes o rinocerontas que aplastaban el escenario, cada vez que aplaudíamos gritábamos: ¡Vicente! ¡Vicente! ¡Bravo Vicente! Grito inútil, según supimos después, porque Vicente, algo molesto por nuestros gritos, dijo que habíamos estado a punto de ponerle en evidencia y en cambio nada añadíamos a su prestigio, porque en el teatro no se le iba a conocer como Vicente Blesa Márquez, su verdadero nombre, sino como Dino Perkins, Dino porque le gustaba el nombre, y Perkins porque le entusiasmaba el actor Anthony Perkins.

A pesar de su triunfo de aquel verano luego no le fueron bien las cosas y es lo que él decía: compañías de revistas musicales hay pocas y en los espectáculos de variedades de *night club* piden parejas ya formadas y casi siempre de baile flamenco o de acrobacia más que baile moderno.

—El baile moderno lo tiene tan mal como el jazz, que se ha quedado a medio camino entre música de bailongo y los rockeros.

—¿Qué es el jazz, Vicente?

—Eso que toca Louis Armstrong con la trompeta.

—¿Ese que canta como si estuviera ronco?

—Ése.

Cuando llegó el invierno desapareció del barrio y su madre nos dijo a los de la pandilla que Vicente estaba actuando en Bilbao y que estaba muy contento: «... Cada noche le llenan el camerino de flores». ¡Lo que había dicho! Estábamos todos por civilizar y la sola idea de que a un hombre, aunque sea un bailarín, le llenaran el camerino de flores es que nos descojonó, aunque una vez uno y otra vez otro tratáramos de recuperar el respeto por Vicente pidiendo serenidad, pero aún no se había establecido la continencia ya uno rompía el pacto y le estallaba la carcajada y nos meábamos, es que nos meábamos materialmente de risa tirados por el suelo de la plaza del Caudillo de La Fabriqueta, hoy Plaça 11 de Setembre. Pero la risa de aquel atardecer se convirtió en la sospecha de que la madre de Vicente nos había mentido cuando una semana después el Boquerón nos llegó más mosca que un cabrón afirmando que había visto a Vicente por Barcelona, en el barrio alto, tomándose una copa dentro de la cual había un palillo con una aceituna.

—Sería un vermú.

—Que no era un vermú. Parecía un líquido de color amarillo y tenía dentro un palillo con una aceituna.

—¿Y era Vicente?

—Si no era Vicente era su hermano gemelo.

—¿Y por qué no has entrado a preguntárselo?

—¿Con esta pinta?

El Boquerón trabajaba entonces de pulidor en un taller del barrio viejo de Barcelona y su encuentro con el supuesto Vicente se había producido porque había ido a entregar una faena a un particular. Fue al pasar por delante de un bar muy fino, lleno de pijos, cuando vio a Vicente vestido de jinete enmascarado, pero sin antifaz.

—¿Qué quiere decir vestido de jinete enmascarado?

—Pues que llevaba botas negras altas, un chaleco como de plata y un pañuelo de topos en el cuello.

—Éste se ha intoxicado hoy.

—Te juro que es verdad.

Y fuimos a por la madre, en plan zorro, sin decirle de buenas a primeras que el Boquerón había visto a su hijo en un bar. Y la tía insistía en que Vicente estaba en el norte triunfando y con el camerino lleno de flores. Me puse a cavilar y encontré una solución que lo explicaba todo, pero que sobre todo, ahora lo reconozco, me dejaba a mí tranquilo.

—Ya está. Por las razones que sean, Vicente les ha mentido a sus padres. Igual tiene un ligue con una tía de pelas y no quiere que sus padres se enteren. Les cuenta lo de Bilbao y mientras tanto vive su vida.

—Pues ya tiene imaginación. Mira que lo de las flores...

A pesar de mis deseos no tuve éxito en que mi explicación dejara las cosas tal como estaban y la mayoría de la pandilla se impuso para que fuéramos al bar descrito por el Boquerón y comprobáramos si Vicente estaba allí. A diferentes horas. Hasta encontrarle. Era difícil porque casi todos teníamos trabajos fijos y no era precisamente aquélla la zona de Barcelona más cercana a nuestros recorridos habituales. Pero quien más quien menos hizo lo que pudo y cada noche nos reuníamos para darnos el parte de las diferentes expediciones. Nada de nada. Por lo que a mí respecta, le pedí el Seat a mi padre una noche y me fui a Barcelona con lo mejor que tenía en mi armario, el traje bueno que me había comprado cuando la boda de mi hermana y los zapatos de vestir. Aparqué cerca del bar en cuestión y fui a por él con la cara de chulo que pongo cuando no quiero que nadie me pida explicaciones. Estaba bastante lleno el local y en seguida se me echó encima un camarero vestido con esmoquin encarnado. Estaría muy orgulloso de su aspecto, pero a mí me parecía un dibujo, Peter Pan o algo así. Lo primero que se me ocurrió fue pedir un coñac, luego pensé, no, le pedirás un whisky porque un coñac es lo primero que pediría un *trincha* y un *arreplegat* en un sitio como éste, pero tampoco, porque un whisky es lo que piden los *trinchas* y los *arreplegats* en sitios como éste cuando no se atreven a pedir un coñac y finalmente me hice el desganado.

—No sé qué tomar. ¿Qué me aconseja, míster?

No le gustó que le llamara míster pero se lo tragó y con

los ojos me mostró lo que se tomaba en otras mesas. Allí estaba la copa amarilla con el palillo y la aceituna de la que había hablado el Boquerón. La señalé...

—Tráigame un...

—¿Un martini?

—No, hombre, no, un martini es un vermú. Quiero eso amarillo de la copa, el combinado... No recuerdo el nombre.

—Se llama martini, señor, no tiene nada que ver con la marca concreta de vermú, pero sí lleva vermú blanco seco, concretamente Dry Martini.

—Bueno. En cada sitio le llaman de manera diferente. Tráigamelo.

Mientras me lo traía, y he de reconocer que se fue con cara de pocos amigos y volvió con cara de cachondeo fino, hice un examen de la concurrencia y un poco más me sale el sarampión de la fiebre que pillé. Una colección de tías buenas de esas finas, de esas tías que parecen tener en el cuerpo una cosa para cada sitio y un sitio para cada cosa. Y frescas. De esas que no se preocupan dónde ponen las piernas, los brazos, las tetas y que te miran si las miras. La hostia. Yo no sabía dónde poner los ojos, primero porque me notaba incómodo en aquel lugar, después porque era muy jovencillo y apenas si había salido del barrio ni sabía de la vida otra cosa que merece ser vivida. De Vicente ni rastro y por el personal masculino que vi por allí, tíos de esos con corbata y chaleco y como recién salidos de la ducha, me extrañó mucho que aquél fuera un sitio para un artista. Pero en éstas que me vuelve el camarero con el martini, me lo planta en la mesa y yo, para que se diera cuenta de que era un tío solvente, echo mano a la cartera y le digo:

—¿Cuánto se debe?

—Ahora le traigo la cuenta.

—Llévese las mil pesetas y me trae el cambio.

Yo pago lo que me bebo quería decirle a aquel payaso y cuando se marchó con las mil pelas más cogidas que yo qué sé, cogí la copa con dos dedos y me predispuse a sorber aquello despacito para paladearlo. La Virgen. Era algo asqueroso que sabía a medicina o así me lo pareció entonces, porque luego, con los años, a veces vuelvo a pedir un martini y ya no me sabe tan raro, aunque confieso que no sería la primera bebida que pediría después de una travesía por el desierto. No es que sea un experto, pero precisamente aquella mala primera experiencia me hizo aficionarme a pedir cosas raras y yo me tomo un *ruso blanco*, por ejemplo, y me cae de puta madre o un cóctel de ron, Schweppes, zumo de limón y mucho hielo que te ponen a cien. Y a mí me echan un *pisco sour* y es que disfruto como un loro con una lora. Pero el martini sigue sin entrarme, sigue pareciéndome cosa de médicos, una bebida para amargados con ganas de pasarlo mal bebiendo y eso que tiene algo, algo que no sé qué es... pero precisamente por eso mismo no me interesa. Las cosas claras y el chocolate espeso, decían los antiguos y tenían toda la razón.

Ante mi primer martini lo primero que pensé es que el camarero se había vengado y me había echado alguna porquería en la copa. Por una parte no quería armarle un escándalo para no pifiarla, pero por otra quería demostrarle que a mí no me tomaba el pelo, así que cuando volvió con el cambio chasqueé la boca con la lengua mientras ponía cara de disgusto.

—¿Seguro que el martini que me ha puesto estaba bueno?

—¿No lo encuentra a su gusto?

—Hay algo raro. ¿No estaría rancia la aceituna? A veces las rellenan de cualquier cosa.

—Le traeré una ración de aceitunas para que compruebe...

—No. Déjelo.

Miré como sin querer el cambio y me quedé atónito. Trescientas de las del año setenta y pocos me había costado aquella mierda. ¿Qué propina le daba yo ahora a Peter Pan? Cinco duros para mí era una salvajada pero para él igual era una miseria y me miraría como a un desgraciado. Así que retiré todo el cambio menos un billete nuevecito de cien pesetas. Allí se quedó el billete al principio, como un animalito abandonado. Ni el camarero se atrevía a cogerlo ni yo a decirle, toma, Peter Pan, es para ti, ¿pues qué te habías creído? Yo miraba al camarero y trataba de decirle con los ojos cógelo, coño, chorizo, no me hagas quedar en evidencia, pero por lo lento de reflejos que era empecé a entender que me había pasado cantidad con la propina y ya estaba a punto de retirar los veinte duros y poner cinco, la primera idea siempre es la buena, como suele decir mi madre, cuando el tío tal vez se dio cuenta de que la propina peligraba y visto y no visto el billete: voló la mano como una paloma y cuando remontó el vuelo el plato estaba mondo y lirondo. Que te aproveche, desgraciado, pensé para mí y me sentí por primera vez a gusto en mi butacón y miré a los que estaban allí como si les conociera y me conocieran de toda la vida.

Un gasto de inquietudes y pelas en balde porque tampoco apareció aquella noche Vicente y todos nos metimos con el Boquerón que seguía jurando que él había visto a Vicente, que se muriera allí mismo si era mentira.

—Júralo por tu madre.

No quiso jurarlo por su madre y todos le dijimos que era un embustero y que nos había liado haciéndonos perder tiempo y dinero, aunque no era el Boquerón un tipo dado a fantasías, ni un embustero y así hubimos de reconocerlo cuando él se desesperó ante nuestra incomprensión y llegamos él y nosotros al pacto de que se había equivocado de persona.

—Pero de embustero nada.

—De embustero nada, Boquerón.

De embustero nada, el Boquerón. Ni entonces, ni ahora. Podrá ser lo que sea pero no embustero y lo pudo confirmar en seguida cuando semanas después reapareció Vicente en el barrio aunque estaba de paso, dijo, pero no entre qué y qué. Los demás ya ni se acordaban de la búsqueda, pero yo aproveché el poco aparte que tuve con él y le dije lo que había sucedido.

—¿Estabas en Bilbao o en Barcelona?

—Pues las dos cosas. Empecé en Bilbao, pero me peleé con el empresario y me vine para aquí. No quería preocupar a mi madre y continué mandándole noticias desde Bilbao. Ya es casualidad que el Boquerón me viera allí... entré por casualidad con unos amigos... Vivía en casa de unos amigos.

—¿Y ahora te quedas aquí?

—No. Vendré con frecuencia a ver a mis padres. Pero he decidido trasladarme a Barcelona. Aquí no tengo oportunidades. Para cosas de mi oficio hay que estar en el ajo.

Era otro Vicente, más hecho, más maduro, más hombre, cosa que la mayoría de nosotros, según dicen, conseguimos pasando por el servicio militar, pero él apenas si hizo servicio militar: el campamento y luego el enchufe de ordenanza de un oficial primo de su madre, buenos días, buenos días cada mañana y luego de paisano y tú en el cuartel y yo en mi casa. Pero la experiencia de su primera turné le había hecho madurar y le había dado un conocimiento de los públicos, pesimista, porque en su opinión en España el público de revista no tenía solución, o eran babosos vejestorios que iban a verles las cachas a las *vedettes* y a reírse con el cómico sarasa o simplemente gamberros que se metían con todos y sobre todo con los chicos del conjunto. Aunque él era muy crítico con los chicos de los conjuntos, porque para empezar ni eran chicos ni sabían lo que era un conjunto. Los mejores eran bailarines frustrados y los peores eran tíos sin vocación que se metían en aquello para malvivir, porque ganaban cuatro perras o para vivir del cuento, ligando hoy con una y mañana con otro.

—¿Hay mucho maricón?

—Hay mucha maricona, que es diferente.

Yo no veía la diferencia.

—Pues la hay. Un maricón pues es un maricón, un tío al que le gustan los tíos y no tiene por qué ir por ahí moviendo el culo como Marilyn Monroe. Y una maricona es un hombre que parece una mujer amariconada.

Ya era hilar fino, pero lo dejé en manos de su mayor conocimiento de las personas y la vida y además me interesaba mucho más el relato de sus experiencias de distintos lugares de España, porque eso sí aprecio en la gente que ha viajado, la posibilidad de estar en sitios que uno sólo ve en la tele o en las revistas. Con la marcha de Vicente se cerró mi ventana al mundo, pero también me entristeció que dejara La Fabriqueta porque era uno de sus personajes y estos barrios nuevos necesitan personajes que les den carácter, porque si no todos seríamos como los bloques, personas y bloques formando una misma cosa en la que nada destaca, todas las ventanas iguales, todas las personas iguales. Pero es ley de vida que unos vayan para arriba y otros para abajo, así en la vida y en la salud como en el prosperar. Los viejos van para abajo y los jóvenes para arriba y los hay que suben como un cohete y otros que se hunden como en un pantano. A mí me gustaría quedarme siempre tal como soy, tal como estoy. A mis treinta años bien cumplidos, con mil pesetas en la cartera para lo que haga falta y los chicos sanos y mis padres vivos, que nadie toque el cuadro tal como está, por favor, no necesito más ni menos. Pero con ser así no tengo derecho a imponer mi forma de pensar a los demás y admiré el gesto de Vicente de marcharse de La Fabriqueta a prosperar y él sabía que yo era el que más le comprendía del grupo porque vez que venía al barrio, vez que hacía por verme y si no lo conseguía dejaba recado a mis padres que había preguntado por mí. O era su madre la que se asomaba por casa, siempre sin traspasar la puerta, para dar noticia del saludo de Vicente y digo que no traspasaba la puerta, no porque mis padres sean unos trogloditas que defienden su cueva a garrotazos, sino porque era muy difícil que ligaran una mujer como la madre de Vicente y mi madre. Yo no sabía qué pensaba la familia de Vicente de la mía, pero sí lo que pensaba mi madre de la suya. Cada vez que se refería a ella lo hacía en coña, imitándola como se imita a una tía cursi y creída.

—Parece la Begum. Me gustaría saber de qué latón son todas las joyas que se pone. Además huele a puta y compra mierda.

A mi madre le irritaba que la gente comprara mierda. Para ella una familia decente se retrata cuando compra, porque si compra poco y malo para comer, una de dos, o no se tiene dinero para comer y eres un desgraciado o es que te gastas el dinero en vicios. Sobre lo que es vicio y no lo es podríamos tener mi madre y yo una pelea todos los domingos, cuando se reúne la familia para comer, porque para ella es vicio incluso el que mi mujer se pinte las uñas. Estoy de acuerdo con ella en que si uno trabaja sobre todo para poder comer, pues hay que comer, pero cada uno es cada uno, cada casa es un mundo y no tanta mierda compraría la madre de Vicente porque el chico salió sano y fuerte. Lo que más le molestaría a mi madre, supongo, era la manera de ser de aquella mujer que parecía hacerlo todo sin ganas, sin pensárselo, tal vez porque creía que así parecía más distinguida o al menos se distinguía de la manera de ser y hacer de las otras mujeres de La Fabriqueta. Pero a mí me resultaba agradable y a veces cuando iba a preguntarle por Vicente me hacía pasar a su piso y me atendía muy fina y cariñosa. Yo nunca le dije a mi madre cómo era por dentro la casa de los Blesa porque aún les habría tenido más manía. Por ejemplo, tenían cosas muy bonitas, como un reloj de esos antiguos del que salía un guerrero con una lanza cuando marcaba las horas o tapetes por todas partes, tapetes de esos caros, hechos a mano, amarillentos de vejez. También algún cuadro por las paredes que no era el consabido recorte de calendario enmarcado. Pero junto a estos detalles de gente de buen gusto, también se percibía el desorden de una casa en la que cada uno va a la suya y en la que una mujer no emplea horas y genio. Prendas abandonadas por las sillas, polvo hasta en la superficie de la mesa del comedor, olor a casa poco ventilada a pesar de que si de algo pueden presumir los pisos de La Fabriqueta es de que más que muros tienen ventanas, que así se ahorraron los constructores, dice mi padre, lo que se ahorraron. Y la señora Blesa no te ofrecía un café o un coñac o un vino dulce, como hacían en mi casa, sino que te proponía un whisky como si tal cosa. Y su manera de hablar también sorprendía, porque lo hacía con mucho don de palabra, hablaba muy bien, empleando muchos tonos y muchas palabras diferentes y haciendo que uno se maravillara por lo bien que contaba las cosas, aunque siempre termináramos hablando de Vicente.

—No sabes cuánto te aprecia y eso que Vicente nunca ha sido un chico de esos que se avienen con cualquiera, al contrario, ha salido a mi marido y es reservado. Tiene un mundo propio en el que es difícil entrar.

Ojo al palique que tiene su enjundia. «Tiene un mundo propio en el que es difícil entrar.» Yo trataba de estar a la altura de las circunstancias, es decir, casi no hablaba, y lo poco que decía era para asegurarle que el afecto de Vicente por mí era correspondido. Yo le correspondía en la medida de mi tiempo porque estaba trabajando fuerte para ahorrar algo, irme a la mili con cuatro duros y luego tener con qué casarme a la vuelta. Tenía novia reciente, una chica que trabajaba en uno de los primeros supermercados que se abrieron en La Fabriqueta y que estaba lo suficientemente buena como para que me gustara a mí, pero no tanto como para que le gustara a todo el mundo. Además sabía guisar, coser, planchar, cosas que ya entonces no se les podía pedir a todas las chicas jóvenes y no hablemos de ahora y no quiero pensar en lo que será mañana. Sin ir más lejos, mi propia Margot. A veces yo bajo del árbol donde las mujeres nos meten a los maridos y comento, sólo por comentar, sin imponerme:

—Oye, ¿no sería necesario que la chica aprendiera también cosas de la casa?

Mi mujer me mira como a un imbécil y yo hago ver que no he dicho nada. Meto los ojos en el televisor y pienso, ya se apañará en su día el manso que le toque en suerte. Yo preparé mi boda con mi mujer con cierto tiempo, pero no tanto como el que querían mis padres, ni tan poco como el que querían los padres de ella. Estaba la mili por delante y eso lo tenía bien claro. No quería más angustias de las necesarias: primero la mili y luego la boda. Así que me fui de campamentos, luego a Valencia, cumplí el expediente con más lepra que gloria y volví a casa libre y dispuesto a llevarme el mundo por delante. Pasé unas semanas un tanto descentrado, como si me costara adaptarme a la recuperación de la libertad e hice bastante el gilipollas, entre otras cosas me entró no sé qué con respecto a mi novia, como si la mili me hubiera separado en cuerpo pero también en alma de ella y durante semanas golfeé por ahí con los amigos y con alguna que otra tipa; de alquiler o no.

—Pero ¿te casas o no te casas?

Me preguntó un día mi madre de buenas a primeras. Y a mí se me ocurrió que era muy gracioso lo que le contesté.

—Pero, mamá, ¿habiendo taxis para qué he de tener coche propio?

Mira, me dio una hostia que me puso la cara en el cogote y cuando volvió la cara a su sitio allí estaba mi madre dispuesta a pegarme otra igual, por lo que tomé mis distancias y me marché de casa con un cabreo de no te menees. Fue precisamente una de aquellas noches de junio, comienzos de junio, de 1974, cuando en una de mis correrías por los bares de Barcelona me encontré con Vicente, al que hacía dos años que no veía. Tuve un alegrón, aunque en seguida me di cuenta de que nuestras relaciones habían cambiado de tono, antes era yo el que me predisponía a escuchar, ahora me sentía más seguro de mí mismo y hablé, hablé, hablé y Vicente escuchaba con aquella cara de chico preocupado por lo que les pasa a los demás que te invita a sentirte a gusto con él. Además, Vicente estaba borracho, aunque lo disimulaba y le costaba hablar, por lo que me despaché a mi gusto y se lo conté todo, incluso lo del sargento hijo de puta y lo de la hostia de mi madre. Cuando ya no tenía nada más que decirle, se me ocurrió que había llegado su turno y le pregunté que cómo iban sus cosas: el arte, el teatro. Se encogió de hombros.

—Momentáneamente lo he dejado.

—¿A qué te dedicas entonces?

—Negocios.

—¿Negocios? ¿De qué?

—Soy semisocio de un joyero, bueno de un joyero, de uno de los mejores diseñadores de joyas de España. De España y del mundo. En el otoño le expondrán algunas piezas en el Tiffany's de New York. Quizá le acompañe.

—Nueva York, macho. Eso ya es volar.

—Ya he estado en Nueva York.

—¿Ya has estado en Nueva York?

¿Qué se le puede decir a una persona que ya ha estado en Nueva York? Casi me dieron ganas de llorar de emoción porque Vicente había estado en Nueva York. Era como si todos los de La Fabriqueta hubiéramos estado en Nueva York. Y si Vicente había llegado hasta Nueva York, ¿adónde no habría llegado? ¿Adónde no llegaría? Notó mi emoción y se emocionó él también.

—Tú eres un tío cojonudo, Paco.

—Y tú también, Vicente.

—Me caes la mar de bien y tú te vienes conmigo a pasarlo bien en Atzavara.

—¿Dónde está eso?

—Es un pueblecito de montaña, pero a pocos kilómetros del mar. Un pueblo casi abandonado que han restaurado unos amigos míos de Barcelona, veranean allí y me han invitado. Tú serás mi invitado.

—Ni hablar. No quiero ser una molestia.

—Un amigo de Vicente es inmediatamente aceptado como amigo de los amigos de Vicente.

Cogió una servilleta del mostrador y pidió un bolígrafo al camarero, pero yo me adelanté y le tendí un bolígrafo Parker que siempre llevo en el bolsillo superior de la chaqueta cuando me visto de domingo. Dibujó el recorrido para llegar a Atzavara. La tira de complicado porque estaba en una montaña sobre el campo de Tarragona y apenas si hay carretera para llegar hasta allí, que ya sólo quedan cuatro payeses y lo demás son casas restauradas por gente de pelas de Barcelona.

—Yo tengo una casa con mi socio y mi casa es tu casa.

Estaba borrachísimo y yo no tanto como él, pero casi. Aquel dibujo era un garabato tembloroso, pero me serviría dos semanas después y aún lo conservaba hasta hace muy poco entre las páginas de un libro que empecé a leer hace más de diez años y nunca lo he podido terminar: *¡Viven!*, la historia de unos chicos que van en avión, el avión se cae en los Andes y se comen los unos a los otros para sobrevivir. Me lo compró la que entonces era mi novia porque le había dicho una clienta del supermercado que era muy interesante y yo empecé a leerlo con muchas ganas, pero lo hacía de noche, en la cama y cada vez que había leído dos páginas me quedaba roque y así hasta ahora. Cada verano, cuando me aburro en las vacaciones, mi mujer me insiste:

—¿Y por qué no acabas aquel libro?

Y lo cojo con ganas, pero por poco tiempo. En una de éstas me di cuenta de que entre sus páginas figuraba la servilleta con el recorrido hasta Atzavara. Parecía una pasa. La desplegué e hizo un ruidito suave, como si se quejaran sus arruguitas por haber estado tanto tiempo aprisionadas entre las páginas del libro. Dudé entre devolverla a su sitio o romperla y sin darme cuenta la rompí y cuando ya sólo era un montoncillo de pedacitos de papel en el cenicero me dio lástima y si hubiera podido hacer un milagro la habría recompuesto. Me sirvió aquel verano para llegar hasta Atzavara después de convencer a mi padre para que me dejara el seiscientos.

—Déjaselo y que se airee los sesos. Que buena falta le hace.

Intercedió mi madre y mi padre me lo dejó. Era un viaje a ciegas, pero me atraía conocer el mundo de Vicente, un mundo que debía de estar ya más cerca de Nueva York que de La Fabriqueta. Me puse dos mudas en un maletín de mi hermana, un traje de baño y una toalla y cuando iba a cerrar el maletín vi que mi madre me había añadido un cepillo de dientes y un tubo de pasta nuevos y una pastilla de jabón de olor Heno de Pravia, la que más me gusta a mí y que ella siempre mezcla con la ropa de cama limpia en los cajones de una vieja cómoda que nos trajimos del pueblo y que había sido de su madre y de su abuela. Y me eché al camino, *chinu chanu*, porque el coche no daba para más y se me calentaba si pasaba de ochenta y no quería que mi padre me pidiera responsabilidades por una avería. Yo llevaba cinco mil pelas de mis ahorros, pero mi padre me obligó a aceptar otras dos mil.

—Tendrás que alternar e invitar a la gente y no quiero que quedes mal.

A pesar del dibujo de Vicente me costó encontrar el condenado pueblo, que estaba allí encima de una montaña, a pleno sol, donde Cristo dio las tres voces y llegamos el coche y yo muertos de calor y con la incertidumbre además que llevaba encima de que podía meterme donde no me llamaban, porque las promesas y las ofertas de los borrachos se borran al día siguiente y sólo las ganas de asomarme al mundo de Vicente me empujaban a ser tan atrevido y a exponerme a un descalabro. Yo no sé qué gracia le puede encontrar la gente de Barcelona en meterse en esos pueblos tan aislados y tan resecos, tanto que ni siquiera los payeses los aguantan ya y se han ido todos a vivir al llano o a trabajar a Tarragona, que es una ciudad que ha crecido la mar en los últimos veinte años y tiene de todo, como una gran capital, pero con la ventaja de que vive allí menos gente. En aquel pueblo sólo se oían las chicharras y parecía más deshabitado que una cantera abandonada. Metí el coche por la única calle, sin asfaltar, que había entre casas medio arruinadas y llenas de hierbas bordes que se habían apoderado de las piedras, había alguna que parecía habitada y en el punto más alto, entre los pocos árboles que quedaban, destacaban varias casas aisladas que eran viejas pero también nuevas, es decir, que tenían la forma de las otras casas viejas del pueblo pero rehechas. De una de las casas salía música clásica, una sinfonía creo, pero a mí la música clásica me gusta oírla de vez en cuando pero de fondo y no me preocupa lo que escucho, como no me preocupa saber el nombre de los árboles de un paisaje bonito, está ahí y eso es lo que cuenta. Precisamente la casa de la que salía la música era en la que vivía Vicente, Can Fenollosa, y allí estaba el alto muro de piedra sobre el que colgaban plantas que olían muy bien y una verja de hierro recién pintada de la que subía una escalera hacia la casa propiamente dicha. Tiré de la cadena de la campana. Sonó poco y no me atreví a repetir la llamada de momento para no hacerme el pesado. Pero como no acudía nadie a mi llamada tiré otra vez con tanta fuerza que me quedé con la cadena en las manos y me subió una llamarada de vergüenza y miedo que estuvo a punto de hacerme tirar la cadena y volverme corriendo por donde había venido. Me la metí en el bolsillo cuando alguien contestó desde la casa:

—Ya va... ya va.

Era Vicente. Era su voz y eso ya me dio más ánimos. Apareció en lo alto de la escalera, despeinado, con un slip, calzoncillo slip, y frotándose los ojos, con todos sus músculos dorados llenos de sol y de salud y cuando bajó dos escalones más se dio cuenta de que era yo y se quedó de piedra, de piedra como los muros, como la fachada de la casa, como la montaña, como yo mismo que no sabía qué cara poner aunque alguna cara ponía, probablemente de cachondeo para que no notara lo acojonado que estaba.

—Paco...

—Pasaba por aquí y...

—Coño, Paco.

—Pasaba por aquí a bañarme y me he dicho...

Acababa de bajar los escalones, abría la verja por dentro y en su cara había una sonrisa de conejo y un no saber qué decir.

—Es la visita del médico, Vicente. Te veo y me voy.

—Que no, Paco, que no. Entra.

Le seguí escaleras arriba y me fijé en sus pies descalzos con unas babuchas moras llenas de adornos dorados, de esas que venden los moros en la Feria de Muestras de Barcelona. Las escaleras terminaban en un jardín lleno de césped muy bien cortado que invitaba a revolcarse y que contrastaba con la sequedad del paisaje y de lo que había visto hasta entonces del pueblo. Se detuvo Vicente ante el portón como dudando qué hacer.

—Es que tú me dijiste que viniera.

—Claro, Paco. Si me alegra mucho verte. Pero podías haber avisado. Eres bien recibido. Pasa y aviso a Rafa. Los demás están durmiendo. Anoche nos acostamos tarde.

—Que no molestes a nadie, Vicente. Me das una cerveza, me la tomo, charlamos y me voy a bañar a la playa.

Pero Vicente miraba mi mano derecha de la que colgaba el maletín y me metió dentro de la casa, dentro de una penumbra fresquita que primero no me dejó ver nada deslumbrado como estaba yo por aquel sol africano, pero que poco a poco me permitió ver unos muebles del año de la picor, muy buenos sin duda, como luego me dijo Vicente, pero que con dos de ellos ya se llenaba todo un piso de La Fabriqueta y poco prácticos porque todos chirriaban como si fueran viejas mulas cansadas. Cortinas por aquí y por allá, alfombras que casi daba pena pisarlas de delicadas que eran y figuritas tan viejas como los muebles. Por todas partes.

—¿Quién era, Vicente?

La voz sonaba desde lo alto de otra escalera de madera que llevaba a las habitaciones del piso superior y al poco se asomó un hombre con albornoz blanco, entre rubio y canoso, entre joven y viejo, con un collar de oro que le colgaba del cuello y destacaba sobre su pecho moreno aunque lleno de canas.

—Es un amigo, Rafa. Un amigo que viene a visitarme.

Bajó el caballero y noté que era un tío educado porque estaba muy serio y como preocupado, pero en cuanto se me puso de frente me tendió la mano y me enseñó una dentadura blanquísima, sonriente y casi contento, una manera de sonreír que luego vi muchas veces entre las gentes de Atzavara, sonríen más y mejor que nosotros, como si no les costara sonreír y tuvieran varias clases de sonrisa, una para cada ocasión y persona.

—Es Paco, un amigo. Rafa.

—Ya son ganas de venir a este rincón con este calor. Ponte cómodo y Vicente nos servirá un refresco. ¿Te apetece un Bloody Mary? Es lo mejor para las resacas.

Yo no sabía qué coño era aquello pero cerré los ojos dándome por enterado y por satisfecho y me oí decir a mí mismo:

—No hay nada mejor por las mañanas.

—Tu amigo es de los míos, Vicente.

—He venido a saludar a Vicente y me voy en seguida.

—Rafa. Me permití invitar a Paco a pasar unos días con nosotros. Hace unas noches. En Barcelona.

La sonrisa de Rafa se dirigía ahora a Vicente y era diferente. Era una sonrisa que le quería decir algo que yo no entendía.

—Perfecto, Vicente. Pero no me habías dicho nada.

—Disculpa, Rafa. Se me había ido el santo al cielo.

—Yo pasaba por aquí. Voy a bañarme a la playa y me he dicho...

—Dale la habitación que está junto al estudio. Es la única que no tiene cuarto de baño, pero por cuartos de baño no padecerá. La casa tiene cinco.

Cinco cuartos de baño, la hostia.

—Las otras habitaciones están ocupadas por amigos, lo siento. Si Vicente me hubiera avisado le habríamos reservado otra.

—Ha sido un impulso; Vicente no tiene la culpa.

—Los impulsos hay que seguirlos.

Me dijo el tío, otra vez con la sonrisa del comienzo y me quitó el maletín de la mano para dárselo, con una cierta brusquedad a Vicente, que lo aceptó y se fue con él escaleras arriba.

—¿Prefieres refrescarte o pasamos al jardín a la espera de los Bloody Mary?

Estuvo a punto de escapárseme, el Bloody Mary me va de cojones, pero tuve tiempo de pararme en me va y tampoco él estaba demasiado pendiente de lo que iba a decir, porque me abría marcha y pasamos a un jardincillo trasero con mucha sombra que le daba un árbol de esos de los que cuelgan las ramas como si fueran cabellos verdes.

—Cuidado donde pones el culo porque hay riego automático y por las mañanas todos los muebles del jardín están empapados.

—Más fresquitos.

Me senté en una silla de metal pintada de blanco que era un puro charco y padecí por la mancha que me iba a dejar en los pantalones pero ni me inmuté. Rafa se sentó, cruzó las piernas bajo el albornoz y vi que llevaba unas babuchas iguales a las de Vicente.

—Vicente ni se acordaba de que me había invitado.

—Eso parece.

—Es que estaba bebido, lo siento, pero verdaderamente he venido por ganas de verle y...

—No te excuses, ¿puedo tutearte, verdad? Los veranos en

Atzavara son muy aburridos. Nos conocemos todos y va muy bien que llegue gente nueva. ¿Vienes de Barcelona?

—Sí.

—¿Qué se dice allí de lo de Franco?

—¿Qué le pasa a Franco? Ya está bien, ¿no?

—Bueno. Quizá no has oído la radio esta noche y no has visto la prensa de la mañana. Según parece, no está recuperado del todo. A estas edades...

Yo, que sólo leo *Dicen* y *Garbo* cuando voy a la barbería, sólo pongo la radio de vez en cuando en las emisoras que dan música o retransmiten partidos del Barça y apenas si miro los telediarios, por lo que no sabía nada nuevo de Franco, puse cara de sueco. Menos mal que ya llegaba Vicente con la bandeja ocupada por tres copas llenas de una cosa roja y cubitos de hielo. Se había puesto unos pantalones blancos y un chaleco que parecía también moro. Había recuperado su aplomo y tras dejar las copas en la mesa, se sentó en otra silla y cruzó las piernas como su amigo, esa manera de cruzar las piernas es un visto y no visto que a mí me parece muy difícil de hacer y que, aunque a veces he tenido la tentación de imitar, después de mi experiencia en Atzavara, no lo he hecho por respeto a mí mismo. Rafa miraba a Vicente sonriente y perdonavidas.

—Vicente, Vicente... *té cops amagats el Vicentet.**

Se lo dijo en catalán y le puso una mano en la rodilla al Vicente y él retiró la rodilla, sonriente.

—Ya sabes que la memoria no es lo mío.

—Tus amigos son mis amigos, Vicente, y sólo me sabe mal no haberle podido ofrecer una habitación mejor.

—Pero es una habitación muy simpática.

Era la primera vez que oía algo semejante. Que una habitación era muy simpática, como si se tratara de una vecina de la escalera o de la prima de alguien.

—Estas casas son así, son simpáticas. ¿Has estado tú alguna vez en una casa de pueblo restaurada?

—La verdad, no.

* Tiene salidas extrañas el Vicentito.

—Fundamentalmente son divertidas.

Casas divertidas, chúpate ésa.

—Piensa que el recibidor, donde te hemos recibido, era el establo y que el *living room* de la planta estaba lleno de conejos y gallinas y que aún olía a conejo y gallina dos años después de haberla reformado. O al menos me lo parecía a mí.

—Qué divertido.

Dije, aunque dudé si era más conveniente decir: ¡Qué simpático! Y probé el Bloody Mary. Una salsa de tomate con un fondo de ginebra.

—Qué fresquito.

—Es lo que va mejor para la resaca, si no quieres embarcarte en un Herbegé, que a mí siempre me sabe a purgante de Carabaña. El tomate le va muy bien a la flora intestinal y la ginebra empalma con el contenido alcohólico de la sangre y te ayuda a conseguir poco a poco la normalidad.

—Hay que sacar un clavo con otro clavo.

Dije y muy bien dicho porque Rafa se echó a reír y le comentó a Vicente que yo era muy agudo. Vicente no se atrevía a mirarme y era yo el que le buscaba la mirada para que me dijera qué coño pintaba yo allí, por qué leches me había invitado y en qué berenjenal me había metido sin saberlo. Pero él no aceptaba mi mirada y estaba yo en estas preocupaciones cuando empezó a poblarse el jardín de tíos a cada cual más estrafalario: dos con chilaba, otro con un traje de baño tanga que le marcaba todo el culo y una blusa transparente y bordada que se parecía a las que yo le tenía prohibidas a mi novia. Todos tenían cara de haber dormido poco y mal y se les desorbitaron los ojos al ver los Bloody Mary a medio acabar. Parecían gallinas constipadas pidiendo Bloody Mary con urgencia, como si se tratara de una transfusión a vida o muerte. Mientras Vicente se iba a por otra tanda de salsa de tomate, Rafa hizo las presentaciones. Yo era el amigo de Vicente y los demás tenían nombres y apellidos pero no los recuerdo, sólo el de Gratacós el músico lo recuerdo porque a veces sale por la tele antes o después de un concierto y es un hombre famoso en los cinco continentes. A los demás los reconocería si los viera en la calle, pero me cuesta recordar sus nombres, no así sus oficios porque no eran viciosos ni desocupados, ni artistas como Vicente, sino tíos con carrera y negocios, uno incluso arquitecto, creo que el primo de Gratacós, precisamente el que había ayudado a los demás a rehacer sus casas en Atzavara, porque todos tenían sus casas y se habían quedado a dormir allí porque les había rendido la juerga y les dio pereza andar los quinientos metros de regreso a las casas, tan ciegos debían estar los tíos. El del tanga fue el que se me quedó más grabado por algo que ocurrió poco antes de marcharme de Atzavara y creo que se llamaba Farrerons o algo así, pero lo del nombre es lo de menos porque pasada aquella experiencia ni ellos pueden esperar nada de mí, ni yo nada de ellos.

Se tomaron los brebajes entre aspavientos y suspiros, una manera de elogiar la destreza en preparar los combinados que luego vi repetida una y otra vez ante los platos de comida o cualquier cosa que les gustara. Los ¡Ah!, ¡Oh!, ¡Delicioso!, ¡Qué gozada! no se los quitaban de la boca, exagerados sí lo eran y todos parecían hablar cantando la misma canción. Aunque trataban a Vicente de tú a tú y él hacía lo mismo, desde el primer momento me di cuenta de que bien por ellos o bien por una actitud del propio Vicente, era un poco su criado o al menos el que siempre estaba dispuesto a traerles lo que querían y a hacer las cosas más molestas. Y eso no me pareció mal porque pensé que aunque Vicente fuera socio de Rafa poco dinero sin duda habría puesto en la empresa, porque poco o ningún dinero tenían ni él ni su familia. Su padre había resultado ser acomodador de un cine de sesión continua y su madre, aunque en la juventud había hecho sus pinitos en la compañía de Los Chavales de España, de mayor se ganaba algún duro, para sus gastos, decía Vicente, echando las cartas a un grupo de señoras del Ensanche de Barcelona. Cuando Vicente me dijo que su madre echaba las cartas «para sus gastos» me sonó a raro. Mi madre por ejemplo trabajaba en casa con la máquina de coser haciendo confección y nunca oí decir que trabajaba «para sus gastos», entre otras cosas porque pocos gastos suyos tenía y tiene la pobre. En cambio la madre de Vicente tenía «sus gastos», rareza que estaba ligada con otras rarezas, tanto de su marido, como de su hijo, porque así como el hijo quería dedicarse al ballet moderno, el marido era tenor lírico y los fines de semana formaba un cuarteto vocal que daba recitales gratuitos por los centros parroquiales y otros lugares de la Edad de Piedra.

Entonados por los latigazos empezaron a hacer planes para la mañana y en éstas que se presentan dos tíos que entran sin llamar, también con chilaba los dos o así me lo pareció a mí, aunque Vicente me aclaró más tarde que eran túnicas que se habían traído todos de un viaje a Grecia el verano anterior.

—¿Tú fuiste también?

—No. Aún no conocía a Rafa.

Si bien todos tenían de cuarenta para arriba y alguno ya debía de estar más arriba de la cincuentena, los había mejor y peor conservados, aunque todos demostraban una agilidad y una manera de moverse de gente joven. Por la edad casi todos podrían haber sido mi padre, pero mi padre tiene otro cuerpo, otra manera de hacer y de estar, de hablar y de no hablar. No sé cómo explicarlo. Aquellos tíos más que caminar parecían saltar, más que hablar parecían cantar, más que vestidos parecían disfrazados y además olían de puta madre. Estaban haciendo planes: ir a la playa, encargar una paella en el merendero del Cisco y esperar a que se sumaran «los demás» al baño y a la comida. Dicho y hecho. Me vi metido dentro del pelotón de chilabas y aunque ofrecí el coche para lo que fuera preciso, no pareció gustarles su aspecto, aunque el del tanga me dijo cálidamente que el seiscientos seguía siendo una monada y que no había salido un coche utilitario mejor que aquél.

—Y te lo digo yo que tengo mucho gusto y he sido diseñador.

Yo no sabía tampoco, yo no sabía nada de nada, qué quería decir diseñador y también fue Vicente el que me dijo que un diseñador es un dibujante de cosas que luego se hacen y se usan, desde una camiseta hasta un coche. Podía ser una monada el seiscientos de mi padre, pero todos se subieron a sus Supermirafiori, sus R-18 e incluso vi un Alpine deportivo de importación, que de coches sí sabía yo ya entonces y aún más que ahora, porque de jovencillo se suele estar al día sobre las marcas que están y no están en el mercado. Fue dentro del coche cuando les oí hablar por primera vez de las chicas que íbamos a encontrar y me las prometí muy felices, esto se anima, Paco, me dije, porque hablaban de ellas con mucha confianza e incluso comentaban su atuendo, por ejemplo si a la Sanglas, una que se llamaba Luisa, le podía sentar mejor el traje de baño de una pieza que el bikini.

—Hay un traje de baño para cada cuerpo.

Me aclaró el que llevaba el tanga debajo de la chilaba o de lo que sea, y yo pensé, pues mira que tú con ese tanga pareces un jamón con chorreras. Yo apenas si había tenido tiempo de subir a mi cuarto en busca del traje de baño y de la toalla y darme cuenta de que era una habitación muy simpática o muy divertida, vieja como toda la casa, con una cama de esas altas, como la que tenía mi abuela en el pueblo y una ventana con arco que tenía una vista muy bonita hacia el mar lejano y un aguamanil de porcelana que me emocionó porque también mi abuela en Loja tenía uno igualito, igualito a aquél, aunque en aquella casa el aguamanil era un objeto divertido o simpático y en casa de mi abuela era lo único que podía utilizarse para lavarnos la cara que no fuera la pica de la cocina. Pero ya mientras bajaba dentro del coche de Rafa, con Vicente delante y el del tanga a mi lado, pensaba en dónde me iba a cambiar y cómo iría por la arena con los zapatos nuevos porque no me había traído unas chancletas, ni tenía propiamente otras chancletas que unos zapatos viejos e inservibles que mi madre había convertido en chancletas cortándoles toda la parte del talón. Pero Vicente también pensaba por su cuenta y al llegar al aparcamiento de la playa, después de una carretera polvorienta llena de curvas, se puso a mi altura y me dijo:

—Cámbiate en el servicio del merendero y toma, te he bajado unas zapatillas de baño porque me parece que tú no te has traído.

Y me dio una bolsa de plástico. Ya me veía yo con las babuchas de moro y estaba a punto de rechazarle el ofrecimiento cuando por el borde de la bolsa vi que asomaban las puntas de dos chancletas de tela de toalla, normales, de persona normal y se me quitó un peso de encima porque ya me veía yo dando saltos de carpa descalzo por la arena ardiendo o caminando dentro de mis zapatos como un paleto. Desde entonces antes de ir a cada sitio pienso en lo que puedo necesitar, que el hombre aprende gracias a sus tropiezos. Les dejé pasar pues a buscar su sitio de siempre en la playa de Atzavara, una playa sin apenas pueblo, menos un merendero y cuatro casas nuevas de los payeses que han abandonado el pueblo en la montaña, y yo me metí en el retrete del merendero. Me cambié, me puse mi Meyba azul que casi parecía un pantalón corto y las chancletas de toalla de Vicente, que eran comodísimas. Pero antes de que se me olvidara me deshice de la cadena del llamador dejándola dentro de la cisterna del retrete. Igual sigue todavía allí. Metí lo mejor que pude la ropa dentro de la bolsa que me había dado Vicente, me eché la toalla al hombro y fui hacia la playa, larga y ancha, con grupos de personas aisladas, como si fueran tribus de familias o de amigos. Y allí estaba la panda de Vicente, pero no estaban solos, sino que vi ya desde lejos algunas de las chicas de las que habían hablado y a medida que me acercaba mi desilusión iba en aumento. Aquellas tipas de chicas no tenían nada. La más joven tenía la edad que yo tengo ahora y la mayoría se iban para los cuarenta como un cohete con prisa. Además, no es que no tuvieran nada que mirar, porque pocas mujeres no tienen nada que mirar y además aquéllas enseñaban bastante para aquellos tiempos, pero no eran mi tipo y me infundían más respeto que deseo, aunque estuvieran en cueros. Y también había algún que otro matrimonio, incluso con niños y los niños se arremolinaban en torno de Vicente porque siempre ha tenido mucha paciencia con los chicos y en La Fabriqueta era el único de todos nosotros que les devolvía la pelota sin hacerles rabiar cuando se les escapaba e incluso ayudaba a los más pequeños a subirse al tobogán tuberculoso o al decrépito columpio que puso el ayuntamiento cuando nos desgañitamos pidiendo un parque infantil.

Así que Vicente estaba cargado de chavalitos y chavalitas cuando yo llegué al grupo y tuvo que presentarme Rafa otra vez. Todos me miraron como vampiros porque al fin y al cabo yo era una novedad.

—¿Es un fichaje tuyo, Rafa?

Dijo una de las tipas, la que llevaba melenas despeinadas de bruja y tenía ojos de serpiente.

—No, es un fichaje de Vicente, un amigo de la infancia, creo.

—Tanto como de la infancia...

Me salió la voz algo falsa y me pareció que no me habían oído, por lo que repetí:

—Tanto como de la infancia...

Pero no parecía importarles demasiado cuándo nos habíamos conocido Vicente y yo y me tumbé en la arena vientre abajo, deseando que llegara cuanto antes Vicente para sentirme protegido por alguien.

—Qué paciencia tiene Vicente con los niños.

—Será un buen padre el día de mañana.

Dijo Rafa y se rió un poco, con la nariz, como si se le escapara un estornudo. Fue el propio Rafa quien sacó la conversación sobre el tema de la enfermedad de Franco, que si sabían algo nuevo, que él, oyendo entre líneas lo que habían dicho en la radio por la mañana, pensaba que la flebitis no estaba tan controlada como decían. Se engallaron todos en el tema, cada cual con la opinión más dura contra Franco, e incluso contra el Juan Carlos del que lo más suave que dijeron es que para ser rey estaba dispuesto a continuar siendo un dictador. Les duró lo suyo el rollo de Franco, pero de vez en cuando se iban a otros temas y me metieron el suspense en el cuerpo hablando de dos sultanes de Persia que una de las tipas tenía en su casa y que no habían bajado a la playa.

—Se están poniendo guapos.

Dijo la que parecía una bruja y que, en mi opinión, estaba más en su punto, aunque cuando el círculo se amplió con más gente, el panorama femenino al menos aumentó en variedad, cosa de agradecer. Yo pasaba examen a las tipas y me iba orientando sobre quién era cada una de ellas, en relación con los nombres que había escuchado en el coche. La que llamaban Luisa debía de ser aquella alta y metida en carnes, con mucha guasa porque todos se reían de lo que ella decía, le colgaban dos tetas de campeonato y no podías saber qué cara tenía en reposo porque no cesaba de gesticular. La bruja me parece que se llamaba Ariadna y de las otras sólo recuerdo el nombre de la que llegó la última, porque me la presentaron dos veces, la primera Rafa y la segunda Vicente, porque no sabía que ya estábamos presentados. Se llamaba Montse y era una morenucha delgaducha con flequillo y el pelo corto que parecía una profesora de esas que salen en las películas y, lo que son las cosas, era profesora de geografía e historia, me dijo Vicente más tarde y no de academia o de colegio, sino de instituto.

—¿Y son solteras todas?

—No. Alguna es soltera, pero otras son separadas o semiseparadas.

—¿Y qué edades tienen?

—¿Las mujeres?

—Bueno, todos.

—Abundan entre los cuarenta y los cincuenta y hasta uno se va por los sesenta, aquel que ves allí. Es el arquitecto.

Para las edades que tenían estaban muy bien conservados. Si era cierto, por ejemplo, que la profesora tenía cuarenta y cinco, más o menos como la que llamaban Luisa y otra rubita que hablaba poco y tenía las piernas muy bonitas, como de calendario antiguo, pues tenían más o menos la edad de mi madre y no había punto de comparación, como si estuviera hablando de dos animales diferentes. Es que a mi madre le ponías uno de aquellos bikinis y hubiera parecido una merluza con tejanos, un despropósito. Mi asombro necesitó una explicación y le expuse a Vicente mi incredulidad. ¿Cómo puede ser que estas mujeres tengan la edad de mi madre y estén así? No es que estuvieran buenas para encenderte, pero se conservaban las tías y lo tenían todo bien puesto, bien metido en sus bikinis, y las caras, si bien no eran las de una muchachita, tampoco eran un mapa de montes y ríos como el que podía verse en las caras de las mujeres de la misma edad que yo trataba en mi vida de todos los días.

—Se cuidan más. Bueno, según cómo, porque beben mucho. Pero no abusan en las comidas, han hecho deporte y algunas siguen haciéndolo. No se han gastado como se gastan las mujeres de las que tú me hablas.

Observador como soy, me di cuenta de que en el centro del corro estaban los amigos de Rafa y Vicente, sus amigas más íntimas y luego se habían formado otros círculos de cuerpos y toallas en los que predominaban parejas, incluso niños, los niños esos que tanto daban que hacer a Vicente. Llevaban la voz cantante los amigos de Rafa y las amigas, pero los otros entraban y salían de la conversación y sobre todo escuchaban como si estuvieran en un espectáculo gratis y al parecer de todas las mañanas.

—¿Y esas parejas?

—Pues eso, parejas que veranean en Atzavara. Casi todos tienen casa restaurada en el pueblo o en los alrededores. Muchos ya se conocen de Barcelona y otros se han conocido aquí. Es buena gente y divertida.

Por fin había conseguido un momento íntimo, privado, para conversar con Vicente, liberado de los niños y algo apartados los dos del gran círculo que había formado la tribu.

—Rafa parece un buen tío.

—Sí, es muy buena persona.

—¿Es joyero?

—Sí.

—Y tú, ¿en qué le ayudas?

—Vendo. Yo hago de, digamos, vendedor.

—¿Y tienes comisión?

—En cierto sentido, sí. No hay problema.

—Oye, yo no quiero ser una carga, he traído pelas y me pago lo que como.

—No digas chorradas. Cuando Rafa invita, invita, es muy generoso. Aquí nadie se preocupa por esas gilipolleces.

—La verdad es que me voy mañana.

—Vete cuando quieras. Perdona lo del despiste, pero te aseguro que no hay problema. Por el barrio, ¿todo bien?

—Todo bien.

—¿Has visto a mis padres últimamente?

—A tu madre la vi el otro día... a lo lejos... tenía buen aspecto. ¿Van a venir a pasar unos días contigo?

Vicente me miró con simpatía y me dio una caricatura de puñetazo en la barbilla.

—No creo, Paco, no creo. Cada cual tiene su ambiente. Cada ambiente tiene sus reglas. Es como si yo metiera a Rafa o a cualquiera de los que están aquí en La Fabriqueta, ¿qué pasaría?

—Un pulpo en un garaje.

—Pues eso. Y no es que unos sean mejores que otros, ni aquello mejor que esto, ni esto mejor que aquello.

—No jodas, Vicente. Esto es mejor que aquello.

—Sí. Probablemente.

—Seguro, hombre, seguro. Una casa con cinco cuartos de baño es mejor que una casa con un solo cuarto de baño.

Noté que quería decirme algo y no se atrevía a largarlo, algo que tenía en la punta de la lengua, y se lo dije:

—Dime. Dime lo que quieres decirme.

Se echó a reír y me dio una palmada en el hombro.

—Tienes antenas, Paco. Mira. Te he estado observando y hay algo que no debes hacer. No debes ir de culo pensando que has de caer bien, ¿comprendes? Por ejemplo, basta que alguien haga un gesto buscando un cigarrillo para que tú saltes con tu paquete por delante ofreciendo tabaco a todo el mundo. Una vez está bien, pero no te pases.

Me lo decía sin reñirme, afectuosamente. Pero una cosa es lo que él opinara y otra lo que los demás hacían, porque cinco veces había sacado yo el paquete y cinco habían caído dedos como buitres dejándomelo medio vacío. En esto seguía yo un consejo o una reflexión, es lo mismo, que mi padre me había hecho hacía tiempo. Cuando quieras hacerte amigo de alguien, lo mejor es ofrecerle un cigarrillo.

—¿Y si no fumo?

—Pues te diré que a veces, aunque uno no fume, siempre conviene llevar un paquete de tabaco en el bolsillo para alternar.

En los tiempos en que estuve en Atzavara fumaba, pero ahora que me he retirado del vicio, sigo llevando siempre un paquete en el bolsillo del mono y en la guantera de la furgoneta y digan lo que digan, un cigarrillo sigue abriendo muchas puertas y a muchas personas. Aunque yo no fume, repito, que de un día para otro me dije, basta, y todo el mundo se lo tomó a chacota, para empezar mi propia mujer. Pero les dejé a todos con la boca abierta, porque no he dado una pipada a un cigarrillo desde hace cuatro años.

Empezaron a oírse voces de que era la hora de comer y fue Vicente el que quiso encargarse de ir a apalabrar la paella. La pidió para doce y yo conté los que estábamos allí en el grupo de la paella y me salieron diez, ya que Montse Graupera no podía venir porque llegaba su marido de Barcelona y tenía a su hija con el novio en casa y la mayor parte de matrimonios y niños tenían arreglos en sus casas, pero me pareció que una paella para doce era muy poca paella para diez, porque yo solo me como tres platos de arroz en un cerrar de ojos, que a mí el arroz me gusta con locura de todas las maneras y empecé a sufrir porque me veía venir que aquella paella iba a ser un aperitivo, una tapa. Luego no fue así porque aquellos tipos comían con la punta del tenedor y se intercambiaban bromas sobre lo gordos que estaban y lo que engorda la paella. Alguno de ellos tenía sus michelines, pero poca cosa, y en cambio venga encontrarse neumáticos en el cuerpo en lo que sólo eran pellejos mal rellenos o vaciados por los años. Pero eran simpáticos, tanto ellos como ellas y más simpáticos cuando se colocaron entre pecho y espalda hasta siete botellas de vino rosado bien frío que les soltó las lenguas y los ojos y empezaron a decirse barbaridades sobre lo buenos que estaban los unos y las otras y ya me vi allí una orgía e incluso hice mis cálculos sobre la tía a por la que yo me iría y, de lo perdido saca lo que puedas y a caballo regalado no le mires el dentado, por lo que mi inclinación se iba hacia la bruja, que si bien tenía una mirada de serpiente, parecía tener las mamellas bien puestas, un buen culo y ganas de juerga no le faltaban. Pero pensé, somos siete tíos para tres tías y aunque no toda hora y todo lugar es bueno para todo el mundo, aquí se va a armar un taco como todo esto vaya a más. Yo, la verdad, es que me había atizado una botella entera yo solo y estaba hecho un supermán y todo lo que hasta entonces habían sido temores e inseguridades y no sé si debo, se había trocado en aplomo y en ganas de que se supiera de una vez por todas quién era Paco Muñoz. Así que casi sin pensármelo, me planté en el mostrador y dije: ¿Cuánto se debe en la mesa aquella? Cuatro mil pesetas me dijeron y yo me miré a la tipa de la caja como si fuera una atracadora, porque el arroz no estaba mal pero mi madre lo hacía mucho mejor con menos tropezones congelados y en cuanto a la ensalada y la fruta debían de haberla conseguido de entre los desperdicios de Mercabarna. Si pagaba la cuenta me quedaba con tres mil pelas para el resto de mi estancia en Atzavara, pero a lo dicho pecho, así que le puse las cuatro mil pelas debajo de las narices y aún le dejé veinte duros de propina, porque de escarmiento me había servido la aventura del bar y nunca más volví a hacer el *passarell* de aquella manera. Pagué, volví a la mesa y me disgusté porque en mi ausencia habían pedido cafés y coñacs y no me lo habían tenido en cuenta en la factura, por eso cuando Rafa pidió la cuenta y el camarero dijo que todo estaba pagado menos los cafés y los licores, todos se miraron entre sí buscando el culpable y sólo la mirada de Vicente se vino a por la mía y no era contento lo que leí en sus ojos.

—Pero, vamos, ¿quién ha hecho de pagano?

—A mí que me registren.

Decían todos y fue el camarero el que me señaló y me cayeron todas las miradas encima como si fueran de plomo.

—Pero ¿por qué?

Así de simple. Me lo preguntaba Rafa con cierta seriedad en la cara y yo le sonreí como ocultando algo que ya no estaba oculto, es decir, poniendo cara de idiota.

—La casa es fuerte.

Dije, reproduciendo lo que dice mi padre cuando alguien le reprocha hacer de pagano de algo.

—Pero no viene a cuento, chico.

Insistió Rafa y el tono de su voz me convenció de que, en efecto, no había venido a cuento. Fue Vicente el que me sacó del apuro.

—Paco es muy especial. Con los amigos siempre hace lo mismo. Cada uno es cada uno.

Y desafió a Rafa con la mirada hasta provocarle una sonrisa que contagió a todos los demás.

—Pues gracias, Paco. A rumboso no te gana nadie.

—Ha sido un pequeño detalle.

Dije sin estar seguro de que me hubieran oído y empecé a recibir felicitaciones y propuestas de que hiciera lo mismo los días siguientes.

—Todos tus invitados deberían ser así, Rafa.

Y poco a poco se dio la vuelta al asunto y se me fue aliviando la congoja, que estaba yo más arrinconado que un pedo y poco a poco me fui saliendo del rincón y casi me sentí a gusto, es decir, me hubiera sentido a gusto de no notar yo que Vicente, pese a su oportuna ayuda, estaba disgustado conmigo o, en cualquier caso, molesto. Y nada me dijo en el coche de vuelta, aunque poco le hubiera oído yo porque el vino me producía sueño y me dormí como un tronco y semidormido y semimareado llegué a mi habitación donde me quedé roque, abrumado por el vino y por el sol y el ajetreo del mar, que poco acostumbrado estaba yo a bracear en el agua y más que nadar me peleaba a guantazo limpio con las aguas, cabeza aquí y cabeza allá, porque nadie me enseñó a nadar y me enfrenté con los mares como si de un combate de boxeo se tratara a ver quién puede más. De mi sueño profundo me sacó un tintineo que poco a poco identifiqué como las notas de un piano, un piano que sonaba en los bajos de la casa anochecida, porque mi reloj Duward chapado en oro me decía desde la mesilla de noche que eran las nueve de la noche y en cuanto pasa el veintiuno de junio los días se acortan y en cuanto piensas en ello ya tienes la tristeza y el temor del invierno metido en el cuerpo. A medio espabilar salté de la cama, salí de la habitación en calzoncillos y bajé con cuidado la escalera hasta llegar a un punto desde el que podía ver el salón del primer piso en el que sonaba el piano. Allí estaban casi los mismos de la tertulia de la playa, pero vestidos y repartidos por la habitación en torno del conjunto que formaban Gratacós y su piano. Parecían una fotografía. Una fotografía de esas que salen en *¡Hola!* en verano y que yo a veces hojeo en la barbería. Morenos, con cara de esperar el disparo de la cámara, trajes ligeros como si tuvieran cuerpos delicados, incapaces de soportar otra ropa que no pareciera de aire. Y esa atención que la gente bien educada sabe poner cuando quiere, que no es el cogerse la cabezota con los puños, sino un no sé qué conseguido con la quietud del esqueleto y la mirada entregada. No todos la tenían, porque por ejemplo me di cuenta que dos a los que yo no conocía, vestidos con unos esmoquins que les daban, según los miraras, aspectos de pingüinos o de escarabajos, en vez de estar pendientes del pianista y de su música se dedicaban a mirar a todo el mundo y a hacer comentarios por lo bajini que no debían de ser muy bien intencionados, porque se reían en plan mudo, eso sí, haciendo muchas muecas y plegándose como si se partieran de risa silenciosa. Luego, ya cuando me mezclé con el público, deduje que eran aquellos «sultanes» de los que hablaban en la playa y si desde lejos me habían parecido un par de pingüinos maleducados, de cerca me repatearon el vientre, porque eran dos finolis de esos que se limpian el pipí con un papel de fumar y uno de ellos me echó una mirada de esas que no se echan ni a los vagabundos con piojos.

Estaba yo entregado a saborear aquella reunión, porque cosa igual no había visto en mi vida. ¡Un concierto en una casa! Y todos tan puestos, tan guapos, ésa era la palabra, fueran o no fueran guapos, lo estaban y tal vez tenía esta impresión por lo fina que era la música, que al principio era difícil de oír, luego se te metía en el oído y con el tiempo cansaba pero había que reconocer que el tío tocaba el piano con un par de huevos. Tocaba una pieza de música buena y todos le escuchaban con mucho respeto y casi sin respirar. Así de pianista parecía otra cosa y casi no recordaba al *trincha* con chilaba que yo había conocido por la mañana. Busqué con los ojos a Vicente y allí estaba sentado en el brazo de la butaca que ocupaba Rafa, con una mano apoyada en el respaldo y la otra sobre las rodillas cruzadas. Vicente escuchaba con mucha atención y a veces parecía como si siguiera la música con la cabeza y la verdad yo no sé qué seguía con la cabeza porque aquella música no podía seguirse con la cabeza. Todas las notas iban separadas y a veces cada una por su cuenta, y muy lentamente, como si al pianista le costara decidirse o no supiera muy bien a qué tecla darle. Mis ojos iban de Vicente al pianista y del pianista a Vicente y en uno de estos viajes noté algo que me sorprendió tanto que tardé algún tiempo en aceptar que lo había visto. Así que dejé de mirar las manos del pianista y volví a mirar el grupo que formaban Rafa y Vicente en la misma butaca. Era cierto. Rafa había desplazado una mano y la había depositado sobre la mano que Vicente tenía encima de sus rodillas amontonadas y la mantuvo allí, sin quitarla, pero también sin hacer nada más y me di cuenta entonces de que yo estaba en calzoncillos y de que a alguien se le podría ocurrir mirar hacia arriba y ya la teníamos liada. Así que con la cabeza hecha un lío y el corazón latiendo me fui a la habitación a vestirme y a pensar. Y me costó más pensar que vestirme, porque me dolía llegar a decirme a mí mismo lo que ya estaba pensando, como si decirlo convirtiera en innegable lo que pensaba, como si llamar a las cosas por su nombre fuera una manera de hacer que las cosas fueran lo que eran. Es decir, Rafa y Vicente, eran un par de... ¿O me pasaba yo de mal pensado y dada la diferencia de edad, Rafa podía sentir cariño por Vicente, como si fuera su padre adoptivo? Pero con ser mi padre mi padre, mi padre por los cuatro costados, ni le pasaría por la cabeza ponerme la mano encima de la mía y eso que yo aún le daba un beso cuando nos separábamos por un cierto tiempo, por ejemplo le besé cuando vino a despedirme a la estación cuando lo de la mili o hace dos años cuando él se fue con mi madre al pueblo al entierro de su tete, el hermano de su madre al que más quería. Pero lo de Rafa y Vicente no había sido un gesto de padre a hijo, sino un gesto de pareja de enamorados y al pensarlo me daba como náuseas, no porque yo no supiera ya entonces que de cintura para abajo hay más cosas raras aún que de cintura para arriba, pero esas cosas se saben, se piensan, pero no se pueden ni imaginar. Al menos yo no me las podía ni imaginar con personas a las que conocía y quería. Y en el rato que pasé decidiéndome a bajar o a fingir seguir en mi sueño, pasó por mi cabeza toda la historia de Vicente que yo conocía y nada era inocente, ni las mínimas cosas que en el pasado me habían parecido naturales me lo parecían ahora, pero tan pronto aceptaba estas sospechas las rechazaba y consideraba que no debía dejarme llevar por una primera y mala impresión. Así que me vestí, me fui al cuarto de baño atribuido que estaba dentro de una habitación con dos camas que a veces compartían el pianista y su primo, me parece que era el arquitecto, me refresqué y me vi en el espejo la cara de cangrejo que me había dejado el sol y ya me predispuse a pasar la noche del loro con la piel ardiendo y molesto incluso por el roce de las sábanas. Fresco y alerta, bajé los escalones hacia el salón donde el pianista seguía tocando y lo hice con sigilo, de puntillas, para que se viera que yo respetaba la música y me senté en los escalones para no meterme como un caballo en una cacharrería. Pero nada más poner el culo en el suelo terminó la pieza y al parecer era la última porque todo el mundo dejó de hacer la estatua y empezaron a aplaudir al pianista como en las películas y a gritarle ¡bravo!, ¡bravo! y el tío venga a saludar como si estuviera al menos en el Liceo, echándole guasa o yo qué sé al asunto, porque la cara no la tenía de guasa sino que más bien parecía emocionado y todo. Y le gritaban ¡bis!, ¡bis! como en los conciertos de Los Mustang o de Joan Manuel Serrat y él haciéndose el remolón pero con ganas de volver a darle al piano y los cuatro gritos que le pegaron los aprovechó y se sentó otra vez a darle al manubrio y ya me tenía frito el músico, porque un rato de música buena, bien, pero pasarse ya es otra cosa. Y los que estaban allí me parece que estaban tan hartos como yo, pero lo disimulaban y ponían cara de estar corriéndose cuando por dentro debían de mentarle a la madre al concertista. La prueba es que cuando se acabó la pieza de regalo ya nadie le gritó bis y aunque le felicitaron, le abrazaron, me lo sobaron de lo lindo, ya no tocó ni una nota. Y se hablaba de cenar y Rafa y sus amigos dijeron que aún faltaba algo para la cena, pero que en un cuarto de hora la terminaban, es decir, que ellos hacían la cena porque las mujeres no hacían el gesto de irse a la cocina. Me fui para allí a ver qué se guisaba y me quedé viendo visiones. Cinco o seis hombres con delantal y cocinando. El que no hacía una salsa vigilaba unas cazuelas y el que no preparaba unas ensaladas.

—A mí la bearnesa se me corta siempre.

—Es que yo me compré un salsero eléctrico en París.

Y se daban consejos sobre cómo hacer sopas frías y cómo se consigue que el asado de cerdo quede con caramelo por encima. Y no sólo sabían cocinar, sino también presentar las cosas, porque luego sacaron a la mesa unas fuentes muy bonitas donde la comida estaba tan bien puesta que daba pena tocarla. Unas ensaladas de arroz llenas de colores y de cositas muy pequeñas y unas tortillas encima de otras hasta contar siete y luego cubiertas con salsa de mayonesa o de tomate y unos pedazos de pescado rellenos de queso y jamón que estaban tan buenos que me comí doce. Y todo lo habían cocinado ellos poniéndome la mosca detrás de la oreja, porque no es que yo no me haya metido alguna vez entre fogones y a veces mi padre guisa con los amigos cuando vamos al campo, que le sale un arroz con bacalao y un arroz con sardinas y una ensalada de bacalao, naranjas y aceitunas negras que están para chuparse los dedos. Pero eso son guisos que los hombres han hecho toda la vida y en cambio aquellos tíos cocinaban como artistas, con regodeo, exhibiéndose, y yo me acordaba de que cuando alguna vez me he metido en la cocina, mi madre me ha sacado a empujones diciendo que la cocina es cosa de mujeres y mi mujer hace lo mismo, aunque por motivos diferentes, porque dice que los hombres en la cocina sólo sabemos que ensuciar. Yo puedo espabilarme en caso de apuro y puedo hacerme unos espaguetis con queso rallado y mantequilla y un arroz hervido con un huevo frito, y de hambre no me moriría, pasara lo que pasase; pero más allá no llego, ni ganas. Bien está que en los mejores restaurantes del mundo los buenos cocineros sean hombres y un tío abuelo mío fue cocinero en grandes barcos de pasajeros que hacían la ruta del Atlántico. Una cosa es ser cocinero por profesión y otra por instinto. Se es cocinero por instinto como se es maricón por instinto y no es casualidad que ya a los niños rarillos se les vea inclinación, desde muy pequeños, a tener oficios de mujeres, bien sea la sastrería, bien la cocina y si no que se me diga qué piensa cualquiera cuando al preguntarle a un niño qué quiere ser cuando sea mayor contesta: Sastre. Miau. A mí el Papet me dice que quiere ser sastre cuando sea mayor y no lo toco, eso sí que no, porque yo casi nunca le he puesto la mano encima al Papet y eso que es un pedazo de mulo cuando se pone tozudo, pero sí que le haría ver que no es una aspiración para un niño. Con ello no quiero decir, entiéndaseme bien, que todos los sastres son maricones, ni mucho menos, pero casi siempre los sastres maricones ya querían ser sastres desde pequeñitos y en cambio los sastres machos escogieron la profesión cuando ya tenían bien claro si eran carne o pescado.

Pero la cena estaba buena y como a mí me va el arroz de todas las maneras no tuve problemas, salvo en una de las bandejas en la que a un gracioso se le había ocurrido poner pasas y pedacitos de piña tropical con arroz, trocitos de pollo, jamón. Una pasada, sin duda para singularizarse y que todo el mundo dijera que era muy original. ¿Cuándo se ha visto que al arroz hervido se le pongan pasas y piña? ¿Y por qué no una buena cucharada de mermelada de ciruela o una taza de chocolate? No fue la única ocasión en la que he podido observar que el extremismo es un mal consejero y que las ganas de destacarse y de no cumplir las normas llevan a hacer muchas tonterías que en algunos sectores sociales son muy rígidamente criticadas, pero en otros donde ancha es Castilla, se tolera y aun se elogia el extremismo, como aquella noche en que todos ponían cara de desmayo al juzgar aquel arroz horrible que no era ni chicha ni limoná. En cambio las otras bandejas estaban buenas y a ellas me dediqué sin restricciones ni miramientos porque les había pagado la comida y ahora tenía derecho a que me llenaran el estómago. Vicente estaba muy pendiente de mí y me servía vino frío una y otra vez, aunque no era yo una excepción porque se movía entre el público llenando vasos e incluso a algunas de las «chicas» les llevó el plato con distintas clases de ensaladas y todos decían que Vicente era un sol o un hallazgo y felicitaban a Rafa por lo educado y lo servicial que era aquella perla. Yo a aquellas alturas del festejo ya los tenía a todos un poco clasificados, en parte por la ayuda de Vicente que me iba diciendo quién era cada cual a medida que yo le hacía preguntas, pero también porque soy muy observador y me cuesta entrar en los ambientes, pero que en cuanto entro no se me escapa ni una, como a mi Margot. Por ejemplo, yo me paso horas y horas conduciendo la furgoneta y la ciudad es mi mundo y sé los tiempos que tarda cada semáforo en cambiar y cuando espero la luz verde en vez de estar pendiente de arrancar como tanto alucinado que se dedica al transporte, a mí me gusta mirar a derecha e izquierda y suponer a qué se dedica la gente que está en los otros coches, adónde van e incluso si se parecen más a su padre o a su madre. Es una teoría, de las muchas que tengo, que sólo me he atrevido a exponerle a mi mujer: hay personas que tienen cara de parecerse a su padre y hay personas que tienen cara de parecerse a su madre y no porque sean más viriles o más afeminados, es un no sé qué que se capta. Mi mujer dice que tengo una vena de chalado que de vez en cuando se me hincha, pero a veces la he obligado a reconocer que mis intuiciones son ciertas. Por ejemplo, ella conocía a los dos hermanos Porta que tienen unos almacenes de sacos en Bellvitge y yo les hago el transporte y una vez nos invitaron a pasar un domingo en una torre que tienen en Castelldefels, porque me tienen mucha confianza y aprecian mi trabajo, además era una *costellada* y a mí las *costelladas* al aire libre me van e igual me como doce costillas a la brasa, butifarra, *cansalada*, alioli, un kilo de pan y me quedo tan fresco. Yo sabía que en esa torre iban a estar los abuelos y le advertí a mi mujer:

—Piensa bien en lo que te digo, ella es igual que su padre y él igual que su madre.

—Pero si tú no conoces a los padres.

—Tú piensa en lo que te digo y luego me das la razón o me la quitas.

Yo ya me di cuenta de que había ganado la apuesta desde que vi en el jardín, sentados como unos reyes en sillones de mimbre, a los dos viejos, pero iba estudiando de reojillo las reacciones de mi mujer y vi que no paraba de comparar las caras de los hijos y de los padres y al final me envió una mirada en la que había un respeto, aunque luego, cuando lo comentamos, como es baturra por parte de abuela materna, no quería rendirse del todo: que podía tratarse de una casualidad y que un grano no hace granero.

Pero bueno, allí estaba yo, Paco Muñoz González, entre gente de crema y a medida que pasaba el tiempo y me iba compenetrando con la comida y la bebida, a pesar de que tenía el gusanillo de lo que había visto abriendo galerías en algún rincón de mí mismo, podía decir que estaba a gusto.

—Estás a gusto, Paco.

Me dije para animarme. Así que estaba integrado, comido, bebido, dueño de mí mismo, aunque mosca por lo de la mano de Rafa y colorado como un pimiento por el sol y me iba de corro en corro, escuchaba conversaciones y si bien no me metía en ellas aunque a veces me daban pie para ello, puedo decir que no hice el ridículo y que incluso tuve una conversación muy apañada con uno al que Vicente me presentó como escritor, aunque yo nunca he leído nada de él y nunca le he visto luego en la tele, y que nadie me pregunte por el nombre porque soy muy memorión para las caras, pero muy poco para los nombres. A mí me impresiona la gente que sabe expresarse. Es un don. Ni los pintamonas, ni los cantantes, ni los que hacen puentes me impresionan porque utilizan o sus manos o su voz, es decir, cosas que llevan encima y que tienen causa natural. Pero que un tío se siente a una mesa, se exprima el caletre y me escriba una historia llena de gentes y de cosas que se ha sacado de su magín, me quito el sombrero. Eso sí tiene mérito, como el hablar bien sin leer ni consultar papeles. Hay quien se pasa, pero hay superdotados que hablan bien, largo y bonito sin decir tonterías. Y aquella noche tuve ocasión de relacionarme con el escritor y con un tío que hablaba como una enciclopedia, todo bien medido, lleno de datos y con una parsimonia que al principio daba gusto, aunque luego se puso algo pesado. Me fui a por el escritor y le dije, así, de buenas a primeras, con un par de huevos:

—Así que usted es el famoso escritor.

—Hombre, tanto como famoso...

—Yo admiro mucho a los escritores. Todos llevamos muchas cosas dentro, pero muy pocos saben contarlas con palabras y aún menos saben ponerlas por escrito.

—Gracias a ese defecto de la mayoría he conseguido ganarme la vida bastante bien.

—Si yo le contara mi vida y la de mi familia tendría usted para una novela más larga que *Lo que el viento se llevó*.

—Sin duda.

—¿Ha leído usted *Lo que el viento se llevó*?

—No.

—Pues léala porque hay tela marinera en esa novela. Parece como si tuvieras los personajes al otro lado de la mesa o en el dormitorio si la lees en la cama.

—Haré la prueba.

—¿Ha leído *Viven*?

—No recuerdo.

—Sí, hombre, esa de los chicos que caen de un avión en los Andes y tienen que comer carne humana.

—Ya recuerdo el caso.

—Si no la ha leído, con mucho gusto se la dejo. Yo se la paso a Vicente y él se la hará llegar.

—No, gracias, ya la compraré. ¿Y esa de los caníbales, cómo dice que se llama?

—*¡Viven!*

—No olvidaré el título. Luego en casa me lo apuntaré.

—Recuérdelo bien: *¡Viven!*

Era un tío muy amable y muy sencillo que me estuvo haciendo preguntas sobre mi trabajo y mis ambiciones. Yo no quise decirle que pensaba dedicarme a repartidor porque aquella noche, entre aquella gente, me parecía una imbecilidad dedicarme a repartidor habiendo en el mundo personas como aquellas que se dedicaban a cosas tan interesantes: escribir libros, pintar cuadros, hacer joyas o casas, importar y exportar, curar enfermos... ¿Iba a decirle que yo no tenía otra salida que repartir chorradas con una furgoneta todo el día? Cuando me preguntó el escritor por mi oficio y beneficio le dije que estaba indeciso porque acababa de volver de la mili y tenía que estudiar distintas ofertas y posibilidades, así mismo se lo dije: distintas ofertas y posibilidades. Y el escritor me dio toda la razón, porque precisamente es después de la mili cuando hay que jugar las cartas en serio.

—Exactamente, exactamente...

Le apoyé de corazón.

—... es el momento de tirar la carta decisiva y en esa partida te juegas el futuro.

—No cabe la menor duda.

Es una de las personas que recuerdo con más cariño y me sabe mal no saber su nombre, ni haber comprado alguna vez un libro suyo, aunque muy famoso no será porque de sonar mucho ya habría yo recordado el nombre y no ha sido así. Y en cuanto al que hablaba bien, me cago en la leche, es que me dejó despatarrao el tío cuando habló de Franco y el franquismo. Se lo sabía todo, no sólo de lo que Franco había hecho y no había hecho, sino incluso de la enfermedad que tenía ahora. Tanto sabía que la gente le formó corro y él explicó que el franquismo era no sé decirlo con sus palabras, pero más o menos algo así como lo mismo que el fascismo que había habido muchos años en Italia con más curas y más militares. Y dijo una cosa que se me quedó grabada porque luego los hechos le han dado la razón. Dijo, lo recordaré toda la vida, que el franquismo había llegado a su límite y que ese límite era el final porque había cumplido un ciclo completo, dijo, como el de la vida: nacer, crecer, decaer y morir. Hablaba muy bien, a todo esto sin mirar ni un papel, pero se pasaba en los datos, porque se sabía hasta el segundo apellido de los Franco y los metros que tenía el yate *Azor* y no sólo de Franco sabía el tío, sino que de cualquier cosa estaba documentado como una enciclopedia en veinte tomos, porque alguien encontró un pajarraco moribundo en la azotea, lo trajo y el sabio dijo de qué clase era, qué costumbres tenía y tras mirarle no sé qué alrededor del ojo o no sé dónde, añadió: Tiene los minutos contados. El pajarraco se lo miró, parpadeó un poco y la diñó.

Me pareció notar que todos eran muy antifranquistas y muy catalanistas, aunque entonces yo era un analfabeto político, que mi padre había procurado apartarme de cualquier idea política y eso que en el barrio había mucho rojerío debajo de las piedras, de Comisiones Obreras y todo eso, en unos tiempos en que estaba muy prohibido. Mi padre tiene una máxima que yo a veces le había discutido, de jovencillo, pero que con los años he comprendido que es la verdad misma: la política para quien vive de ella. Aquella gente no vivía de la política, por lo que parecía y más en aquellos años en que la política estaba prohibida, pero estaban excitados y lo que había sido una conversación en coña por la mañana en traje de baño, aquella noche se convirtió casi en un mitin y yo estaba interesado y nervioso, porque era la primera vez que estaba entre personas ricas que decían estar contra el Régimen y lo decían con rabia y sin esconderse, aunque en aquel pueblo por no haber no había ni guardia civil y no sé qué hubieran dicho o hecho todos aquellos si de pronto se presenta la guardia civil y manos arriba, todos a la cangrí. Yo estaba tan excitado, con tantas ganas de empaparme de novedades, que no me daba cuenta de mi propio cansancio y fui a buscar reposo en algo que era como un banco de ladrillo sobre el que habían puesto un colchón y muchos cojines. Desde allí, recostado sobre los cojines podía escuchar algunas conversaciones y de vez en cuando venía Vicente a preguntarme si necesitaba algo, que qué podía hacer por mí y yo que nada, que hiciera su vida, que yo estaba a gusto. Y tan a gusto estaba que me quedé dormido, no sé en qué momento, a pesar del sarao que armaban, especialmente «las chicas» y entre ellas la morenita de las gafas y el flequillo, Montse, que recuerdo su nombre precisamente porque era muy nerviosa y les cantaba a todos las cuarenta, incluso a la Luisa, la más alta de todas, más alta incluso que casi todos los hombres que estaban allí. Y me quedé dormido a pesar de que hubo un incidente que yo me temí que la cosa se pusiera violenta porque se picaron la Montse y el escritor, porque la Montse dijo en un momento: «¡Todos los hombres son unos machistas!» y el escritor se le picó y le dijo más o menos que todo el mundo habla de la fiesta según le va y que ella había tenido mala suerte con los hombres que le habían tocado, lo que, según deduje, era una clara alusión a su marido, porque la morenita estaba casada (aquella misma mañana se había ido a casa y no había comido la paella porque esperaba a su marido). Y ella le dijo que no le hiciera hablar y él que hablara lo que quisiera e incluso, me parece recordar, el escritor le gritaba congestionado, a muy pocos centímetros de la cara de ella y yo me dije ay, ay, ay, aquí se van a las manos y como se vayan a las manos, con lo bien que le has caído al escritor, tú te pones en medio y le dices cuatro cosas bien dichas, se avendrá a razones y todos comentarán que tienes mano izquierda y dirán, ese amigo de Vicente es un tío como tiene que ser. Pero no pasó nada. Se picaron, se insultaron, se gritaron y luego... nada de nada. A mí me dicen la mitad de lo que se dijeron la morenita y el escritor y es que me parto la cara con quien sea; pero aquella gente era diferente, se gastaba toda la pólvora en salvas, tiene otra educación, otro temperamento y así les va, que ninguno se rompe de un arrebato y tienen un hígado que se lo pisan. Me dormí después de tantas y tan diferentes emociones y me despertó el escozor en los hombros, que tenía la piel a punto de reventar y no encontraba postura que no me maltratara la piel quemada. Estaba el salón a oscuras, no había nadie y me puse en pie de un salto, temeroso de haber roncado, pues soy muy roncador y aún me aumentaba la calor el simple pensar que se habían reído de mí o se habían marchado despavoridos.

—Cuando tú roncas se suicidan los mosquitos.

Me tiene comentado mi madre.

—Eres más seguro que el DDT.

Y es que soy de familia roncadora, aunque el roncar mío y

el de mi padre son muy diferentes. Mi padre ronca bajo pero es capaz de hacerlo toda la noche. En cambio yo ronco a rachas y cuando lo hago es como si se hubiera metido en casa un bulldozer. En estas preocupaciones y con el desconocimiento de la casa, en vez de irme hacia arriba a recuperar mi habitación tomé por otra escalera que me llevó hasta una terracilla llena de plantas que no miraba al mar, sino a la montaña que seguía creciendo a espaldas del caserío. Y me quedé en el umbral, porque sentados en un banco de ladrillo puesto allí precisamente para ver el paisaje, supuse, porque otro sentido no tenía, estaban Rafa y Vicente con las manos cogidas, sin hablar, sin mirarse, como esas parejas de novios que, pasados ya los primeros meses de ardores y magreos, están ya más tranquilos y les basta tener las manos juntas para decirse un montón de cosas. Hasta yo lo hago con mi mujer y eso que no soy lo que se dice un hombre cariñoso, cuando me viene de pronto la idea de que ya llevamos juntos la mar de tiempo y que aún nos queda mucho tiempo por delante, pero que un día puede ocurrir una desgracia o vendrá la muerte, probablemente primero la mía, y todo lo que habremos vivido desaparecerá como desaparecen los días, las semanas y los años y entonces me viene un impulso, le cojo la mano y ella me la da si está de buenas, que no lo está siempre, y lo noto porque me da la mano muerta, es decir, muda. Ellos tenían las manos cogidas y yo sentí asco en mis propias manos, como si mis manos imaginaran el tacto, el peso, el tamaño, el volumen de la mano de un hombre que estuviera entre las mías. Me fui y ni siquiera me paré en el retrete a mear, sino que me encerré en mi habitación por dentro, con los ojos abiertos como platos y los escozores en la piel que no me dejaban ni dormir ni pensar y me predisponía a pasar una noche de agonía cuando llamaron a mi puerta y abrí porque era Vicente. Me traía un tarrito de crema para las quemaduras y una pastilla de calmante para que engañara el dolor y pudiera dormirme. Mira, sería lo que fuera, pero fue un detalle, se lo agradecí y aunque me dio cierto asco meterme en la boca una pastilla que él había tocado con la misma mano que había tenido entre las de Rafa, pensé que era del género idiota pasarlo mal por tantos remilgos, me la tomé y me puse tanta crema en las quemaduras que se quedó el tarro vacío. Pensé en preguntarle a Vicente al día siguiente cuánto le debía de la crema porque era tan buena y olía tan bien que debía de ser de la que se ponen los cocheros en la piel de la picha o al menos en el barrio siempre se ha dicho que algo muy caro y selecto que era como la piel de la picha de un cochero o de la faba de un cochero y nunca he sabido por qué.

Pero conseguí dormir y al día siguiente, que iba a ser el segundo y último de mi estancia en Atzavara, no estaba mi economía como para hacer alardes. Tenía gasolina para volver a casa, pero cualquier pana o tontería me podía poner al borde del KO y además con aquella gente no podía quedarme sin pasta porque eran de esos que tienen gastos tontos e imprevisibles y aunque me fijé que pagaban a escote, cada cual tiene su escote y el mío estaba tuberculoso perdido el pobrecillo. Y como en un aparte con Vicente le comentara yo que aquellos tíos debían de ser todos muy ricos, se echó a reír y dijo que ni hablar, que vivían bien, pero que los ricos eran otra cosa.

—¿Otra cosa? Estos tíos tiran de coche caro. No paran de hablar de viajes: que si Atenas, que si Florencia, que si Japón. No miran un duro cuando se compran ropa y ayer noche nos bebimos veinte botellas de champán. Por cierto, ¿cómo es que siendo ricos sacaban unos champanes tan raros? A mí que me pongan el Codorniu o el Freixenet en plan fino, ya no te digo un Delapierre, pero donde se ponga un extra Codorniu...

—No les gusta el extra Codorniu.

—Y en cambio se toman el arroz con piña y pasas.

—Esta gente ha viajado, ha probado cosas que nosotros desconocíamos en La Fabriqueta. Pero La Fabriqueta no es el mundo, Paco. Está en el mundo pero es una pequeñísima parte.

—Si estos amigos tuyos no son ricos, ¿cómo son los ricos?

—Mucho más ricos que ellos pero mucho más tontos y crueles. No es que haya conocido a muchos, pero sí a algunos. Estos tíos tienen clase.

Tenían algo, eso sí y mucho cuento, eso también, pero comedia hace todo el mundo y cada uno de nosotros es diferente según con quién esté y dónde esté, eso lo veo ahora, más de diez años después. Aquella mañana estaba irritado porque el pudor y un cierto respeto y aprensión me impedían hacerle a Vicente la pregunta que tenía ganas de hacerle desde la noche anterior y me notaba a mí mismo seco con él y más desconfiado en mi relación con Rafa o con sus amigos y amigas cuando volvieron a reencontrarse después del desayuno y planearon bien bajar hasta la playa o bien irse a Cala Llisa a ver si un amigo de Rafa estaba dispuesto a pasearles en su barco. Pensaba que si Rafa, Vicente y algunos más eran unos sarasas, los que no lo eran y lo sabían, podían pensar que yo era uno más de la tribu y eso me ponía a morir y me hizo estudiar mis propios movimientos a lo largo de todo el día, no fueran mis andares demasiado sueltos como para dar que pensar o mis palabras demasiado cantarinas, como me parecían las de ellos, aunque luego he podido comprobar que más que como sarasas hablaban como habla la gente fina: como si jugaran con las palabras, como si no tuvieran valor o no les importaran las cosas, ni siquiera las cosas evidentemente importantes, es decir, podían hablar en tono de rechifla hasta de su propia madre. Con eso está todo dicho.

Mi primer problema fue, cuando decidimos dejarnos de barcos y repetir la expedición del día anterior, elegir entre adelantarme al grupo para que se viera que yo tenía mi propio estilo o, al revés, quedarme rezagado, como si estuviera despegado y no tuviera una dependencia. Porque no sólo podían sospechar de mí los más próximos a Rafa, Vicente y sus amigos, sino incluso la gente del merendero o del pueblo que les conocía, por ejemplo, el *lampista*,* al que fueron a pedirle que viniera a arreglar la campanilla porque sin saber cómo se había roto y perdido la cadena del llamador de la puerta. Yo a todas éstas, callado como un muerto, pero sin quitarle ojo al *lampista* para ver qué cara ponía cuando hablaba con ellos y

* Fontanero.

me pareció ver una cierta sorna en la manera como les miraba, pero quizá sólo fueran figuraciones mías y es que yo estaba viviendo un tormento que me ponía áspero por dentro, aunque por fuera debía corresponder al tono amabilísimo de Rafa y a la intención de Vicente de ayudarme a sentirme a gusto. Pero yo empezaba a sospechar que Vicente se había dado cuenta de que yo me había dado cuenta y eso aún dificultaba más nuestras conversaciones y me hacía evitar los apartes, casi tanto como exponerme a quedar dentro de la tribu y verme obligado a conversar sobre lo que no sabía o no tenía ganas. Ellos dale que te pego con el tema de Franco y la sucesión de Juan Carlos y venga a quejarse de lo mal que les había ido con el franquismo y yo no veía por parte alguna el porqué les había ido mal con el franquismo. Que si Franco le había puesto un pie en el cuello a Catalunya. Que si les habían frustrado desde la adolescencia, aquel clima de opresión y los curas, los jesuitas por ejemplo... Pues no haber ido a los jesuitas y ya está. Me hubiera gustado a mí verles en el colegio unitario público de Loja o luego en la Academia Mentor de Hospitalet. Tendrían tema de conversación para tiempo porque Franco estuvo si se muere si no se muere durante más de un año y todos tenían preparada la botella de champán para brindar en cuanto la pringara. Yo les dejaba para chapuzarme hasta que perdía pie, me ponía nervioso y volvía a la orilla sin ganas de recuperar el grupo, pero no podía hacerme el despegado toda la mañana y a veces tenía que volver y fue en una de estas vueltas cuando Rafa me recorrió el cuerpo con una mirada seria y yo me quedé paralítico.

—Oye, Vicente, mira el cuerpo de Paco. A este chico le van a salir llagas. Ponle alguna crema porque va a quedar más despellejado que san Bartolomé.

Precisamente estaban hablando, entre risotadas, de la educación religiosa que habían recibido en los años cuarenta y entre los martirios recordaban el de san Bartolomé y el de san Sebastián, que siempre estaba muy bueno, dijeron, en los cuadros y lo dijeron tanto ellas como ellos. Y Vicente me echó una mirada crítica, rebuscó en su bolsa y sacó otro tarrito de crema y se me acercó caminando de rodillas sobre la arena.

—Dame la espalda, que te la pondré yo. Tienes unos hombros que parecen dos calvarios.

Y seguía acercándose de rodillas con el tarro en una mano y las puntas de los dedos de la otra dispuestos a pringarme de sebo y luego repartírmelo por el cuerpo. Y yo me puse de pie de un salto, tan de repente, que dejé sorprendido a todo el mundo y traté de decir que estaba bien, que no me dolía nada y me fui casi corriendo otra vez al mar, porque la simple idea de que Vicente me metiera la mano encima me hacía vomitar. Y ya les evité lo que quedaba de la mañana y sólo me pegué a ellos cuando Rafa me llamó a gritos porque se iban hacia el merendero.

—¿Dónde te has metido?

—Es que no quería tomar el sol y me he metido en el agua.

—En el agua también toca el sol. No lo parece pero da, vaya si da.

Y la verdad es que yo me sentía al lado de Rafa como protegido, me parecía un señor, agradable, educado, preocupado por mí. Tenía hambre y me encontré ante la desagradable sorpresa de que ellos querían «expiar» sus culpas del día anterior, por lo mucho que habían bebido y comido y habían encargado una ensalada y unos pescados asados. Una ensalada normal en la que predominaba el verde, con lo poco que me gusta el verde a mí y en cuanto a los pescados no había visto unos pescados más raros en mi vida. No eran ni rape, ni merluza, ni castañuela, ni sardina, ni caballa, que eran los pescados que yo conocía. Y lo curioso es que estaban buenos pero tenían muchas espinas y con lo poco que me va a mí el pescado, sólo falta que tenga muchas espinas. Pues ellos tan panchos y venga a gritar ¡Ah! y ¡Ah! y ¡Delicioso! y ¡Hum! y yo muerto de hambre y mirando las paellas que se zampaban en las otras mesas y con una mala hostia encima que iba creciendo. Además procuraba no beber, porque quería autocontrolarme y no perder distancia de las cosas ni de las personas y no sabía cómo plantearle a Vicente que quería marcharme, porque tampoco se trataba de hacerle un desaire, ni de tratarle como un apestado, porque si era lo que era, más desgracia tenía él que yo, y conmigo siempre había sido un buen amigo y lo estaba demostrando ayudándome en todo lo que podía. No es que estuviera yo cien por cien agarrotado, angustiado y acojonado porque también tenía momentos de relax pues los tipos eran divertidos y de vez en cuando tenían golpes que te hacían reír y pensar, que lo cortés no quita lo valiente y en todo hay que reconocer lo bueno y lo malo. Es más, de pasar yo ahora, con todo lo que he vivido, por aquella experiencia, habría conservado la calma y habría adoptado, probablemente, la actitud de tomarme las cosas con filosofía, de contemplar como un espectador lo que evidentemente era un espectáculo y no precisamente un drama o una tragedia. Pero la experiencia sólo sirve para lamentar lo que ya no puede revivirse y pocas veces de escarmiento para no repetir malas conductas o situaciones.

Aquella tarde, las «chicas», es decir, las cuatro o cinco más amigas de Rafa y sus amigos, tenían que ir de compras a Tarragona y exigieron que ellos les acompañaran porque, decían, tenían mucho gusto y además sabían regatear. Yo me quedé de piedra. Aún iban por la vida regateando y no porque lo necesitaran, sino por simple vacilar. No todos estaban dispuestos a pasar la tarde de compras y yo el que menos porque me embarazaría ir de compras sin nada que comprar. Ellas fueron muy persuasivas y finalmente les convencieron y ya contaban conmigo como uno más del grupo pero yo les dije que había descansado mal a causa de la piel quemada y que prefería tratar de dormir algo. Vicente estaba dispuesto a quedarse conmigo en la casa y yo en seguida me di cuenta de que había metido la pata proponiendo quedarme solo, yo, un desconocido, en una casa que no era mía, que ni siquiera era de quien me había invitado. Pero Rafa insistió en que Vicente fuera con ellos y yo me quedara a mis anchas y dijo algo que a mí me sentó como un tiro pero que a Vicente aún debería sentarle peor:

—Deja a Paco a sus anchas. No has de llevarlo siempre metido bajo tus faldas.

Miré a no sé dónde para ni mirar ni ser mirado, pero antes de volver la cara aún pude ver que Vicente se ponía verde, amarillo, tornasol... yo qué sé... Fuimos pues primero al pueblo, los unos a cambiarse y yo a descansar y por cortesía esperé en el jardín a que reaparecieran Rafa y Vicente mudados para despedirles y marcharme luego a dormir. Vicente bajó el primero con unos pantalones rojos ceñidos y una camiseta que parecía una segunda piel sobre todos sus músculos y musculitos dorados. Yo notaba que Vicente me estudiaba y me daba apuro sincerarme, por lo que hice ver que no me daba cuenta de su inquietud y le hablé de chorradas o le pregunté por las vidas y milagros de aquella gente, por ejemplo, de Montse Graupera.

—Está casada con un tío muy rico, ex campeón de natación y fabricante de no sé qué. No te creas, es un tipo que está bien, pero no se entienden y cada cual hace su vida.

—Aquí todo el mundo hace su vida.

—Aquí y en todas partes.

—¿Y tú eres feliz con la vida que llevas?

Lo había dicho yo y a mí mismo me sonó a serial radiofónico, pero ya estaba dicho. Además Vicente no supo o no quiso entender el sentido de mi retintín.

—No puedo quejarme. Es una vida llena de cosas, sensaciones, personajes, lugares. No es una vida aburrida.

Yo pensaba, si el precio de ir a Nueva York es que te den por culo, que se metan Nueva York donde les quepa, yo me quedo en La Fabriqueta y veo Nueva York en la tele. Pero ya me di cuenta entonces que había pensado una tontería y que Vicente no se merecía que yo fuera grosero con él, es decir, a los maricones como cosa general, a barullo, que les den morcilla, pero Vicente era Vicente, era un caso concreto, un amigo durante años y me dolía hacerle daño aunque fuera de pensamiento. Así que desanduve lo andado y no seguí por aquellos caminos indirectos y, además, pronto llegaría Rafa muy peripuesto y con una sonrisa alegre y campechana me ofreció la casa y me dijo que me quedaba como el castellano del castillo, es decir, como el dueño de la casa, según me aclaró, porque a lo primero me sonó a música sinfónica lo de castellano en el castillo, que fue entonces cuando caí en que a los castellanos se les llama así por los muchos castillos que hay en Castilla. Ya era el castellano del castillo y cuando estuve bien asegurado de que Rafa y Vicente se habían marchado noté que desde dentro de mí llegaba un impulso contrario a la idea primera de meterme en la cama y tratar de dormir. Conocía de la casa los jardines, el salón de entrada, el gran salón de la primera planta donde estaba el piano y mi habitación y el cuarto de baño que me tocaba, así como la terracita en la que había sorprendido la noche anterior a Rafa y Vicente. Pero no había visto nada más y ahora era la ocasión de hacer un recorrido tranquilo, sin ni siquiera la presencia del que te enseña la casa y siempre te hace ver sólo lo que quiere que veas. Si me hubiera dejado llevar por mi impulso me hubiera ido directamente a lo que suponía era el dormitorio de Rafa y Vicente, pero quise aplazar ese momento y empecé por los sótanos donde había de todo, desde la lavadora hasta leña para el invierno y unos botelleros llenos de botellas de vino y champán. Aparte de la mía había otras dos habitaciones para invitados con sus correspondientes cuartos de baño, con camas separadas, todo muy sencillo pero se veía que puesto con eso que llaman gusto, es decir, sin estridencias, ni oropeles. Sobre los cuartos de baño habría más que hablar, porque ya era chusco que los bidets tuvieran surtidor, que si bien lo del bidet para mí ya era algo excéntrico, lo del surtidor que de pronto se te metía en el culo como una lavativa eso ya era sicalíptico, como se llamaban por entonces las cosas raras. Pero es que aparte de ese detalle de cachondeo, los cuartos de baño eran como de coña, como para hacer reír y algunos hasta tenían un retrato de Rainiero y Grace Kelly o baldosas con inscripciones de chiste, por ejemplo: Aquí caga uno del Barça. Y en uno de los dos había una estantería con libros y un radiocasete. Por lo demás estaban pintados en plan loquilandia, bien fueran los dibujos sobre los azulejos o bien directamente sobre las paredes y había espejos en los que se podía ver el cuerpo entero. Supongo que estaba allí para que uno pudiera comprobarse la raya del pantalón. Y por no hablar del mucho despliegue de colonias, desodorantes, champús y maquillajes, que pensé primero estaban allí por si los necesitaban las chicas que tanto frecuentaban la casa, pero luego me llamé a mí mismo burro, más que burro, que igual se maquillan, que igual han ido maquillados ante tus narices y tú sin darte cuenta. Y ya cumplido el expediente de hacer las cosas paso a paso, me fui a por la habitación de la que había visto salir unas veces a Rafa, otras a Vicente y allí estaba el tomate en todo su esplendor. Para empezar, una cama de matrimonio de esas tan altas, con columnas y un techito forrado con tela y con flecos, como la custodia que sacan de las iglesias en las procesiones. Para continuar estaba todo forrado de tela, pero no de tela de esa de forrar paredes de baratillo, sino de tela como de alfombra, blandita y lustrosa todo del mismo color. Moqueta creo que se llama. Y el cuarto de baño no sólo tenía lo que tenían los anteriores de estrafalario y anormal, sino que además en vez de bañera había como una piscinita de mármol en la que no podías nadar, pero sí dar algún meneo al cuerpo e incluso bañarse hasta tres o cuatro personas al mismo tiempo. Pero aún me esperaba lo más chusco dentro del gran armario viejo que ocupaba casi toda una pared del dormitorio y en el que estaban trajes y ropas que primero no tuve tiempo de curiosear porque mis ojos se dedicaron desde el primer momento a adivinar qué era aquel garabato negro que estaba en el suelo del armario, como si fuera una araña retorcida, enorme, y pensé que era como una araña porque algo de agresivo y amenazador tenía aquello que más de cerca resultó ser una pieza de ropa interior de mujer, unos ligueros, de esos que se ponían antes las tías encima de la faja para sujetar las medias y que les quedaran bien tiesas. Mi primer impulso fue cerrar el armario de golpe, pero luego pensé que donde había un tomate podía haber más tomates y me dediqué a mirar pieza por pieza las ropas allí colgadas y saqué un salto de cama de gasa, casi transparente, que me cortó el resuello, porque lo primero que me pregunté fue quién se lo ponía, si Rafa o Vicente y me latía el corazón, por más que hiciera yo por cachondearme de mirada y pensamiento de lo que veía y de lo que suponía. Estaba yo en Meyba y camisa y me vino a la cabeza la tontería de hacerme la loca y ponerme el salto de cama a ver cómo me estaba. Pensado y hecho. Y una vez puesto me dije que valía la pena el sacrificio de volver al cuarto de baño y contemplarme de cuerpo entero. Así lo hice y me puse en plan de mariquita pendón ante el espejo diciéndome guarradas y cosas de puro burro, qué bueno estás Paco y cosas así y me daba por reírme y descojonarme pensando en la cara que pondrían mis amigos de La Fabriqueta de verme hacer el sarasa. Oí pero no oí, o fue al revés, no oí pero oí, un ruido en la planta de abajo y no se me ocurre otra cosa que salir corriendo hasta la escalera para ver de qué se trataba y allí estaba Farrerons, el del tanga, que mira para arriba y me ve en salto de cama y yo que le veo primero a él y luego a mí mismo, mascullo algo y vuelvo al dormitorio a quitarme de encima aquella mierda que se había convertido en una red que me asfixiaba. Vuelto a mi aspecto, no sabía si ponerle cara a Farrerons, no ponérsela y meterme en mi habitación como si nada hubiera pasado, pero estaba hasta las narices de pasarlo mal, de tener miedo, de no ser dueño de mis deseos ni de mis actos y salí a la escalera a cuyo pie el tipo me esperaba con una sonrisa de escorpión golfo.

—Qué sorpresa. Había venido a cogerle un libro a Rafa. Pensaba que no había nadie. ¿No te has ido a Tarragona con las chicas?

Cantaba más que hablaba y yo le contesté secamente que no, que no me había ido, que quería descansar porque había dormido poco, pero que tenía calor y prefería irme al jardín.

—Pues estas casas, aunque tengan paredes tan gruesas, son calurosas. Yo creo que terminaré por ponerme aire acondicionado.

Y el tío me sobaba con la mirada, vaya si me sobaba con la mirada. Me fui pues hacia el jardín sin hacerle mucho caso y esperando a que él se fuera a por su libro y me dejara en paz. Pero el tío era como un burro detrás de la zanahoria, detrás de aquella zanahoria que acababa de ver cuando yo me asomé a la escalera en salto de cama y se vino detrás de mí, con sus babuchas moras casi pisándome los talones y en cuanto yo me senté en una de las sillas metálicas, él buscó otra y la acercó a la mía, para que yo pudiera ver de reojo sus ojos húmedos detrás de unas gafitas redondas que parecían de broma. Y estiró un brazo que me pareció larguísimo, al final del cual había una mano que se apoderó de una de mis muñecas, la que quedaba más cerca, naturalmente, y dijo, sólo dijo:

—Estoy tan contento de que estés aquí entre nosotros... Es tan interesante que lleguen de vez en cuando marinos extranjeros a nuestros puertos...

Tal como lo digo. Eso dijo. Y fuera porque yo llevaba ya muchas horas de mal solaje dentro, fuera porque evidentemente el tío se había pasado dando por supuesto lo que no debía suponer, lo cierto es que tanta marinería y tanto puerto me nubló la vista y empecé a darle puñetazos salvajes, lo reconozco, y patadas cuando se cayó al suelo, allí donde se me ponía más cerca, y luego en el culo cuando me dio la espalda y se puso en fuga lleno de sangre y protestas de buenas intenciones y disculpas y algún que otro insulto. Salvaje, me llamaba. Como en los chistes de mariquitas. Le seguí hasta donde me duró la mala leche dándole coces, incluso escupiéndole y me dolía todo el cuerpo cuando me di cuenta de lo que había hecho y del lío en que me había metido y en el que había metido a Vicente, aunque entonces mi rabia se dirigía fundamentalmente a él, que me había invitado a donde no debía invitarme. Corrí a la habitación que me habían atribuido, metí mis cosas dentro del maletín de mi hermana y antes de dejar la casa entré en tromba en el cuarto de baño de Rafa y Vicente, cogí el tubo de pasta de dientes y escribí con una extraña paciencia sobre el espejo la palabra: Maricones, con una señal de admiración al final, es decir: Maricones! Y luego salí de estampida de aquella casa en busca de mi seiscientos, que tardó en ponerse en marcha el hijo de puta, como si fuera un burro tozudo dispuesto a dejarme en aquellas arenas que se volvían más movedizas cada minuto que pasaba. Luego, en las dos horas que tardé en volver a casa, a La Fabriqueta, tuve tiempo suficiente de pensar que había terminado mi amistad con Vicente, que probablemente nunca volveríamos a vernos, que él quizá ni se atrevería a volver a La Fabriqueta, temeroso de que yo contara a todo el mundo lo que sabía y me hice el juramento de que nunca diría a nadie nada de nada, ni siquiera a mi novia. Y lo he cumplido parcialmente, porque a ella se lo conté, no la escena del salto de cama y el arrebato contra el del tanga, pero sí que descubrí que Vicente era el amante de Rafa, su mantenido y que probablemente de eso había vivido desde que salió de La Fabriqueta, bien con Rafa o bien con otros, tal vez más ricos, más tontos, más crueles, porque de Rafa sigo pensando que parecía un caballero.

Y en efecto, nunca más he visto a Vicente. Y ya quedan pocas posibilidades de que vuelva a verlo porque ni siquiera sus padres hablaron de él con nadie, así como antes la madre no se quitaba de la boca las hazañas de su hijo. Es como si se lo hubiera tragado la tierra y a nadie le interesara saber qué ha sido de él. Los demás compinches se han hecho mayores y le han olvidado. Cuando nos encontramos de vez en cuando hay trescientas cosas de que hablar antes de llegar a Vicente y nunca pasamos de las cinco primeras, las más sobadas, las más recordadas. A veces, durante las horas de soledad que paso dentro de la furgoneta, entre servicio y servicio, me imagino, en realidad muchas veces, que volvemos a vernos y que yo quiero demostrarle que soy un hombre de mundo que sé hacerme cargo de las cosas, al menos el suficiente tiempo como para poder hablar con él y quitarle de los ojos o de la boca el mal sabor de boca que debió dejarle lo que escribí sobre el espejo del cuarto de baño. Han pasado más de diez años. Si yo he cambiado, él también habrá cambiado. Resultaría fácil ir en busca de su madre y preguntarle, pero igual ella también se ha enterado o sabe que yo lo sé y le da vergüenza o me la da a mí. Yo la saludo siempre con amabilidad, buenas, muy buenas, aunque coincidimos poco, por si se ve en algún momento con Vicente y le puede decir pues eso, que yo la trato bien, como si nada de nada hubiera pasado y así Vicente, indirectamente sabrá que le sigo teniendo, si no afecto, sí consideración o respeto; lo que no quiere decir, eso no, que yo tenga manga ancha ante tanta mariconería como hoy se tolera. Pero a Vicente le conocía y era un tipo respetable. Además, la excepción confirma la regla. Porque una cosa es que uno salga así de nacimiento, porque hay quien nace con una picha que no es picha ni es nada y en cambio hay chicas que nacen con una pipa que se la pueden enrollar en la cintura, como decía el cafre del Boquerón, que una vez se encontró con un puta que no haría el ridículo en ningún urinario masculino; y otra cosa es decir de pronto que el blanco es negro y el negro es blanco. Como ahora en la tele se habla de todo, y a veces se pasan incluso y eso que yo no soy un carca, pues a veces he visto yo debates a los que acuden de eso que ahora llaman gays y precisamente en uno de esos debates, creo que fue en *La Clave*, un chiquito muy normal y con labia, representante de los gays, es decir, de los maricones, catalán creo porque se llamaba Petit, vino a decir que todos somos maricones y que a todos nos iría mucho mejor si nos dejáramos de historias y ancha es Castilla. Y entonces le salió al paso un médico, que algo sabrán de eso los médicos y le dijo, tate. Una cosa es que seamos comprensivos y no tan salvajes como hasta ahora hemos sido con los de la acera de enfrente y otra que usted me venga ahora aquí proponiendo que todos nos vayamos a tomar por culo. Y yo estuve de acuerdo con el médico y eso lo digo yo aquí, donde sea y a quien sea.

Y lo que son las cosas, cuando pienso en Vicente me da pena, me la daría igual si supiera que le han salido bien las cosas con Rafa, que es su socio de verdad, su heredero, lo que sea, porque este tipo de gente nunca vive del todo en paz, ni consigo mismo ni con los demás y estar en falso todo el día no tiene compensación posible, sobre todo cuando ya no se es joven y no te puedes echar las cosas a la espalda como cuando se tienen veinte o treinta años. Vicente, algo mayor que yo, ya irá por los cuarenta. Los maricas tienen mal envejecer. Nada hay tan triste, se dice, como un maricón viejo. No parecía ser Vicente un mariquita de instinto, sino más bien de esos que por probarlo todo prueban lo que no tienen que probar y caen en el vicio o también hay casos de tíos tan puteros, tan puteros que acaban por aborrecer a las mujeres y no les importa ya que sea carne o pescado. Ni el afán de singularizarse, ni el ser un gana conducen a nada bueno. La personalidad es algo que se lleva dentro y no fuera, y de las mesas, de toda mesa, siempre hay que levantarse con algo de hambre. A veces le cuento este ejemplo a mi mujer cuando la veo demasiado ambiciosa con el futuro del Papet o de la Margot.

II

LOS DOS SULTANES DE PERSIA

Fue en el verano de 1974 cuando no tuve más remedio que darme cuenta de que me estaba haciendo vieja. Hasta entonces cada vez que yo lo decía en voz alta, soy vieja, me hago vieja, no faltaba quien a mi alrededor volviera a hacer referencia a mi pesimismo, a mi negativismo, dirigido en primera instancia contra mí misma, al fin y al cabo la persona más leal y sumisa que siempre tendré a mi disposición. Es más. Yo creo que hasta entonces sólo decía soy vieja o me hago vieja en público, en espera de que alguien me llevara la contraria y según los decibelios de sinceridad que yo percibiera, sentirme tranquila o alarmada. No me recuerdo en cambio a mí misma, como ahora hago tantas veces, de mañana, frente al espejo, con la boca traspasada por el cepillo de dientes, detener la colada de la dentadura y acercar mis ojos vivos a mis ojos muertos del espejo y decir, decirme: Soy vieja, me hago vieja. Sadomasoquismo puro porque el espejo, ese imbécil, no me contesta otra cosa que la realidad de mi cara llena de arrugas, de manchas de piel que me deja cada verano como si fueran el coste, las cicatrices inevitables del poco placer que da el tiempo: las vacaciones pagadas. Por entonces solíamos encontrarnos Joan y yo en un antiguo piso de sus padres siempre a la espera de ser restaurado o vendido, pero Joan no tenía un duro y si alguno tenía lo necesitaba para mantener las apariencias de un ex rico barcelonés aún presente en alguna de las primeras líneas de los nuevos y eternos ricos. Joan tenía tradición y cultura, familia, libros, muebles viejos y un cuadro de Sunyer que no quería vender porque se lo había prometido a su hija menor para cuando se casara.

—Así escarmentarás. Nunca hagas promesas a largo plazo a los niños.

—También prometí a Tito llevarle a Disneylandia y no he podido.

—Eso es aún más duro.

Eterno abogado segundón de un importante despacho de abogados que entre otros asuntos lleva los de mi marido, Joan carece de carácter, de *empenta* como decimos en Catalunya y mi marido cuando hablaba de él, y no hay en sus palabras mala leche contra una condición de amante que desconocía, solía comentar que Joan Masdeu no tiene otros atributos que los de la historia de su familia de patricios comerciales y culturales, presentes en todos los patronatos del Renacimiento catalán desde que se le ocurrió tocar la gaita a Lo Gaiter del Llobregat. Ni siquiera ser mi amante hace diez años fue mérito suyo, sino mío, producto además de un juego de eliminación más que de elección. Mi crisis fundamental y jamás superada con mi marido se produjo más o menos cuando yo cumplí cuarenta años, sin ningún hijo que criar, un trabajo inestable de penene en un instituto de extrarradio y sin embargo ninguna preocupación económica porque mi marido era aún más rico que ahora y yo tampoco me había casado con las manos vacías. La primera vez que me acosté tres veces en una misma semana con un señor diferente, hice un examen de conciencia y establecí el siguiente balance de la situación: mi hija hace tiempo que tiene la regla, serás abuela antes de que te sientas abuela, te sientes vieja antes de ser vieja, tu marido te ignora o te tolera... Montse, has cumplido, muchacha, has mantenido la moralidad hasta límites razonables, ya sabes lo que es la vida. Y no es que me satisficieran aquellas idas y venidas por camas azarosas con hombres variopintos, casi todos del *milieu* o próximos al *milieu*, interesantes y lerdos, guapos y feos, pero en cada uno de ellos la llamita de un misterio por descubrir. Si he de ser sincera, pocos de aquellos amantes de quita y pon estuvieron a la altura de las circunstancias y no hablo ya de la dimensión sexual de esos encuentros, sino de esa coartada de comunicación que toda mujer lleva como una tarjeta de visita sexual cuando se despendola. Después del polvo, o de lo que es más triste, del semipolvo o del prepolvo, o tenían que justificar el porqué les había salido mal o tenían prisa por alejarse del lugar del crimen o se me dormían después de haber tratado de decir algo brillante y gracioso, un tanto impresionados por mi carnet de identidad de profesora de geografía ricamente casada y sin prejuicios. Además, casi todos ellos conocían a mi marido y en más de una ocasión pensé si no buscaban más la satisfacción erótica de haberle puesto cuernos al omnipotente y omnipresente Carlos Basté de Linyola que la que yo hubiera podido aportar con mis carnes breves pero suficientes, al menos, creo yo, así eran las que tenía entonces y es mérito que lo reconozca, porque desde niña soy de esas que cuando se miran al espejo se pegarían un tiro.

Joan fue en cierto sentido la estabilidad en el adulterio. Tenía tan poca capacidad de decisión que casi sin darse cuenta se encontró metido en una cama conmigo y con la obligación caballeresca de no desairar la próxima cita y la otra y la otra... Además, precisamente como era un caballero, en primer lugar hacía todos los esfuerzos posibles para compensarme sexualmente por la vía caballeresca horizontal y cuando la realidad no estaba a la altura de los deseos, hombre instruido al fin y al cabo, suplía con información erótica lo que sin duda no era imaginación. Imaginación, el pobre Joanet, tenía bien poca, pero en cambio disponía de un cierto vocabulario francés que le evitaba sincerar las propuestas más salvajes de la libido. Por ejemplo, al principio, cuando quería compensar las poquedades de la vía directa, me proponía con ojos de violinista sueco desnudo la posibilidad de darme un *baiser florentin*. Por mucho que hubiera leído, y he leído bastante de lo que es mi especialidad, no era lo suficiente como para estar familiarizada con todas las metáforas oral genitales y Joan tuvo que sacarme de mi sorpresa expectante utilizando unos versos de Apollinaire en los que habla del *baiser florentin*. En la segunda parte de mis relaciones de más de cuatro años con Joan hubo más *baiser florentin* que otra cosa, pero tampoco iba yo por la vida de ávida Mesalina y en todos los hombres he sabido apreciar más su buena voluntad que sus logros y me sorprende que no haya más literatura femenina hablando sinceramente de lo malos que son los hombres como amantes, salvo excepciones. Son como animales muy delicados a los que se les malogra la mayonesa unas veces por una corriente de aire demasiado frío, otras demasiado cálido y otras, sin más, porque hay corriente de aire. Malo el que lo hace con los ojos cerrados porque se pasa de bruto y malo el que lo hace con los ojos abiertos porque le distraen hasta las polillas. Puedo dar un ejemplo fidedigno de lo que digo. En cierta ocasión estábamos enganchados entre ardores escandalosos un profesor de ciencias sociales y una servidora, cuando a él se le ocurrió acariciarme amorosamente la espalda hasta llegar a una verruga de infancia que en más de una ocasión, incluso por mi marido en los primeros diez años de matrimonio, había sido elogiada como un detalle táctil sumamente erótico.

—Es como si tuvieras un clítoris de espalda.

Me había dicho Carlos cuando aún me decía cosas así. Pues bien, todo fue tocar la verruga el profesor de ciencias sociales que se le vinieron abajo las arquitecturas del alma y del cuerpo y como no podía decir el motivo real recurrió a una extraña angustia metafísica, el recurso más utilizado generalmente por los intelectuales malos amantes. Furias abstractas. Dudas irracionales. Paparruchas para no llamar a las cosas por su nombre a las que recurren los que se ganan la vida precisamente buscando el nombre de todo lo que existe y poniéndoselo cuando no lo tiene. Joan había asumido la verruga y hacía lo que podía tratando de llevar la excitación oral genital hasta el límite, para penetrar siempre como un jinete de rodeo que se envalentona mediante alaridos, sabedor en el fondo de que la res va a derribarle a la quinta o sexta arremetida. Sea por los procedimientos que fueren, puedo decir que nunca me levanté de su cama insatisfecha y con los años le recuerdo sumamente agradecida a su consecuente caballerosidad. Pero fue en el verano del 74, en los primeros días de julio, cuando yo tenía mi vida y mi casa semilevantada en vista del traslado a Atzavara de todos los veranos, cuando Joan me hizo un extraño que estableció en aquella habitación clandestina una rotura psicológica, como si cuerpos y almas fueran cada cual por su cuenta y tardaran en conseguir los caminos del reencuentro. Estaba Joan practicándome el *baiser florentin* cuando de pronto se detuvo, aunque no retiró la cabeza de entre mis piernas, como si tomara largo aliento y a mí, tras la extrañeza, me vino la risa, porque me daba la impresión de que lo estaba pariendo.

—¿Te pasa algo?

Le pregunté con delicada voz de penumbra sexual.

—No. Nada.

Y prosiguió el beso, pero luego fueron inútiles todos los intentos de penetración y se dejó caer a mi lado, frustrado y moralmente malherido, como si hubiera suspendido el examen de bachillerato en los jesuitas de Sarriá. Hice lo que se hace en estos casos. Acariciarle, demostrarle un afecto asexuado y no traté de reactivarle ya que Joan últimamente no asimilaba las reactivaciones y era preferible dejarlo para mejor ocasión, aunque otra no habría hasta pasado el verano porque Joan y su familia veraneaban en Llavaneras, en uno de los pocos restos que le quedaban del naufragio económico familiar. Nos despedimos como si nos importara despedirnos y, la verdad sea dicha, al menos para mí, la separación de Joan durante el verano formaba parte de mis vacaciones y el reencuentro en septiembre lo asociaba con todo el ritual de la *rentrée*, los exámenes a repetidores incluidos. Se marchó él antes y yo me fui al cuarto de baño a ducharme y recomponerme y al verme desnuda ante el espejo hice una valoración apresurada sobre los restos de mi juventud y sobre los datos de mi aspecto que aún podían atraer a los hombres. Tal vez la vivacidad de mi cara, la contención milagrosa de mis pechos pequeños a pesar de las mamadas de mi hija, criada a pecho, pero tenía la cintura demasiado ancha para mis caderas y las piernas tal vez demasiado largas para mi tórax. Fue en la ducha cuando tuve un presentimiento y me incliné para verme el sexo, pero llevaba los ojos nublados por el agua, esperé a secarme, me senté en la taza sanitaria y con un espejito contemplé en toda su extensión el coño, el chocho, el perrús, la cosita... y se me quedaron los brazos lánguidos, como incapaces de sostener el leve peso del espejo. Me habían brotado pelos blancos, duros, alámbricos, horribles y sobre todo blancos, blancos, blancos. Me levanté de un salto sintiendo la misma vergüenza de mí misma entre las piernas que había sentido el día que tuve la primera regla, y mi inmediata e impulsiva idea fue buscar las pinzas de las cejas para arrancarme uno a uno aquellos intrusos. Así lo hice, pero el dolor y el sentido del ridículo dejaron la operación a medio terminar y me eché a llorar como si se me hubiera muerto algo muy querido, dejándome además un estigma visible. Las canas que empezaban a invadir mis cabellos podían disimularse con una sesión de peluquería, pero ¿a qué peluquería llevaba yo aquello para que me lo tiñeran? Demasiada luz en la habitación, la suficiente para que Joan hubiera visto mis barbas blancas y hubiera tenido la impresión de que había dado un beso en la boca a un viejo patriarca. De regreso a casa sentía como si llevara a un enemigo entre las piernas. Sólo me faltaba aquella preocupación con la mala leche que tengo los días de mudanza y en casa estaba todo patas arriba en espera del definitivo traslado a Atzavara. De hecho, en Atzavara tenía casa montada, no en el centro del pueblo, como Rafa, Sau y Caparrós, Farrerons y los demás, sino en las afueras, en un escalón más alto, casi colgada en una cornisa bajo las rocas que coronan la montaña. Era quizá la casa más envidiada, la casa pairal más noble en muchos kilómetros a la redonda, antigua propiedad de unos ricos cosechadores de almendra propietarios de casi todas las casas y terrenos de Atzavara, incluso las que llegaban hasta la playa, donde empezaban a aparecer las urbanizaciones como setas clandestinas.

—Cuando todo esto se llene habrá que marcharse.

Decía Carlos, que no soporta las aglomeraciones y ya asumió el acto de valor de rehuir las zonas de veraneo convencionalmente más selecto, el Maresme o la Costa Brava. No sé por qué rechaza las aglomeraciones cuando a él le pirran las reuniones y cada verano lo reparte ahora entre Mallorca y la Costa Brava para no perderse los saraos que monta la nueva aristocracia política del régimen democrático. Pero aunque ya entonces la casa de Atzavara era una máquina dispuesta cada verano a asumir nuestro complicado programa de vida de familia corta pero mal avenida, siempre había cosas que llevar arriba y abajo y además a mí los traslados y los viajes me desequilibran, sobre todo los días que los preceden. He nacido para vivir en una habitación fresca en verano y cálida en invierno, con muchos libros, mucha música y dos completísimas colecciones de túnicas y de jerséis de cachemir.

Estaba yo aquella noche revisando la nueva cubertería y el utillaje de cocina que subíamos a Atzavara cuando me llamó Pruden. La suponía ya en el pueblo pero me dijo haberse visto obligada a bajar a Barcelona a recoger a Paqui Sans.

—¿No puede subir con Ariadna o con Luisa?

—Luisa no sabe cuándo subirá, como siempre, y Ariadna tiene el coche completo con el equipaje y la gente rara que sube cada verano. Dice que este año nos preparemos, que sube con dos sultanes de Persia.

—Todo quedará en dos derviches de Ceuta.

—Dice que los lleva para hacer una ofrenda a los muchachos, a Rafa y a los demás.

—¿O sea que también son de la acera de enfrente?

—Del sector radical.

—Pues vaya verano. Sólo me faltaba a mí eso.

—¿Qué te pasa?

Por si acaso desconecté el teléfono del *living* y fui corriendo a utilizar el de mi estudio.

—Pruden. ¿Tú tienes vello blanco en el pubis?

—Chica, qué pregunta. No. Creo que no.

—Yo sí.

—¿Y bien?

—No me lo voy a depilar, digo yo, como una bayadera turca.

—Sí que sabes tú de bayaderas turcas. Tíñetelo.

—¿Con qué? ¿Cómo?

—Con Recital de L'Oréal. Es un tinte que se utiliza para el cabello y supongo se puede utilizar para ahí abajo. Luego te lo aclaras en el bidet y ya está.

—Debe ser asqueroso.

—No. Es como un champú.

—Ya no saben qué inventar.

Estaban ya cerradas todas las tiendas y sólo en el *drugstore* del paseo de Gracia tal vez podría encontrarlo, pero me molestaba demostrarme a mí misma que estaba tan preocupada por aquello y dejé pasar morbosamente las horas, recreándome en la duda de coger el coche y acercarme al *drugstore* o esperar al día siguiente. Y cuando amaneció me pareció larguísimo el tiempo que medió hasta que se abrieron las perfumerías y aquel día cualquier estadística habría demostrado que yo fui la primera cliente que entró en una perfumería, al menos en todo el territorio del hemisferio occidental. Luego corrí a casa, me encerré en el cuarto de baño de mi estudio y me unté el sexo con aquella espumilla negra y esperé el tiempo que aconsejaba la receta. Vierta el contenido del tubo en el frasco aplicador, agite y la mezcla queda lista para utilizar, vierta la mezcla del frasco aplicador sobre toda la cabeza, habiendo humedecido previamente el cabello, efectúe un suave masaje, dejar actuar durante treinta minutos y aclarar con abundante agua, use luego el champú neutralizante para realzar el color y mantener el cabello brillante y luminoso. Había una posdata: El resultado dependerá del color natural de sus cabellos. Menos mal. No se trataba de mis cabellos sino de mi vello púbico. ¿Cómo, dónde esperar a que se produjera el milagro? Me senté en el bidet con una pierna al este y otra al oeste, sin atreverme a contemplar el proceso en todas sus fases, tratando de entretenerme mediante la lectura de un libro de robótica que Carlos me había aconsejado y no pude esperar treinta minutos; a los veintisiete y unos cuantos segundos, eso sí, llené el bidet y me aclaré el perrús con la delicadeza con que los buscadores de pepitas de oro filtran las arenas de los arroyos auríferos. Tenía el espejo a mano y le obligué a que mirara la obra de Recital: en el espejo estaba mi vello púbico con un color azabache que me pareció el mismo que la Metro Goldwyn Mayer o la Columbia Broadcasting, no recuerdo bien, conseguía obtener para los cabellos de María Montez, un color azabache de cuento oriental y pensé que cualquiera que me viera el coño se pensaría que me había hecho un trasplante. Pero estaba mejor y al fin y al cabo para nadie, porque me conocía a la fauna de Atzavara, sus alegres muchachos de homosexualidad vergonzante o los matrimonios que hacían vacaciones de licencias adúlteras, dispuestos a no complicarse el verano. Al fin y al cabo todos íbamos a lo mismo, a ponernos morenos y a emborracharnos de vez en cuando, soltar la lengua y seguir engordando los deseos como quistes secretos. Me vestí con prevención. Tan escandalosa me parecía la tintura que temía que la sombra del vello traspasara las bragas y la falda. Me quité la falda y me puse unos tejanos, una prenda que odio durante el verano porque da calor y además a mí me sienta fatal. Pronto me sentí más tranquila al ver que ni mi hija ni el matrimonio de servicio parecían notar nada nuevo en mí mientras me cargaban el coche y les repartía las últimas instrucciones maquinales. El señorito Carlos aún permanecería unos días más en la casa con la señorita y aunque la casa funcionaba sola a partir de una mecánica que yo misma había programado hacía muchos años, siempre me parecía que algo podía fallar y no me gustaba que Carlos se regocijara con mis fallos.

Llegué a Atzavara de muy mal humor. Habíamos estado en la casa diez días antes y sin embargo todo me pareció cambiado y para mal: las plantas secas, los muebles llenos de polvo, el frigorífico demasiado alto. Remei, la guardiana de la casa, me dejaba hablar. No es que la riñera, pero cada una de mis observaciones era una acusación indirecta que ella recogía con una mirada atenta, como si estuviera dispuesta a que no se le escapara un detalle. Era todo una farsa, por mi parte y por la suya, y en cuanto me cansé, me cambié, me puse cómoda y me fui a dar un paseo por el bosque de algarrobos y almendros que trepa hasta las Tres Roquetes. Hay allí un lugar por mí preferido, una piedra plana y pulimentada por mi culo a lo largo de los últimos cuatro años, desde la que domino el descenso hasta la tierra llana y el horizonte del mar, y en medio Atzavara, un decorado de piedras viejas para comedias de verano o fin de semana de barceloneses que jugamos a cambiar de piel cambiando de paisaje y de casa. Soplaba viento húmedo del sur y me dio rabia porque me riza el cabello para mal, como si lo llevara descuidado y sucio. Pero se estaba bien allí y dejé caer mi espalda bajo la sombra de un algarrobo, hipnotizados los ojos por los garabatos de las hojas a contraluz y los oídos entretenidos por un concierto de jazz de tres o cuatro chicharras que se intercambiaban sus impresiones de verano. Y en éstas me llegó otro concierto, el de claxons de coches y lancé un suspiro de resignación y reconocimiento. Las chicas habían llegado y me reclamaban. Abandoné mi observatorio no sin disgusto, pero a medida que me daba impulso para acelerar el descenso por la pendiente, reconocí una cierta ilusión en recuperar el grupo y establecer una primera toma de contacto programador de la primera parte del veraneo.

—¡Montse! ¡Señorita Montse! ¡Señora Basté!

Gritaba la voz de Luisa Sanglas. Luego oí las voces de Pruden y Paqui Sans riñéndola por tanto alboroto, pero en cuanto me vieron todas se sumaron al vocerío exagerado y a extremar la alegría del reencuentro como una parodia de afectividad.

—¡Cuánto tiempo sin vernos!

—Cuando estoy separada de vosotras es como si estuviera mutilada.

Decía Luisa Sanglas haciéndose la coja.

—Payasa.

Luisa me guiñó el ojo, abrió el maletero de su coche y sacó una nevera.

—¿A que no sabes qué llevo dentro?

—No me lo puedo ni imaginar.

Asumió Luisa la iniciativa, encabezó nuestro grupo y tomó posesión de la mesa de mármol de mi jardín bajo una pérgola de vignonias y glicinias. Dejó la nevera sobre la mesa, descorrió la cremallera y empezó a sacar copas altas y una botella de champán.

—Ya tenía copas en casa.

—Éstas están heladas. Es el primer brindis del verano.

Llenó las copas hasta casi desbordarlas y propuso un brindis por la amistad, por nuestra amistad, al que contestamos con resoplidos o insultos amables que no le impidieron mantener la mueca de falsa felicidad y apurar la copa de un solo trago.

—Y ahora brindaremos por los amores de verano. Por el amor más grande jamás vivido. El que va a llenar de lágrimas nuestros corazones durante un largo y cálido verano.

—¿A qué se refiere ésta?

—Por el amor de Rafa y Vicente.

Sólo Pruden parecía estar en antecedentes porque Paqui y yo nos miramos perplejas. En cambio Luisa dominaba la jugada y Pruden sonreía discretamente secundándola.

—¿De qué Vicente habla?

—Del *amour fou* de Rafa. Se ha traído un nuevo amante a Atzavara.

Si Luisa es una payasa de alto tonelaje, una actriz de carácter de teatro en verso, Paqui Sans es una payasa chapliniana y empezó a parpadear y a poner boquita de piñón, en el papel de ingenua sorprendida precisamente en su ingenuidad.

—¿Rafa un *amour fou*? ¿Con un hombre? ¿Quién es ese Vicente?

—Él llegó en un barco de nombre extranjero, le encontró en el puerto al anochecer.

—Cuenta, cuenta.

—Tienes muy mala leche, Luisa.

Era Pruden la que se distanciaba de la previsible sordidez de la historia en boca de Luisa.

—Rafa ha llegado a esa edad en la que el corazón es un cazador solitario y una noche, noche cerrada de lobo, soplaba el monzón en la Barceloneta y temblaban las palmeras del paseo Nacional cuando Rafa se metió en un bar del barrio chino y allí estaba Vicente, apoyado sobre un manchado mostrador, ante una copa de aguardiente, donde naufragaba su dolor.

Estaba en plan cuplé de la Piquer, pero la historia nos interesaba a todas, pendientes de las salvajadas que podían salir de aquella boca.

—No es el estilo de Rafa. No es un ligón de cafetín.

—Algo debe de tener el muchacho.

—¿Tú le has visto?

—No.

—Entonces, ¿cómo puedes hablar?

—Yo le he visto.

Era Pruden la que había intervenido y parecía negarse a hablar tan a la ligera como hasta entonces lo había hecho Luisa.

—¿Y qué?

—Ya lo veréis.

—Danos un anticipo. ¿Qué tipo de amante es? ¿Musculado y bronceado? ¿Pálido y sensible? ¿Un muchachito de Valladolid?

—Ya lo veréis.

—¿Parece muy... muy... muy...?

—No. Es muy sencillo. Tú lo verías por la calle y no, no pensarías que...

—Yo siempre es lo primero que pienso.

—Tú porque en el fondo desprecias a los hombres.

—Y así me va.

De la nevera portátil de Luisa Sanglas salió la segunda botella de champán que todas rechazamos hasta que la abrió y nos llenó las copas a pesar de nuestras protestas.

—Sobrias sois un desastre. Bebidas podéis pasar. Este verano va a estar lleno de acontecimientos. Ariadna se trae a dos sultanes de Persia, Rafa tiene un novio al que le dobla la edad, mi marido me ha pedido permiso para pasar unos días en Atzavara en compañía de esa alumna hippy con la que va...

—Qué cara. ¿Y tú qué le has dicho?

—Que no. Pero ya sabes lo fresco que es Arturo, desde

que le dio por la contracultura y se deja coleta se cree que puede hacer todo lo que le venga en gana.

No me era fácil recordar una escena matrimonial de Luisa y Arturo. Les había conocido al borde de la separación y ninguno de los dos era entonces lo que es ahora. Luisa parecía un mueble sólido y bien conservado, Arturo un catedrático de medicina, un ginecólogo sin hijos, que miraba al resto del género humano como una masa enferma o que lo estaría próximamente. No miraba. Auscultaba. No hablaba. Diagnosticaba. Y de pronto le dio por el yoga, el Master y Johnson, el orientalismo. Se fue a la India y volvió con una espléndida melena canosa de gurú.

—Llena de piojos.

Apostillaba la malvada Luisa.

—Y yo le dije, si tú te haces gurú, yo me voy a la Rambla a hacer chapas.

Aunque Luisa decía que Arturo la había arruinado, no parecía estarlo y pasaba temporadas en París o en Nueva York, decía que para ponerse al día sobre las novedades de decoración, porque en el otoño del 72 coincidimos en Nueva York, yo para ver una retrospectiva de Paul Klee, y no me pareció que viviera como una mujer arruinada. De hecho contaba yo el dinero mucho más que ella, acomplejada como estoy por la prepotencia económica de Carlos, que inutiliza mi sueldo de penene y la parte de fortuna personal que me han anticipado mis padres, cuatro acciones que en 1974 eran dinero, pero que ahora sólo dan calderilla y una intranquilizante sensación de que algo o alguien muy indeterminado me ha estafado; la economía internacional probablemente; una abstracción. El que sí parecía pasarlo mal era Arturo.

—Fijaos si es burro mi marido que dentro de su plan de envejecimiento bucólico se gastó lo último que le quedaba montando en Ibiza una granja de pavos americanos y todo iba más o menos bien hasta que descubrió que los pavos que él criaba, engordaba, cuidaba, luego, ¡zas!, se los compraban, los mataban y se los comían. Ah, eso no. Eso era contribuir a la cadena de barbarie exterminadora que lleva el mundo al desastre y dejó la granja. Ahora creo que tiene un huerto y allí vive, en una barraquita, con esa alumna hippy de la facultad de medicina que huele a incienso y a bragas milenarias.

Conseguimos que volviera a meter en la nevera la tercera botella de champán y como había dicho que aún tenía la casa patas arriba, casi la sacamos a empujones para que fuera a poner orden. Luisa nos invitó a cenar a su casa. Tenía cuatro latas y arroz. La inevitable primera ensalada de arroz del verano estaba pues preparada y nos avinimos a compartirla, con el especial encargo de que Pruden utilizara su vieja amistad con Rafa para invitar a los alegres muchachos y entre ellos a la nueva adquisición. Una vez vacío el jardín y la tarde, pensé que debía cumplir mis deberes de madre y telefoneé a mi hija. Se había marchado, cenaría fuera con su novio y luego irían por ahí. No sabía exactamente cuándo subiría a Atzavara. La nota estaba clavada sobre la tabla de corcho en la que yo voy dejando avisos para mí misma y el asistente en funciones me la leía con voz radiofónica. Volví a ser yo misma y mi circunstancia en Atzavara. Los masoveros ya tenían encendidas las luces, se oían sus voces rutinarias y de fondo el zumbido de su televisor y los reflejos de las imágenes en blanco y negro. Todo estaba pues en orden o en desorden y sólo yo debía ponerme a tono con la realidad. Volví a meterme en el cuarto de baño y comprobé los efectos del tinte: se había normalizado el color. Volvía a ser yo misma o casi y me eché a reír como una loca al imaginarme al caballeroso Joan en el trance de darme un *baiser florentin* y retirar los labios negros, negros como el azabache. Me quité las gafas, me pinté los ojos a la acuarela porque la ocasión no requería el óleo y me pareció que más allá de las gafas mis ojos habían adquirido una cierta esperanza de noche. Por otra parte, todas las esperanzas de noche de Atzavara se parecían. Ni siquiera cuando Carlos venía, cambiaba mi programa de vida. Sus venidas eran un pretexto para demostrar que necesitaba aquella casa y ocultarme a mí y probablemente a sí mismo que la había comprado y restaurado para mí y la chica aún entonces adolescente, para que nos entretuviéramos allí, en aquel asilo de verano mientras él seguía haciendo su vida. Pero cuando él estaba, al menos los primeros días, yo me sentía más compensada, más justificada y cualquier pequeño detalle de ternura entre los dos, por maquinal o retórico que fuera, me alimentaba días y días, lo recordaba, como el perro de Pavlov sin duda recordaría la sintonía de la comida aunque ya hubiera muerto Pavlov, cada vez que viera un pedazo de pan. Yo volvía a ser Montse Graupera, señora de Basté, cuando Carlos me regalaba una confidencia o la necesidad de compartir conmigo un comentario del periódico, una noticia, una nostalgia y de los años realmente compartidos que habían sido demasiados y muy ingenuamente vividos por mí, me quedaba el deseo de comentar con él todo lo que me sucedía, lo que veía, un paisaje, explicar la emoción de un paisaje, una película, un párrafo de un libro. A veces en la soledad de mi habitación-estudio, a altas horas de la noche, ante un párrafo feliz o simplemente sugerente, me asalta el deseo de ir a la habitación de Carlos y comentárselo. No es amor. No es nostalgia. Son los reflejos condicionados y en su capítulo hay que apuntar todos los vencimientos de mi melancolía de malcasada con un hombre tan poderoso que no necesita a nadie, sólo algún crédito bancario de tanto en tanto y los aplausos de la junta de accionistas, aparecer en las listas de invitados distinguidos y alguna referencia expresa en las columnas que, ya en los años sesenta, las revistas que estaban por el cambio político dedicaban a los capitanes de empresa de talante liberal.

Cogí el bolso y la moral y me los puse por bandolera camino del pueblo. No valía la pena coger el coche y me apetecía caminar bajo las estrellas en busca del lucerío de las casas de mis amigos. A ciegas la de Sau y Gratacós, el arquitecto y el músico, una pareja estable desde hacía quince años. Tampoco había luz en casa de Rafa. El aquelarre debía de estar reunido *chez* Luisa Sanglas y a ella me fui como si asistiera a la primera jornada de vacaciones en la academia particular de Luisa. Oficiaba de anfitriona con una túnica bordada mexicana que acentuaba más su altura y su poderío, con una botella de yo qué sé en cada mano y siempre ojo avizor sobre los vasos vacíos y las conductas despegadas.

—Antes de nada, has de pasar al jardín a ver mi árbol. He plantado un árbol.

—Prefiero ver a Vicente, el amante de Rafa.

—Primero el árbol y un vaso de Cune tercer año. Es el reglamento de esta noche.

Me empujó hacia el jardín y allí estaba un árbol raquítico, casi sin hojas, acomplejado de ser el centro de aquel fragmento de creación.

—Un tilo. Siempre me había ilusionado plantar un tilo. En una novela de la Alcott, no sé cuál es, o quizá no sea de la Alcott, sale un tilo que huele muy bien.

—Te felicito por el tilo.

—Ahora el Cune.

Llevaba mi vaso en el bolsillo de la túnica. Lo llenó y empecé a bebérmelo mientras avanzaba resuelta hacia el *living*, que como solía suceder en todas las casas restauradas de Atzavara, había sido cuadra o gallinero cuando en aquellas casas vivían personas y no fugitivos como nosotros. Y estaba la camada en pleno, menos Ariadna y su colección 1974 que aún se haría esperar dos días y ya había sabido crearse un clima de expectación. No era difícil descubrir la novedad entre tantas caras conocidas que se abrían a la sonrisa, a la mueca admirativa por lo guapa que estaba, al beso en ambas mejillas, mientras mis ojos estaban fijos en el muchacho abandonado a la blandura de un sillón Chippendale, en reposo sereno; con un vaso lleno de Cune tercer año en la mano y la otra acariciándose el pecho bajo la camisa. Tenía ojos rasgados y una fija seriedad en la cara, la seriedad de un observador observado, pero era dueño de sus gestos y diríase que acababa de salir de una academia de urbanidad por lo educado que era y estuvo conmigo. Al venir a mi encuentro y tras unas breves palabras farfulladas por Rafa entre las que creí oír «mi futuro socio», el propio muchacho me cogió una mano, se la llevó a los labios sin besarla mientras me envolvía con una sonrisa de chiste amable y a continuación me besó en las dos mejillas como si conociera mis mejillas de toda la vida. Para entonces yo ya me había fijado en su camisa de seda italiana color malva, en sus pantalones blancos de hilo tenue, casi transparentes y en los azules mocasines de cuero que llevaba sin calcetines. Estaba demasiado moreno para comienzos de temporada y se había doblado el borde de la manga corta para que resaltara el esplendor de sus bíceps. Fue el único detalle hortera que le vi entonces y en los días sucesivos.

—¿Has visto qué chico nos ha traído Rafa?

La bestia implacable de la Sanglas.

—Con hombres así no vamos a poder conciliar el sueño en todo el verano.

Y miraba a Vicente como una bestia de lascivia contempla su presa.

—Yo lo he visto primero.

Vicente se sonreía.

—¿Puedo elegir?

—Esta noche estás en mi casa y eres mío.

No todas las risas fueron iguales. Casi todas eran una doble risa y Rafa ponía cara de póquer cuando dijo:

—Cuidado, Vicente, que no sabes con qué ganado estás lidiando.

Vicente se perdió entre la gente y supo desaparecer en un rincón del *living* con un libro de *art déco* entre las manos. Iban llegando nuevos invitados, los Millás por ejemplo. A él le felicité por su último libro, no lo había leído, pero sabía de él lo suficiente como para decirle tres o cuatro cosas sin meter la pata. No éramos indios amigos. Me revienta la gente que va por la vida de espectador y Luis Millás estaba en las reuniones sin estar, contemplándonos desde un mirador que él establecía a su alrededor, como si fuéramos materiales para sus obras de escritor prometedor desde hacía veinte años. Además me revienta porque no es conflictivo, pocas veces pelea por algo o para alguien y cuando lo hace parece reunir todas las fuerzas y las pasiones reprimidas y acumuladas, como si nos diera una lección de selectividad: Yo escojo cuidadosamente lo que merece pasión, nos dice continuamente, en una implícita descalificación de la incontinencia de nuestras emociones y sentimientos. El pintor Postius y su mujer, Berta Feliu, la viuda virgen del banquero Pich Nogués, unos amigos de Sau que estaban de paso y se han apuntado a la fiesta, el inagotable Dosrius, historiador y erudito de la rama pelmaza, una ex condesa al parecer austriaca, aunque «educada» en París, que repetía Atzavara ya tres veranos. La dama se las traía. Lo único que ha debido de leer sobre España es el viaje de Dumas en el XIX y en el fondo del fondo considera que apenas hemos evolucionado. El verano pasado se había cubierto de gloria. Estábamos haciendo comentarios sobre política española y ella citó un artículo de Niedergard en *Le Monde*, de pronto dejó de hablar, nos miró interrogativamente y me dijo con toda la falsa inocencia de este mundo:

—*Le Monde, tu connais?*

La madre que la parió.

En otra ocasión caímos en la trampa de aceptar su invitación a cenar. Nos ofreció un *foie gras demi-frais* que acababa de traer de un viaje a las Landas y antes de empezar a degustarlo, cuando ya nuestros cuchillos apuntaban hacia nuestras porciones de *foie*, se oyó el reclamo imperativo de la ex condesa:

—*Faites attention. Pour manger le foie il faut avant mettre du beurre sur le pain. Il faut, aussi, prendre de morceaux très petits chaque fois.*

Y se predispuso a observar nuestros movimientos y nuestras masticaciones por si se correspondían con la ordenanza. Todos los comensales estábamos tan desconcertados que nos habíamos quedado en la mitad del viaje de ida y vuelta al *foie*. Entonces yo cogí el pedazo que tenía en mi plato con los dedos y me lo comí a bocaditos, como si fuera una croqueta consumida en la barra de cualquier cafetería. Luego me chupé los dedos. No sé si entendió mi implícito mensaje, pero desde entonces noté que me saludaba con más respeto y amabilizaba ese francés cantarín parisién que algún lingüista inventó para que se comunicasen entre sí las gentes más simpáticas y frívolas del planeta.

Aquella noche Vicente ya había dado de sí todo lo que podía y todas las posibilidades del verano estaban exhaustivamente planteadas, a no ser que Ariadna y sus sultanes obligaran a un replanteamiento de última hora. Se hablaba de política, de la flebitis de Franco, de la irresistible dinámica de liberalización que vivía España, a pesar de los compromisos ultras del equipo de Arias Navarro y Fraga Iribarne y se comentaban todas las entrelíneas aparecidas en la prensa avanzada, especialmente en las revistas de humor, *Hermano Lobo* y *Por Favor*, así como las de información general, *Triunfo*, *Cambio 16*, *Destino*, *Cuadernos para el Diálogo*. Cuatro años atrás aquella conversación hubiera sido imposible y temas musicales o cinematográficos y de la más variada cotidianeidad personal hubieran ocupado su espacio entre ensalada de arroz y ensalada de arroz, pero la política había salido a la calle y las especulaciones sobre el futuro nacían de nosotros mismos, en plena esquizofrenia entre nuestros deseos y la realidad política, aún hecha a la medida de un franquismo obsoleto. Se confiaba poco en lo que pudiera hacer una futura monarquía para democratizar el país y nada en lo que pudiera esperarse de la casta política madrileña; en cambio observaba, no sin sorpresa, cómo en casi todos mis, en otros años, alegres y confiados compañeros de verano, crecía un entrecejo afanado y preocupado, cuatribarrado, catalanesco, conscientes de que Catalunya tomaría la delantera en todo proceso de democratización del franquismo. Yo tenía otras dos visiones alternativas de lo que pasaba y podía pasar. Por una parte Carlos, liado con nuevos empresarios y ejecutivos, que confiaba en una homologación democrática y liberal de España, escasamente catalanistas y más pendientes del momento en que pudieran negociar de tú a tú y sin filtros estatalistas con sus compinches europeos o norteamericanos. Por otra, mis compañeros de instituto, asamblearios y enfebrecidos, un tanto reticentes ante mi supuesto apoliticismo que era más una actitud refleja, fruto de mis años de desinformación y prevención, que una actitud consciente, voluntaria. De hecho, a mí me fascinaban aquellos tribunos de asamblea, fueran colegas o alumnos de últimos cursos, en unos años en que los partidos políticos habían llegado a los últimos cursos de bachillerato y convertían incluso los institutos en campos de conflictiva afiliación. De entre mis colegas, con quien mejor me entendía era con Borau, profesor de literatura y cabeza visible del PSUC entre el profesorado. Él me parecía a mí un ingenuo inteligente y yo le parecía a él una señora que no sabía lo que quería. Y en lo político no lo sabía. Mi promoción había pasado por la universidad demasiado pronto, a fines de los años cuarenta, comienzos de los cincuenta, y había salido de ella también antes de que comenzara la gran politización de fines de los años cincuenta. Aún teníamos la cabeza llena de vivencias, historias y leyendas de la guerra civil y yo misma, al fin y al cabo, era una de las niñas catalanas de Burgos, adonde mis padres habían huido, fugitivos del terror rojo barcelonés, acogiéndose al espacio protector bajo el gran capote del Caudillo. Y era una sombra borrosa de mi infancia, una recepción en torno a Carmencita, la hija del dictador, con motivo de su santo o algo por el estilo. La cuestión es que yo estaba allí, con otras muchas niñas y un pastel y un empujón suave de mi madre que me incitaba a ir hacia Carmencita, mayor que yo, a desearle no sé qué. Tuve que leer mucho, descatolizarme mucho, absorber mucho el nihilismo cínico de Carlos, para superar mi conciencia de vencedora indirecta de la guerra civil. La victoria de Franco nos había permitido recuperar nuestra ciudad, nuestra casa, nuestras propiedades y aún recuerdo fragmentos rotos de los primeros días de inventario de nuestra torre en la Bonanova, cuando en 1939 regresamos a Barcelona. Desde mi habitación, que yo trataba de hacer coincidir con la que había mitificado y añorado durante los años de destierro, escuchaba los alaridos de mi madre ante el descubrimiento de cada nuevo desafuero sufrido por las paredes o las cosas. Los requisadores se habían llevado lo mejor de nuestras vajillas y no se habían mostrado demasiado respetuosos con la estructura de la casa, ni siquiera con los temples del techo y las paredes que mi bisabuelo había encargado a un discípulo aventajado de Fortuny, en consonancia con el estilo neoclásico de la villa, al que Carlos se refería socarronamente como de estilo «doricojónico catalán». Luego, cuando he asistido a muchos mítines, fundamentalmente de izquierdas, durante la transición, a veces me he descubierto a mí misma examinando con morbosa curiosidad a viejos militantes socialistas, comunistas o anarquistas, recién salidos de las catacumbas, planteándome si entre ellos estaba alguno de los que habían requisado nuestra casa de la Bonanova, si aún conservarían aquel *tú y yo* de porcelana china que les había regalado a mis padres el entonces alcalde de Barcelona, Pich y Pon, o el juego de té filipino que trajo el *tiet* Lluís de Manila cuando era uno de los más importantes ejecutivos de la Compañía de Tabacos de Filipinas. Y la plata. Cuatro cuberterías completas de plata se llevaron los requisadores. Total para nada. Total para perder la guerra y tener poco o nada que comer con aquellas cuberterías durante una posguerra de casi cuarenta años. Tal vez la guerra se habría evitado si mis padres y los requisadores se hubieran puesto de acuerdo desde el comienzo. Al fin y al cabo a mi madre le hacía ilusión la plata para mirarla una vez al año y para contados banquetes, pues pertenezco a una rama de la burguesía esforzada y frugal, poco dada a banalidades representativas. Y a los requisadores les hubiera bastado con venir a pegar la hebra con mi madre una vez al mes, servidos con la mejor cubertería, espléndida mi madre, con esa capacidad que siempre le he envidiado de saber ser suiza en Suiza y japonesa en Japón y en cambio no haber sabido ser republicana en la Catalunya de 1936. Con lo fácil que nos fue a nosotros ser demócratas en 1977.

La cuestión es que aquella noche inaugural sólo se habló de política y Dosrius llevó la voz cantante en su condición de sabiondo mayor del reino y de hombre de cultura enciclopédica capaz de disertar sobre una docena de temas sin otra lógica que el orden alfabético escogido al azar en un diccionario enciclopédico. Los más sólidos le formaron corro y entre ellos estaban Rafa, Vicente, Sau, su primo el pianista, Pruden, la mayor parte de las parejas casadas como Dios manda, como Millás y su mujer, un sector, digamos que terciario, importante en la vida veraniega de Atzavara porque equilibraba o complementaba, según los casos, el vergonzante juego de exhibicionismo y ocultismo de los alegres muchachos y el flagrante exhibicionismo de libertinaje casero de nuestro grupo de separadas, solteronas o mal casadas. Yo no había bebido lo suficiente como para reírle las gracias a Luisa o ponerme a bailar la danza del fuego como Paqui Sans jaleada por Sebas y Pepe, otros dos de la camada, una pareja homosexual estable propietaria de un taller de marroquinería, ni estaba lo suficientemente lúcida y sobria como para escuchar la ciencia infusa que salía por los parsimoniosos labios de Dosrius. Así que me dije, cada mochuelo en su olivo y yo a mi casa.

Iban a sucederse las noches, igual la una a la otra, ya lo sabía. Pero los días estaban hechos para embrutecernos de sol y mar, los atardeceres para leer y escuchar música, las noches para apurarlas como si fueran un líquido secreto que en algún sorbo tuvieran la clave que abre las puertas del paraíso. Y en esa espera se repetía el ritual de los encuentros, las conversaciones, los chistes, los juegos verbales de segunda o tercera intención que casi siempre nos cruzábamos nosotras con Rafa y sus amigos, conscientes ambos, implícitamente, de que éramos los dos sectores marginados de la comunidad y que el azar y la necesidad nos había hecho coincidir en aquel pueblo lejos de los veraneos prestigiosos, hecho a la medida de nuestras locuras pequeñas y residuales. Exactamente eso: les teníamos tomada la medida a nuestras locuras. Nunca nos habíamos sincerado entre nosotros. Oficialmente nosotras no sabíamos que ellos eran homosexuales. Oficialmente ellos no sabían que yo tenía amantes fijos o temporales, que Luisa Sanglas se iba a París o a Nueva York para follar con extraños caballeros cosmopolitas conocidos en sus trabajos de decoración, que Paqui Sans tenía una vida privada de señorita de Louisiana eterna viuda de un coronel del ejército del Sur muerto en la defensa de Atlanta, es decir una vida privada defendida a capa y espada por su apariencia de envejecida joven despistada, levitando indiferente sobre las miserias y grandezas del mundo. Ariadna era la más transparente porque jugaba a sorprendernos con su colección completa de amistades contraculturales, contratadas en una agencia, al decir de Carlos, que no podía soportar aquella tanda de «terroristas intelectuales» que Ariadna renovaba cada verano; y en cuanto a Pruden, luego fue fácil comprobarlo, vivía un período de excepción entre dos normalidades. Era, evidentemente, la más sensata, la más señora de todas nosotras y había conseguido una separación amistosa con el imbécil con el que se había casado veinticinco años atrás: un criador de reses bravas de Colmenar al que le habían salido poco bravas las reses y había tenido que vender hasta el escudo heráldico. Pruden había resultado intocada de su catástrofe y ni siquiera parecía importarle el largo tiempo perdido en compañía de un idiota, aunque hubiera sabido desde el casi comienzo que su marido era exactamente eso, un idiota. Se había casado con el señorito campero porque era apuesto, montaba bien a caballo y cantaba, acompañándose él mismo a la guitarra, el repertorio completo de Jorge Negrete. Y si se terciaba, se ponía el esmoquin y tenía una figura de anuncio de *after shave* años cincuenta, cuando el *after shave* sólo lo utilizaban los señores.

—Pero no perdí el tiempo. Alberto se relacionaba con gente interesante. Yo era casi una niña recién salida de las monjas y había pasado de las manos de mi madre a las de mi marido. Por nuestra casa de Colmenar pasaban escritores, pintores, gente muy interesante, porque el padre de Alberto tenía la mejor colección de literatura taurina de España. Mi suegro había sido un cacique republicano, amigo personal de Giner de los Ríos y Azaña y eso le convertía en valedor del poco rojerío que había por la comarca, incluso del rojerío intelectual de Madrid que venía a pedirle dinero o su firma para solicitar indultos o protestando por esto o aquello. Y una vez incluso hice de correo del Partido Comunista. Llevé unas cartas secretas a la dirección clandestina en Madrid.

—¿Las leíste?

—Me hubiera muerto de miedo.

—Igual las cartas decían: matad al mensajero.

—Eso era imposible, porque el que me las dio se derretía cada vez que me veía.

—¿Y no...?

La inevitable Luisa hacía con un dedo de cada mano el signo del puente eléctrico-sexual que podía haber unido a Pruden con su conspirador.

—Sí.

—Vaya con la niña de las monjas.

—Sí. Pero fue un poco frustrante. Era un chico muy culto. Una vez me recitó un poema de Góngora mientras hacíamos el amor.

Un poco más y me atraganto hasta la asfixia.

—¿Qué has dicho?

—Que me recitó un verso de Góngora mientras hacíamos el amor.

—¡Qué pulmones! Esa sensación merece vivirse.

Convenimos las cuatro.

—Lástima que tenía un grave defecto.

—Por ejemplo, era impotente.

—No. Eso no. Pero siempre hacía el amor a medio vestir.

—Con eso está todo dicho.

—Un día le hice algunas alusiones y finalmente se dio cuenta. Y me dijo que era una costumbre, una manía derivada de lo azaroso de su vida clandestina. Siempre tenía la impresión de que la policía podía presentarse de un momento a otro y él tendría que huir de mala manera.

—De mala manera pero decente. En cambio se quitaría los calzoncillos. ¿O también hacía el amor con calzoncillos?

—A veces. Llevaba unos calzoncillos de esos antiguos, con bragueta.

Mis previsiones estaban hechas para lo que quedaba del verano del 74, pero tuve que cambiarlas dos días después cuando se presentó Ariadna con sus dos sultanes. He de decir que aún no se había producido el encuentro y yo, desde mi casa, ya noté que la atmósfera de Atzavara había cambiado y cuando cogí el coche para bajar a la playa, pasé ante la casa de Ariadna, toqué la bocina y ella se asomó semidesnuda a una ventana, con las melenas rizadas alborotadas y los ojos dormidos, con aquella sonrisa producto de sabidurías secretas e intransferibles.

—¿Y los sultanes?

—Se están poniendo guapos. Ya os los bajaré a la playa.

—Son nuestra última esperanza.

—No os defraudaré.

Había que confiar en ella. En el verano de 1973 había venido con un bailarín contorsionista y su prima, una muchacha vidente que conseguía levantar una silla con Luisa Sanglas encima, utilizando sólo un dedo. En el del 72 la expedición había sido más compleja: dos poetas andaluces de los que interrumpen los poemas para cantar el estribillo; un juez de Zamora, anarquista, que había escrito un libro entero demostrando que tenía derechos legítimos al trono de España porque era descendiente directo de un fruto prohibido de la pasión de Juana la Beltraneja con el halconero mayor del reino; una pareja de hippies, chico y chica, varias veces viajeros de ida y vuelta a la India por medio de una vieja moto alemana con sidecar, comprada en Egipto en un desguace de material de la segunda guerra mundial; completaba el lote una cantante de ópera moderna sin suerte, porque la ópera moderna es escasa y no tenía la suficiente cotización para que la contrataran para cantar las pocas que había. Lo meritorio de Ariadna era que conseguía estos lotes trabajando todo el día en una notaría, sin poder permitirse la libertad de horario que estaba por ejemplo a mi alcance y no digamos ya de Pruden, Luisa o Paqui.

—Los contrata en una agencia.

Insistía Carlos, que no la podía tragar.

—No. Simplemente conecta con la gente más joven. No es como nosotros, que siempre nos movemos en los mismos círculos.

—Según tu teoría, la gente joven se dedica al contorsionismo, a la levitación, a reclamar el trono de España, a ir y venir de la India como quien va y viene en el puente aéreo.

—Tienen otro talante y Ariadna conecta con ese talante.

—Si es cierto es horroroso. Yo me doy de baja.

Pero luego, si alguna vez se sumaba a nuestras fiestas, Carlos parecía estar como pez en el agua y sabía encontrar la manera de escuchar e incluso de hablar con aquella gente a la que había descalificado y cuando yo le echaba en cara su falta de consecuencia, esgrimía:

—No olvides que soy un vendedor. Si he conseguido venderle toneladas de chinchetas a Guinea Ecuatorial francesa o de señales metálicas de tráfico a los malgaches, por ejemplo, no me cuesta nada vender un poco de interés y solicitud a esa pandilla de alucinados.

Cuando llegué a la playa ya estaba la tribu casi al completo y otra vez fue Vicente el que se levantó para ayudarme a encontrar el mejor sitio donde tender la toalla y se ofreció para ponerme crema en la espalda. Luego, mientras me la ponía, yo miraba de reojo a Rafa y parecía tranquilo, aunque otra cosa no podía esperar de un hombre aparentemente tan equilibrado y discreto. Tal vez Vicente extremó demasiado su celo y no dejó ni un rincón de mi espalda sin pringar y por eso Rafa salió de su aparente indiferencia para dedicarnos una sonrisa y un comentario.

—Montse, tienes una espalda muy bonita.

—Gracias. En vida tuya.

—¿No lo has notado, Vicente?

—Sí. Es una espalda muy bonita.

Y como si reconocerlo significara introducir un elemento conturbador en una operación de masaje que hasta entonces le parecía natural, sus manos se detuvieron. El masaje había terminado. Trataba yo de sacar consecuencias de lo sucedido cuando a mi lado Luisa Sanglas lanzó un ¡oh! poderoso y a larga distancia que advirtió no sólo a las gentes de nuestro grupo, sino también de los alrededores que algo prodigioso se había producido o estaba a punto de producirse. Así era. Sobre las dunas avanzaba Ariadna con una túnica verde con bordados de oro y tras ella, uno detrás de otro, dos efebos graves y morenos, el uno con una túnica de gasa azul transparente y turbante del mismo color y el otro con idéntico atuendo, pero en color rojo carmesí. Lo que a distancia era un continente grave de pajes importantes de la dama, de cerca se tradujo en una parodia de sí mismos, en unos ojos irónicos y novísimos que nos retrataron para una foto colectiva de la que fuimos prisioneros en lo que quedó del verano. Tan espectacular había sido la llegada que Luisa se puso en pie y comenzó a aplaudir y a gritar: ¡Bravo!, ¡bravo!, ¡bis!, ¡bis!, gritos secundados por Paqui Sans, que se apuntaba a todas las juergas, le fueran o no le fueran, las viviera o no las viviera. En cuanto a los alegres muchachos, se habían quedado sin habla y aunque sonreían asumidores de lo ocurrido o por ocurrir, había más desconcierto en su sonrisa que otra cosa. Desconcierto y un mirar de arriba abajo a aquellas esculturas, sobre todo Farrerons, que era el menos autocontrolado, aunque también los ojos de Rafa estaban puntuando y los de Sau, Caparrós, Sebas o Paco. Sólo Vicente parecía dueño de sí y se presentó a sí mismo a los dos sultanes, que le dedicaron una mirada especialmente calculadora, como situando su exacto papel en aquel grupo coral de gentes de la tercera o de la cuarta edad, según la crueldad con la que contaran las décadas.

—Paolo y Donato.

Dijo Ariadna con los ojos especialmente malévolos y fue cantando los nombres de todos nosotros para que los dos sultanes nos ofrecieran leves inclinaciones de cabeza a manera de reconocimiento y presentación.

—Acaban de llegar de Mikonos.

—Ya es fuerte, ya, pasar de Mikonos a Atzavara.

Me dijo por lo bajini la Sanglas y luego alzó la voz, como si fuera una niña enfurruñada.

—¡Qué amigos tienes, Ariadna! ¿Por qué no tengo yo también amigos así? ¿Dónde los encuentras? Mira que yo ya miro, ya busco... ya...

Y se abrió los ojos con ayuda de los dedos, expresando toda la angustia de su cotidiana búsqueda de excepciones como aquéllas, búsqueda infructuosa evidentemente. Sin más, los sultanes se quitaron las túnicas y ofrecieron a nuestra valoración dos preciosos cuerpos de atletas jóvenes, sin apenas vello, de un dorado perfecto, de lujo, diría luego Pruden. Eran sus cuerpos livianos pero fuertes y sus breves slips de baño parecían ex profeso para resaltar el poder y la firmeza de un paquete sexual que era inevitable mirar. No era su paquete sexual como el de Farrerons, que lo exhibía mediante un tanga que parecía su estuche. Era un paquete sexual perfectamente coordinado con el resto de la anatomía, como un elemento más, pero determinante en una maquinaria total de animales excitantes. Tardamos en encontrar el tono de la naturalidad, aunque la Sanglas tratara de encontrar antes el de la hilaridad, haciéndonos comentarios *sotto voce* en catalán:

—*Malaguanyats! Quina pena!**

Rafa conducía el interrogatorio de los recién llegados a propósito de su reciente viaje a Mikonos. Desde hacía años proyectaba un viaje a las islas griegas y Mikonos y sus playas, en aquellos años de reputada liberalidad, era una meta imprescindible.

—Todo el mundo va a Paradise o Superparadise... pero cualquier playa es buena, sobre todo las más desiertas. Sólo te expones a que de pronto se presente un payés griego con la familia, compuesta siempre de una señora con pañuelo en la cabeza y bigote y una parejita de niños. Entonces el payés coge un garrote y empieza a gritarte cosas hasta que te pones el slip y ya está.

—¿Hay mucho ambiente?

Preguntó Farrerons con los ojos llenos de mensajes propicios.

—En Mikonos se ama por todas las entradas del cuerpo y todo el mundo está dispuesto.

Me pareció una respuesta cursi, pero a Luisa le encantó y lo proclamó a los cuatro vientos.

—¡Por todas las entradas del cuerpo! ¿Oyes, Paqui? ¿Oyes, Rafa?

—¡Por todas las entradas del cuerpo!

Repitió Paqui como si tratara de imaginárselo pero en el fondo importándole un comino y Rafa se echó a reír sin más. Los sultanes ya estaban a sus anchas y parecían habernos clasificado, en parte por las informaciones previas de

* ¡Desaprovechados! ¡Qué pena!

Ariadna, en parte por su capacidad de observación que aparentemente era mucha. A las mujeres nos miraban como miran los hombres a las mujeres, y a los hombres como miran los maricones poderosos a los maricones reprimidos. Era pues muy difícil sostenerles la mirada y sólo Vicente dialogaba con ellos mediante una conversación convencional, como si solicitara información de unos guías turísticos. Una de dos, chico, pensé, o no registras realidad o eres el más curtido de todos nosotros. Luisa quería apoderarse de los recién llegados y de la situación y tramó una cena, diferente, dijo, una cena diferente.

—¡Prohibidas las ensaladas de arroz! ¡Esta noche cenaremos una musaka y unos pinchitos de cordero, en homenaje a estos muchachos tan viajados!

Falsa promesa, como siempre. Luisa conocía las islas griegas tan bien o mejor que los sultanes, pero entre sus números de payasería destacaba el de la ignorante provinciana capaz de sorprenderse incluso ante las calles asfaltadas. Ya habían tenido suficiente conversación los recién llegados porque se levantaron y se fueron hacia el agua, a cuyo borde se detuvieron para hablar entre ellos.

—Ahora están comentando: entre qué pandilla de gilipollas nos ha metido Ariadna.

Le dije a Ariadna.

—Qué va. Son como dos esponjas que absorben todo lo que se les eche. El uno es poeta, bastante bueno. El otro es pintor, dicen que bueno.

—¿Qué pinta?

—Repinta. Fotos. Dicen que las entristece.

—Ya es difícil pintar fotos.

—Fíjate cómo nadan.

Nos avisó Luisa otra vez molesta, tal vez porque nadaban mejor que ella.

—Lo tienen todo. Parecen campeones olímpicos. Ariadna, me has de decir el nombre de tu proveedor.

—Coincides con Carlos. Siempre dice que Ariadna consigue sus invitados en una agencia.

—¿Y tu Carlos? ¿Cuándo vendrá ese marido que todas te envidiamos?

—No es mi Carlos y vendrá cuando se lo mande su agenda. Ya sabéis que Carlos es muy calculador.

—¿Ya habrás visto que en *Cambio 16* lo seleccionan como uno de los españoles con más futuro?

—Exactamente uno de los cinco jóvenes empresarios con más futuro político.

El futuro de Carlos. ¿Era mi futuro? En los primeros años de matrimonio a veces imaginaba nuestra vejez, armónica, olímpica, hubiera adjetivado Carlos. Por encima de cualquier pasión conturbadora, de cualquier dificultad física o material, una vejez de final de película constructiva. Pero ahora ya sabía que no sería así y lo que era peor, no sabía cómo sería, aunque en cuanto emergía el tema de mi subconsciente siempre llegaba acompañado de una escena que presencié en el ascensor de un hotel de Nueva York. Una pareja de ancianos y yo éramos los ocupantes del ascensor. Eran ancianos yanquis convencionales, llenos de colorines, pieles blanquísimas, casi tanto como los cabellos de él; en cambio ella se había permitido la alegría del espíritu de teñirse los cabellos color platino, el más platino de los colores. Durante todo el descenso ella estuvo lanzándole arrumacos exhibicionistas, como tratando de demostrarme que eran el matrimonio anciano más feliz, al menos, de la costa Este. Él se iba encrespando progresivamente. Y en cuanto llegamos a la planta y estábamos a punto de salir ella llevó su cariñoso despliegue hasta los límites de un show de Walt Disney Productions. Se había pasado. Él le pegó un empujón soterrado pero firme que la obligó a retroceder, a despegarse, a recuperar difícilmente el equilibrio sobre los altos tacones de sus zapatos rosa. En aquel empujón estaba el odio doméstico, la irritación reprimida, la sensación de estafa de toda una vida compartida y si Carlos y yo llegábamos juntos a la vejez nos pasaríamos los últimos años dándonos empujones, no físicos, porque Carlos no los necesitaba, le bastaría lanzar de cuando en cuando una de sus frases estiletes o simplemente uno de esos silencios o ausencias que peor que insultarte, te aniquilan.

Cuando salí de mi ensueño futurista ya todo estaba urdido. Naturalmente por Luisa. Ariadna dejaba hacer sonriendo mefistofélicamente. Ella había puesto la materia prima y Luisa se encargaba de todo lo demás. En cuanto a Paqui Sans, seguía en esa Babia personal que crece bajo su colección completa de pamelas, una Babia protectora que le ha permitido llegar a las alturas de nuestra edad como si siguiera siendo la niña casadera de un plantador de Louisiana.

—¿Qué va a pasar?

Le pregunté a Pruden.

—Fiesta por todo lo alto en casa de Rafa. Menú turístico. Ensaladilla de arroz para empezar. Vicente se ha comprometido a guisar un pollo al ajillo de segundo. Tú y yo la repostería. Luisa, naturalmente, la bebida.

—¿Y Ariadna? ¿No aporta nada comestible?

—Los dos sultanes. ¿Te parecen poco comestibles?

De vuelta a casa me encontré a mi hija con el novio, un Plegamans, hijo de Sito Plegamans, uno de los imbéciles más notorios del golf del Prat. Le llamaban Sito porque nadie había tenido jamás la sensación de que se llamara ni siquiera Alfonsito y no digamos ya Alfonso. Vista y no vista. Venían al *rendez-vous* y al día siguiente partían para Italia. Mi marido les había llenado la cartera. Ellos ponían todo lo demás. Me anunciaban la llegada de Carlos para mañana, pero no sabían cuánto tiempo podría quedarse. Estuve a punto de renunciar a la *soirée* en casa de Rafa para hacerles compañía. Aquel muchacho, que podría ser mi futuro yerno, era una incógnita para mí. No parecía tan imbécil como su padre, ni tan presuntuoso como su madre, pero estaba cohibido ante mí, impresionado por mi fama de *rara avis*. De Carlos le afectaba su evidencia de triunfador, de mí le asustaba lo poco que me parecía a su madre, aunque habíamos ido juntas de pequeñas a Jesús y María y coincidido un par de veces en el mismo internado suizo. De su madre yo tenía muy presente que ya me parecía pequeñamente horrible cuando era una niña, horribilidad que se le había desarrollado con los años con una precisión implacable y ciega que el tiempo emplea en sus cosas.

Quería tender un puente hacia el muchacho y le estuve tirando de la lengua. La empleó poco y para hablar exclusivamente de sus estudios de ciencias empresariales.

—¿Quieres ser empresario? Carlos siempre me dice que hay más crisis de empresarios que de sacerdotes.

Mi hija me dio una patada por debajo de la mesa y entonces recordé vagamente que toda la familia Plegamans estaba más o menos vinculada al Opus Dei.

—Pase lo que pase, el país necesitará empresarios.

—¿Qué puede pasar?

—Franco no puede durar.

—Eso espero.

—Sí. Es cierto. Un cambio sería conveniente. Franco ya ni hace ni deja hacer. De durar mucho esta situación podemos encontrarnos otra vez con un disgusto en la calle. Mi padre vivió la época roja y no es muy agradable lo que cuenta.

—¿Dónde vivió tu padre la época roja?

—En Roma, primero, luego en Burdeos y finalmente en la zona nacional. Es que mi abuelo se vio venir la catástrofe. Ahora puede ocurrir lo mismo. En este país sólo los comunistas están organizados y nosotros somos unos inocentes que sólo hemos sabido hacer país, sin preocuparnos de la política.

¿Quiénes sois vosotros?, iba a preguntarle, pero pensé que de casarse con mi hija tendría que aguantarle un mínimo de tres o cuatro bautizos, siete u ocho entierros, entre ellos el mío y unas cuantas celebraciones de cumpleaños, así que les puse una sonrisa neutral y encantadora y me acogí a la necesidad que tendrían de estar solos para marcharme. Mi hija me siguió hasta el coche y me dio las gracias.

—¿Gracias de qué?

—Por haber sido tan moderada. He notado que te repateaba lo que decía.

—Cada uno es cada uno.

—Exactamente, cada uno es cada uno y tú a veces quieres exigir de las personas que sean como tú eres.

—¿Cómo soy?

—No te lo tomes a mal, pero eres un poco excéntrica. A mí me gusta que lo seas, como me gusta que Sito no lo sea.

—¿Se llama Sito?

—Sí, como su padre.

Mi hija estaba mejor preparada que yo para ser una cínica y tal vez podría vivir una larga doble vida en compañía de Sito II, así que me eché una manta de irresponsabilidad a la cabeza, le di un beso y me fui algo excitada, lo reconozco, a la fiesta de Rafa. Me abrió la puerta Ariadna disfrazada de alguien que me sonaba, pero no sabía muy bien de qué.

—¿Adivinas quién te abre la puerta esta noche?

—Ni idea.

—¿No te recuerda nada mi disfraz?

—Una película de miedo.

—Caliente, caliente. Elsa Lanchester. La novia de Frankenstein.

Era la única que confesaba ir disfrazada. Los otros lo estaban pero o no lo sabían o no se creían en la obligación de identificarse. Rafa era un espléndido anfitrión y Vicente tenía el encanto de toda recién casada dispuesta a mostrar que el marido ha hecho una excelente adquisición. Los muchachos de la camada estaban succionando a los sultanes que habían trocado sus túnicas de gasa de Mikonos por unos preciosos trajes de príncipes de cuento de la colección Azucena o también podía tratarse de los uniformes de un ballet de los Coros y Danzas cárpatos, es un decir, porque yo jamás he visto un ballet cárpato. No estaba Dosrius, por lo que la noche no tuvo su nota erudita y las parejas normales reservaban toda su capacidad de observación e ironía a la espera del espectáculo que pudieran ofrecerles los sultanes. No fueron ellos los que desencadenaron los acontecimientos, sino Pepe y Sebas, los socios, como les llamábamos las chicas en nuestras más íntimas e impías conversaciones. Parecían obligados a demostrar a los jóvenes recién llegados que no necesitaban sus lecciones y estaban algo alocados proponiendo juegos prohibidos, por ejemplo, un concurso de besos en la boca, a ver quién aguantaba más, chico y chica, naturalmente.

—¿Bilabial o con rosca?

Preguntó la Sanglas.

—Allá cada cual con su inspiración.

Luisa Sanglas, Ariadna y Pruden dieron un paso al frente y ante mi pasmo fueron secundadas por Berta Feliu, la viuda virgen del banquero Pich Nogués, y virgen debía de ser porque presumía con tristeza de lo mucho que siempre la había respetado su marido, tan prematuramente enfermo que tardó treinta años en decidirse a morir y liberarla. Era como si mi *tieta** Remei se dedicara al alterne. La selección masculina que les dio la réplica la componían Pepe, Sebas, Farrerons y por aclamación popular Vicente, sin que los sultanes, algo desdeñosos por lo superficial del desafío o conscientes de que aquel espacio estaba reservado para los teloneros, hicieran el más mínimo gesto de querer participar. De haber participado uno de ellos, Paolo por más señas, yo me habría sumado al concurso, pero ninguna de las bocas oferentes era de mi agrado y de todos los juegos de amor el más delicado es el del beso en la boca. Se engancharon, pues, primero con los ojos cerrados, muy apasionados ellos, como si tuvieran especial empeño en demostrar su sinceridad heterosexual. La primera en abrir los ojos fue Ariadna y había cierta sorna en ellos, frente a frente a los ojos cerrados de Farrerons que besaba, según dijo después, como Cary Grant a Ingrid Bergman en *Encadenados*. Luisa rompió el beso estallando en una carcajada que salpicó de sorpresa y perplejidad el rostro de Sebas. Fueron inmediatamente eliminados. Pruden pretextó problemas respiratorios para interrumpir su beso con Pepe y quedaron disputándose la final Ariadna y Farrerons y Berta Feliu con Vicente. Me fijé en la sinceridad de la entrega de aquella *tieta* al beso y a la exquisita cortesía técnica de Vicente, aplicado y considerado besador de una señora que podría ser su madre. Vicente besaba con una compasión muy bien disimulada y mi corazón se lo agradeció tanto como el deseo dormido de Berta Feliu, que se despegó de pronto, mareada y enrojecida, para decir algo que

* Tía solterona.

nos sirvió durante todo lo que compartimos de aquel verano como latiguillo.

—No sigo. Podría ser peligroso.

Rafa estaba al quite.

—¿Peligroso? Berta, Vicente no teme al peligro, si el peligro eres tú.

Berta estaba excitada y asustada. Necesitaba unos instantes de ensimismamiento para hacerse el resumen de la situación y buscó un rincón perdido de la sala. Dos días después se marchó de Atzavara y, por lo que me han dicho, nunca más frecuentó el grupo. Entre aplausos recogieron el trofeo de vencedores Ariadna y Farrerons, un racimo de plátanos enhiestos y verdes que Rafa trajo desde la cocina y que fueron muy reídos y comentados. Farrerons pisaba fuerte y confesó lo de Cary Grant.

—El beso de Cary Grant y la Bergman es el beso, no lo toquéis más, que es el beso.

—Tiene mucho mérito —aduje—, porque es sabido que a Cary Grant no le gustaban las señoras y que en cambio Ingrid Bergman se tiraba todo lo que fuera masculino, fuera vegetal, animal o mineral.

Me llamaron salvaje y otros insultos hiperbólicos adecuados a la ocasión. Ya estaban rotas las hostilidades y Farrerons, desde la moral del triunfo propuso que nos desnudáramos todos, convencido como estaba de poseer un cuerpo agresivo. El adjetivo fue suyo. Hubo algunas aproximaciones estratégicas a la puerta de salida, especialmente entre las parejas normales y Millás salió de su observatorio para comentar que aquello degeneraba en una fiesta de quintos licenciados y borrachos, comentario que molestó a Farrerons, pero que fue respaldado por la mayoría, poco dispuesta a someterse a una prueba de consecuencias irreparables.

—¡Un concurso de tangos!

Propuso Paqui Sans, que era muy bailadora. Parecía una señal convenida. Los dos sultanes se plantaron en el centro de la estancia. Paolo se fue a por Vicente y Donato a por Farrerons, los enlazaron por el talle con una decisión que no admitía réplica y en el silencio que les rodeaba exclamaron:

—Que alguien ponga un tango.

Y lo puse. *La cumparsita*. Así como Vicente se dejó llevar por su pareja y convirtió el lance en una exhibición de flexibilidad gimnástica, Farrerons consideró que había llegado el momento estelar de su vida y vivió aquel tango como una pebeta con imaginarias mallas en las piernas, huidizas de su falda corta y abierta por un corte que llegaba hasta la cintura. El tango bailado por Paolo y Vicente era de circo, el de Donato y Farrerons de apaches de un café cantante del París de entreguerras, o así lo supuse aunque yo no hubiera estado jamás en París en entreguerras. Era inevitable aplaudirles al final de su actuación. Yo estaba junto a Millás y le vi aplaudir con cierta desgana.

—¿No te ha gustado?

—¿Y a ti?

—Me contestas con otra pregunta.

—Estos chicos van a complicar el verano. Les van a obligar a asumir lo que son.

—¿Y eso es malo?

—Estoy a punto de pensar que sí. Por algo disimulan, ¿no?

—Por miedo. Probablemente Paolo y Donato les ayuden a perder el miedo.

—No están maduros para tanta democracia. Ni siquiera Farrerons, el más despendolado. Los otros son vergonzantes, él es un homosexual trágico.

—No le pongas tanta literatura al asunto.

—¿Qué quedaría de este asunto sin literatura?

—Sexo.

Los juegos continuaban. Los sultanes habían exigido que mujeres voluntarias se sentaran con las piernas abiertas y las faldas sobre los muslos. Querían demostrar que podían erotizarlas tocándoles simplemente las rodillas. No me gustan mis rodillas, pero pensé que ya estaba bien de absentismo y me senté junto a Ariadna y Pruden, a la espera de las manos de Paolo. Fue Donato el que se arrodilló ante mí y me oí a mí misma dirigirme a Paolo:

—¿No puedes hacérmelo tú?

—Donato es un experto.

—Insisto.

—No faltaba más.

Se arrodilló ante mí. Comprobé que tenía sus ojos de príncipe maquillados y que olía a Tabac. Tenía un tacto caliente y eléctrico, cerré los ojos y remolinos de cosquillas me subieron por la parte interior de los muslos hasta el sexo, pero las manos de él se aplicaban sobre mis rodillas. Insistió con un dedo en un hoyuelo profundo de mi rodilla izquierda.

—¿Qué es esto?

Me hablaba en un tono de voz tan bajo que tuve que inclinar la cabeza hasta casi rozarle la cara con los flecos de mi melena corta.

—Una vieja cicatriz.

—¿Vieja?

—Es que yo soy muy vieja.

Tenía labios de hombre que sólo emplea la boca para besar y exigir. Deseé aquellos labios y él lo notó porque acentuó la aproximación de su rostro sin dejar de acariciar mis rodillas. Desde tan cerca creí adivinar en sus ojos lo que pensaba. Está hipnotizándome. Yo no le importaba, le importaba el experimento, le importaba que yo siguiera dando pasos adelante, que le propusiera salir de aquella habitación, que se me cayeran las bragas y me pegara a su piel como una vieja vampira en busca de sangre fresca. Cerré las piernas con tanta fuerza que creo haber hecho incluso ruido, como quien cierra el expediente, y él se dio por advertido. Retiró las manos, se recostó sobre sus piernas dobladas y quedó a la espera de acontecimientos. No hice otra cosa que levantarme y proclamar mi patosidad para los juegos eróticos.

—No pierdas el tiempo, chico. Tengo las rodillas ortopédicas.

Y salí al jardín con un vaso lleno de whisky puro, seguida de la Sanglas que trataba de mantener en equilibrio una copa de champán sobre su cabeza. La retiró a tiempo de que no se le cayera, pero ya parte del champán se vertía sobre uno de los lados de su cabeza y el hombro.

—Conque las rodillas ortopédicas...

—Son dos jugadores de ventaja. Cuando acaben la exhibición pasarán el platillo.

La Sanglas me dio un tirón del brazo, me advertía que algo estaba ocurriendo en el jardín que merecía ser contemplado a distancia. Pruden estaba llorando y Rafa la consolaba. No podíamos oír lo que hablaban, pero en un momento de la consolación, Rafa cogió a Pruden por los hombros y la besó delicadamente en los labios. Ella retuvo los labios de Rafa entre los suyos y los lamió. Él no retiró la boca, pero soltó a la mujer y soportó el beso con los brazos vencidos a lo largo del cuerpo. Luego Pruden abandonó el jardín con pasos acelerados y Rafa avanzó hacia la baranda, como si quisiera percibir el mar al fondo del horizonte nocturnamente compacto en una noche sin luna, sin estrellas, nublada por el calor y su humedad. Quise retirarme pero Luisa me empujaba hacia Rafa.

—¿No te gusta la fiesta?

Rafa estaba molesto por nuestra intromisión pero nos ofreció su perenne sonrisa.

—Muy sorprendente, ¿no?

—Esta Ariadna es lo que no hay. Yo no sé de dónde saca estas maravillas.

—No las busca. Las encuentra. Hay gente así.

—¡Qué clase tienen los dos sultanes! ¿Verdad, Rafa?

—Tienen estilo. Son jóvenes. Otra generación.

Para él la conversación se había terminado, pero Luisa era implacable. Rafa fue contestando con monosílabos y agradeció mis quites en busca de otros temas. Me molestaba aquel juego de ratón y gato, me despegué de Luisa y me fui a rellenar mi vaso de whisky. En el salón los juegos habían terminado, los corros se habían normalizado. Farrerons pegaba la hebra con Donato en un rincón y Vicente se preocupaba de que los vasos estuvieran llenos. Por ejemplo, el mío.

—Precioso el tango, Vicente.

—El tango no es lo mío. Pero domino todos los bailes.

—¿Eres muy bailador?

—Quise ser bailarín... bueno, mejor dicho, quiero ser bailarín. Estudié danza durante muchos años.

—¿Ballet clásico?

—No. Baile moderno.

—Pero eso es muy interesante.

Se lo dije sinceramente y él así lo comprendió. Me sonrió aliviado y contento.

—Incluso fui profesional. Pero es muy duro. En España no gusta el ballet moderno. Sólo gusta en las películas pero no como espectáculo en las salas de los *night clubs* o en los teatros.

—Pero puedes bailar en Inglaterra o en los Estados Unidos.

—Eso quería. Pero no sé inglés. Me matriculé en un curso de inglés por correspondencia. Es muy difícil.

—*I'm afraid. And I don't like Italian food very much. I prefer Chinese food.*

—¿Qué quiere decir? Yo no he pasado de *My taylor is rich* o *My father is farmer.*

—Quiere decir: Lo siento, no me gusta mucho la cocina italiana, prefiero la china. Lo recuerdo de cuando estudiaba inglés en un internado en Inglaterra. Me parecía una frase muy exótica porque entonces yo no sabía muy bien cómo era la cocina italiana o la cocina china.

Vicente me escuchaba muy interesado, con el cuerpo inclinado como para recoger mejor mis palabras, pero sus ojos divagaban por la sala en busca de otras actitudes, otras conversaciones, y le dejé marchar. Necesitaba beber lo más posible en el menor tiempo posible y Luisa me ayudó todo lo que pudo a conseguirlo. La progresiva borrachera no me extirpó del todo el mecanismo de aprehensión de la realidad y asistí sorprendida a algunas situaciones tensas, incluso agresivas, como la que protagonizaron Sebas y su socio Pepe. Se levantaron las voces y Sebas hizo el ademán de abofetear a Pepe.

—¿Qué les pasa?

—Celos.

Dijo Ariadna reservando en principio el resto de verdad para sí misma.

—¿De quién?

—Sebas ha descubierto a Pepe tonteando con Paolo. Le ha llamado la atención y Pepe se ha marchado con el rabo entre las piernas, pero entonces Paolo se ha cabreado y le ha dicho de todo. Lo que más le ha dolido es que le ha llamado loca reprimida y entonces Sebas ha pagado su mal humor con Pepe.

—Son como matrimonios. Son como nosotros.

—Más fieles. Tienen complejo de secta perseguida y se son más fieles.

—Paolo y Donato, no.

—Son de otra generación.

—Es lo mismo que ha dicho Rafa.

—Rafa está raro. Un hombre tan equilibrado como él y comete el error de presentar en sociedad a su amante. Este otoño no se hablará de otra cosa.

Pruden nos escuchaba como esperando el momento más adecuado para intervenir, y era aquél.

—Ha quemado las naves. Me lo ha dicho.

—¿Le has hablado claramente?

—Tenemos mucha confianza. Le he preguntado qué pretendía presentando en sociedad a Vicente y me ha contestado que estaba harto de disimular, que estamos a fin de siglo, que está cansado de su doble apariencia.

—No parece mal chico Vicente.

—Podría haber sido peor.

Comentó Pruden con cierta tristeza.

—Son tan frágiles... ¡Pobres!

Y señaló a toda la alegre y borracha camada en el trance de prolongar la noche porque sí, embarcada en el infantil deseo de suponer que alguna noche será radicalmente diferente y en los pliegues de sus oscuridades hallarán el resorte que abre la puerta del absoluto y del paraíso. O al menos ese clic, ese clic que se dispara a partir de una copa determinada, que te sitúa en un punto equidistante entre la salida y la llegada, del que ya no se puede volver, pero que es peligroso rebasar. Ese punto de brillantez etílica en el que hablas bien, amas bien, no te reprochas nada, no temes ni a nada ni a nadie. Lo había estado buscando desde que había dejado a mi hija y a mi futuro yerno y lo había rebasado. Trataba de decirle a Pruden cosas brillantes, inteligentes y sólo le decía groserías y agresiones de borracha torpe. Estaba haciendo el ridículo y tenía un sexto sentido que en esas circunstancias me aconsejaba irme a morir a mi casa, como los viejos elefantes. Derribé una mesita llena de copas en mi huida y al momento estuvo Vicente a mi lado recogiendo los restos y casi disculpándose porque la mesa estuviera allí. Le puse la mano en el cuello musculado y tenso y le dije:

—*I'm afraid. And I don't like Italian food very much. I prefer Chinese food.*

Me sonrió y contestó:

—*My taylor is rich.*

En el tiovivo que sólo yo veía destacaba en algún momento de las vueltas y revueltas el rostro impertinente de Paolo duplicado por el alcohol. Iba ya camino de la puerta de salida y cuando llegué a su altura le miré desdeñosamente y volví la cara. Era un gesto pueril y mal preparado, pero se picó y no fue amistoso el resoplido que me envió como despedida. Luego mi amaestrado coche me llevó dócilmente a casa como un caballo de la familia, uno de esos caballos que te han visto nacer y repitiendo una y otra vez cosas por el estilo me dejé caer en la cama vestida y vestida me sorprendieron los claros del día. Todo mi estómago era una bolsa de ácido clorhídrico. Traté de achicarla y fui al váter a vomitar. Espasmos, saliva y algo de sangre. Bien empezamos el verano. Dudé entre dormirme otra vez o lavarme la cara en la piscina. Me daba pereza volver al vestidor a recoger un traje de baño, me quité el pijama y me zambullí desnuda. Braceé bajo el agua, busqué la profundidad para que el peso de las aguas forzara la hidratación de mi cuerpo y cuando salí a la superficie y recuperé la visión, vi que mi futuro yerno y mi hija marchaban disfrazados de tenistas hacia la pista. Me di cuenta de que yo estaba desnuda, de que ellos me habían visto, de que mi hija estaba contenidamente indignada y me sumergí hasta tocar con los pies en el fondo. Traté de quedarme allí hasta que pasaran. Sentía vergüenza e irritación contra mí misma.

Aquella mañana los sultanes no bajaron a la playa.

—Se han lavado el cabello y están con redecillas. Lo peor que hay después de un lavado de cabello es el agua de mar.

Informó Ariadna. Pero a falta de sultanes había una novedad curiosa. Un amigo de Vicente. Un muchacho que parecía un pulpo en un garaje y que se pasaba todo el tiempo invitando a todo el mundo a tabaco y escuchando las conversaciones como si fuera el superagente 86 de la tele. Luisa dio otra prueba de su mala leche congénita preguntándole a Rafa si aquel chico era otra de sus nuevas amistades.

—Ya lo he dicho. Es un amigo de Vicente. Y los amigos de Vicente son mis amigos.

—Ten cuidado, que si sigues así te va a traer a toda su familia del pueblo, porque este chico es de los que tienen familia en el pueblo.

Aquella mañana había como un pacto implícito de no comentar lo ocurrido la noche anterior, al menos en general, y en cambio se habló mucho de Franco, porque Rafa había oído por la radio un comentario que supuso una velada información sobre que Franco no estaba todavía recuperado del todo de la flebitis. De nuevo me sorprendió la repentina politización que todos exhibían, incluso Luisa, que se subía por las paredes increpando al dictador por todo el daño que le había hecho, que nos había hecho.

—Nos ha convertido en los subnormales del mundo. A mí me da vergüenza decir que soy española en cualquier lugar civilizado.

—Es que yo no soy español. Soy catalán.

Apostilló Farrerons con vehemencia y con paralela vehemencia habló Millás.

—A mí me molesta el franquismo porque es grotesco. Porque ya parece una obra de teatro de centro parroquial, *Els pastorets*, de Folch i Torres, pero en tétrico. Sólo faltaba la ejecución de Puig Antich. Fue un crimen inútil.

—Un crimen repugnante.

Secundó Rafa a Millás. Es decir, que además de antifranquistas manifestaban una decantación sentimental por el anarquismo que no veía en consonancia con sus intereses privados.

—Puig Antich era anarquista y si alguna vez los anarquistas o los comunistas llegaran al poder, tú no podrías vender joyas, Rafa. Para empezar, no tendrías clientela.

—Tengo la intuición de que no viviré para ver una victoria comunista o anarquista.

Me contestó Rafa con sorna.

—Y en último extremo diseñaré joyas populares.

—Y yo construiré barriadas enteras de viviendas protegidas.

Se apuntó Sau al cambio histórico.

—Y yo iré por los asilos de niños contándoles las chocolatadas que organizaban los burgueses.

El surrealismo de Paqui Sans nos desmarcó a todos, pero ella no se creyó en la obligación de acabar su razonamiento, tal vez ni siquiera lo había empezado. Como yo había puesto objeciones a tanto altruismo histórico me otorgaron el papel de reaccionaria y lo asumí con cierto deleite. Pero eran demasiado primarios. Necesitaban un *sparring* para desfogar su inquietud histórica, un *sparring* sin matices y me molestó convertirme en la caricatura de fascista. Afortunadamente se acercaba la hora de comer y propusieron encargar una paella en el merendero. Yo tenía la intuición, el deseo o la sospecha de que Carlos podía haber llegado y pretextando una dependencia inexistente de mi hija, eludí la paella y me marché a casa. Pero antes de hacerlo le pregunté a Luisa cómo había acabado la velada.

—Ciegos. Todo el mundo ciego. Casi todos los alegres muchachos se han quedado a dormir en casa de Rafa. No podían dar ni un paso.

—¿Y los sultanes?

—Al final consiguieron ponerles nerviosos porque tomaron cocaína y comenzaron a esnifar. Demasiado para nuestros muchachos. Estos chicos les van a producir un infarto. Les atraen, pero les dan miedo.

Por la noche habría un concierto a cargo de Gratacós y prometí que asistiría. Cuando llegué a casa mi presentimiento se había cumplido. El coche de Carlos estaba allí. La casa al completo, aunque mi hija y su faraón Sito II no estaban para nadie y preparaban las maletas para irse a Italia. Encontré a Carlos en el jardín leyendo la prensa y me ofreció una sonrisa bastante amable y un inusitado interés por lo que había hecho por la mañana y una sorprendente amabilidad hacia mis amigos, a los que frecuentemente consideraba, e incluso trataba, como gentes de segunda división. Provocó mi locuacidad y se lo conté todo, incluida la llegada de los dos sultanes provocadores. Estuvo tan sumamente receptivo y divertido que me puse en guardia. Así que fui directamente al grano.

—¿Vas a estar muchos días?

—No exactamente.

—¿E inexactamente?

—No te piques.

Me abría los ojos candorosa y críticamente. Había cometido el error de picarme. Sus ojos me estaban diciendo: ¿Qué comedia representas?, ¿desde cuándo hemos de pedirnos explicaciones sobre lo que hacemos?

—No me pico. Pero me gustaría saber a qué atenerme.

—Estaré un par de días. Quiero dialogar con los chicos serenamente, de uno en uno. Quieren casarse y he de exigir responsabilidades, entre otras las mías.

—¿Y luego?

—Tengo una oferta de sir Stanley Bryce. Un recorrido por los ríos ingleses. Me interesa.

—¿La pesca?

—No exactamente. El trato con sir Stanley, sobre todo el trato que puede dar lugar a una experiencia tan íntima como unas cortas vacaciones en una gabarra. Es mi principal importador inglés.

—¿Vas a ir solo o acompañado?

—Acompañado.

Y me sostuvo la mirada invitándome a que no siguiera preguntando.

—Muy bien. Otro verano de viuda alegre. Ya me sé el papel.

—No he venido a que peleemos.

—¿Puedo saber esta vez con quién?

—Hasta llegar a Inglaterra las apariencias están cubiertas. Se trata de Nisa Surroca.

—Tu especialista, vamos a llamarla así, en contratos con el extranjero.

—No es que vayamos a llamarla así, es que es eso lo que hace.

—Y una vez en Inglaterra seréis el señor y la señora Basté.

—Veremos a muy poca gente en Inglaterra. Sir Stanley es un hombre comprensivo. Tiene setenta y cinco años y está recién casado con una chica de treinta y seis.

—Dios los cría y ellos se juntan.

Le di la espalda. La cocina y el *office* estaban desolados. Cada cual se había espabilado comiendo lo primero que había encontrado. Hice lo propio. Me encerré en mi habitación escuchando música toda la tarde. Contagiada por el abrumador talento repetitivo de Orff puse una y otra vez *Carmina Burana*, necesitaba una música de fondo teatral y orgiástica, como contrapunto de una amargura abstracta que me dolía en el pecho, como un aire podrido estancado. Al anochecer estaba lo suficientemente harta de estar sola como para desear cualquier compañía y por qué no la de mis amigos. Preparé la salida de casa para no coincidir con Carlos, pero fue un sigilo inútil. Su coche ya no estaba y la masovera me dijo que no vendría a cenar, que se había ido con la señorita y *el seu promès*.* Un concierto de Gratacós no era una mala perspectiva. Era un pianista técnicamente irreprochable e inspiradamente desigual. Yo le había oído un recital machacón y aburrido hacía dos años en el Palau de la Música y en cambio el verano anterior conmovió totalmente en el Festival de Música de Aix-en-Provence, especialmente cuando tocó el *Allegro bárbaro* de Bartók y la *Sonata para piano* de Stravinsky. Fuimos a escucharle todos

* Su prometido.

los irrecuperables de Atzavara y mientras lo hacía me resultaba increíble que aquellas manos maravillosas, aquel sutil espíritu interpretador fuera el mismo señor calvo, fofo y algo lento de palabra e ideas que pasaba por primo de Sau.

—Ni primo, ni nada.

Advertía la Sanglas a quien quisiera escucharla y juntaba aquellos dedos terribles, como si hiciera un puente de canallesca y eléctrica concupiscencia. En Atzavara nos anunció un repertorio catalán, catalán por los cuatro costados y muy, muy basado en Mompou, del que hizo una corta presentación, sorprendentemente bastante brillante. Casi todos se habían vestido con elegancia de concierto veraniego y los sultanes no nos defraudaron con unos esmoquins que parecían sacados de unos anuncios *art déco*, comprados, cómo no, en una tienda del Soho neoyorquino especializada.

—Había unas lámparas de opalina blanca y negra que merecían iluminar un suicidio.

Dijo Donato, evidentemente el poeta. La palabra suicidio no era bien acogida en aquel ambiente. Gratacós se había intentado suicidar después de una crisis sentimental con Sau y Sebastián lo había intentado varias veces antes de conseguir una cierta estabilidad sentimental con su socio. Pruden decía que eran frágiles y tenía razón. La misma necesidad que tenían de nosotras como señoritas de compañía y disimulo hacía que a veces me enternecieran, tanto como me indignara la fatalidad minusválida que nos hacía complementarios a las unas y los otros. Gratacós tocaba muy bien, pero que muy bien y merecía ser escuchado como se debe escuchar a Mompou, saboreando los silencios que limpian cada nota, hasta darle una nitidez de propuesta completa en sí misma; cada nota de Mompou, si el pianista sabe encontrarle la transparencia, se basta a sí misma y conduce a un sabor total, como esos poemas de verso libre que tienen sentido verso a verso, pero que adquieren su definitivo ritmo en el último silencio, después del último punto. Además era la música relajada que necesitábamos después de días un tanto excitados y se notaba una cierta afectividad entre todos y todas, por ejemplo Vicente y Rafa estaban especialmente cariñosos, extrañamente expansivos e igual podía decirse de todos los demás. Lástima que a Dosrius le diera por suponernos legos en franquismo y nos lo explicara con su exasperante lentitud durante una hora y cuarto, desde Adán y Eva hasta lo que él llamaba «el hecho biológico»... «el final inevitable». Incluso parecía complacido porque el franquismo había durado tantos años, a pesar de que de todos los que estábamos allí era quizás uno de los que más real y arriesgadamente había combatido el franquismo en cierta parte de su vida. Parecía fascinado por lo que tenía de *fenómeno biológico completo.*

—Es el único fascismo que ha completado su ciclo biológico. Fijaos. El italiano o el alemán los interrumpen los aliados con su victoria en la segunda guerra mundial. Incluso el portugués, que podía incluso disputar al franquismo el decanato, fue interrumpido por un golpe militar revolucionario. Pero Franco no, Franco, os lo profetizo, morirá en la cama y entonces veremos cómo se descompone su obra, cómo se descompone un cadáver para transformarse en otra cosa. Como anuncia Eliot en los *Cuatro cuartetos*... en mi fin está mi principio... Sólo se han salvado de la evolución mediocre los mártires. Son como fotos fijas dentro de una gran película que empieza siendo épica y termina siendo una charlotada.

—¿A qué mártires te refieres?

Dosrius estaba exultante por la audiencia y por el arrobamiento que iluminaba el rostro de la condesa austriaca, en primera fila.

—Escojamos un mártir de cada bando. García Lorca y José Antonio Primo de Rivera. ¿Qué habría sido de García Lorca de no haber sido fusilado por los franquistas en mil novecientos treinta y seis? ¿Qué habría sido de José Antonio de no haber sido fusilado por los republicanos?

Silencio expectante. Silencio teatralmente mantenido por Dosrius para hacer más efectista su diagnóstico.

—Pues muy sencillo. García Lorca habría acabado siendo un exiliado relativo y finalmente sillón «ele» o «zeta» de la Real Academia y un santón poético envejecido y algo pelma.

Y en cuanto a José Antonio Primo de Rivera, Franco le habría nombrado embajador en Paraguay o presidente del Instituto Nacional de Previsión.

Había que reconocer que estaba gracioso y en mi caso era mucho reconocer. Seguía en posesión de la palabra y nadie conseguía quitársela. Mientras escuchaba a Dosrius no sentía la tentación de beber. No quería beber. Necesitaba una desintoxicación de urgencia y me sentí luego a gusto sosteniendo una conversación relajada con Rafa, Pruden y Ariadna sobre vaguedades y chismorreos a costa de personas ausentes. Luisa olió desde lejos la carroña y se sumó al desguace. Era terrible cuando se ponía a despellejar a alguien, terrible y divertida. Tanto empezamos a reírnos que se fueron sumando otras gentes y sin saber cómo nos dividimos en dos bandos: los que le dábamos toda la culpa de cualquier cosa a los hombres y los que practicaban el juego contrario. Lo que empezó siendo una amable tertulia se fue acalorando, yo misma fui responsable de ello porque me encontré sosteniendo posiciones extremas frente a Millás, que me sacaba de quicio porque no se casa nunca del todo con nada. Nuestras voces fueron subiendo de tono y llegamos a dominar la atención general.

—Todos los hombres han sido educados para ser los reyes del universo. El que mejor lo disimula lo disimula mal. No dan nunca nada, nada de nada. A veces dan un anticipo a cuenta de recibir cien veces más de lo que han dado y cuando consiguen algo preguntaos quién es la víctima y esa víctima siempre, siempre es una mujer.

—Me parece absurdo generalizar.

—Pues yo generalizo y sanseacabó. Todos los hombres sois unos machistas.

Entonces él dijo algo que me sentó como una alusión personal.

—No deberías hablar desde tu propia experiencia, Montse. Siento mucho que haya sido tan traumática. Has tenido mala suerte, quizá, con los hombres que te han tocado.

Me levanté de un salto, le habría abofeteado y acerqué mi cara a la suya para fundirla con la mirada. Él también se había levantado y en parte tan indignado como yo, en parte en plan de parodia, repitió mi gesto. Estábamos cara contra cara. Me quedé sin palabras y sin aliento y salí de allí corriendo seguida de Pruden, que trató de impedirme la fuga total. Pero yo no tenía ánimos de volver a enfrentarme con la benevolencia de los presentes, compasivos o comprensivos ante mi arrebato y preferí irme con el coche a dar una vuelta, finalmente hasta la playa anochecida y solitaria, donde me descalcé, me mojé los pies, me tumbé en la arena que parecía aserrín mojado y me adormecí tratando de adivinar el nombre o el sentido de las estrellas, pero el miedo a las picaduras de posibles cangrejos y de otras extrañas alimañas quiméricas que pudieran surgir del mar me impidieron el sueño total y me impusieron la necesidad de volver a casa.

Amanecí con el propósito de distanciar las relaciones con mis amigos durante algunos días. No creía ser yo la única electrizada. Aquel verano estaba cargado de presagios de cambio que influían en nuestras vidas, y esa sensación, bien de que se confirmaba una realidad que estaba farisaicamente oculta, bien de que llegaría un cambio inquietante, a la fuerza condicionaba nuestra conducta. Deseé recuperar parte de mi propia memoria, como buscando un territorio más seguro que el de los deseos y busqué a mi hija tratando de reanudar una conversación interrumpida no sabía cuándo. Ya no era aquella adolescente pegada a mis faldas al comienzo de lo que ella consideraba el destierro de Atzavara, sino una mujer que ya no me necesitaba, que tardaría en necesitarme, si es que el matrimonio y las nuevas relaciones no la alejaban definitivamente de mí. Por unos días, por unas horas sólo Carlos estaba asequible, así que estuve amable con él, obviando el brusco desenlace del día anterior y él aprovechó la ocasión para revelarme una propuesta ocultada.

—Los Saladrigas tienen el yate en el Náutico de Barcelona y antes de subir a la Costa Brava me han propuesto si quiero almorzar con ellos a bordo.

—Te han propuesto.

—Nos lo han propuesto, en realidad. Pero yo no contaba

contigo. Sería una espléndida noticia, para mí y para ellos, que fuéramos tú y yo juntos. Nos esperan en Sitges a los dos.

¿Y por qué no los Saladrigas? En otro tiempo no tenía otras relaciones que los Saladrigas y no sólo aquellos Saladrigas concretos, sino todos los Saladrigas que vivían en nuestro mundo, un mundo lleno de Saladrigas.

—También estarán los Muratti y una pareja encantadora del Banco Central.

—¿Cajeros?

—No. Son la hija y el yerno de un mandamás del Central. Yo les llamo la pareja del Central y Saladrigas también. Si no fuera por el Central, Saladrigas, entre otras cosas, no tendría yate para pasear a la hija de un mandamás del Central.

El círculo se cerraba.

—¿Almuerzo informal?

—Rigurosamente informal.

Es decir, me puse un conjunto náutico de Cacharel y unas sandalias que me había comprado hacía dos años en una tienda de Rodas y me calcé la sonrisa y la boca besadora de mejillas necesaria para un encuentro semejante. Carlos estuvo amabilísimo y parlanchín durante el viaje a Sitges, como preparando las mejores condiciones subjetivas para que la jornada fuera un éxito. Por el Támesis daba igual que paseara a su amante, pero en Catalunya aún había que guardar ciertas apariencias ante los Saladrigas y las parejas bancarias.

—Dichosos los ojos.

Exclamó Cuca Saladrigas exhibiendo cinco terribles oes del más puro castellano de la pijería barcelonesa. A juzgar por el entusiasmo de su recepción yo parecía una hermana perdida y recobrada gracias a una gestión caritativa de Carlos. Llevaba un teñido rubio carísimo y sólo una joya, sólo una pero que agotaba media producción de oro anual de la provincia del Transvaal.

—Como se tire al agua con esa pulsera se ahoga.

Le dije a Carlos en un susurro.

—No empecemos.

En cambio el marido Saladrigas no era ofensivo, pertenecía al mismo estilo de Carlos, ex jóvenes empresarios herederos de empresas familiares que habían asumido su destino sin cerrar los ojos a la nostalgia de otras posibilidades, por ejemplo se decía que Saladrigas almacenaba veinte piezas de teatro inéditas y Carlos peregrinaba cada año por la Europa de los conciertos en busca de su otra posibilidad, la música. La pareja del Central era de otra generación: ella una monada algo preñada y él, con más edad, un prototipo muy parecido al de Sito II, el presunto marido de mi hija. En cuanto a los Muratti, pues eran los Muratti, los eternos convidados de los Saladrigas, sus parásitos oficiales que al decir de Carlos cumplían la inestimable función de impedir la aproximación de otros parásitos peores. Vagamente nobles, vagamente pobres, vagamente cultivados, los Muratti daban conversación y coba a los Saladrigas a cambio de ser perennes invitados de veraneos y viajes. Formalmente, Nani Muratti era un experto en relaciones públicas e imagen que trabajaba para Saladrigas, pero las relaciones públicas que mejor practicaba en relación con su protector era decir en voz alta, con una acentuación afectada, que el menú era excelente y que los habanos estaban en su justo punto de humedad.

—No sé cómo lo consigues, Pachi, pero siempre tienes los puros en su punto.

—Fácil. Un humidor comprado en Davidoff y vigilar la humedad constantemente.

También en Sitges subieron al barco el cónsul de un país que yo creía imaginario y su mujer, una baronesa polaca que estaba estudiando las normas alimentarias de los castellanos y había llegado a la conclusión de que en Castilla no se come verdura. Creo que no habló de otra cosa durante la larga sobremesa, después de un espléndido bufé frío de Seamon, que los Saladrigas habían embarcado en Barcelona. Una vez consumido el tiempo razonablemente destinado a hacer balance de las cosas comunes que nos interesaban ocurridas desde el último encuentro, Cuca Saladrigas sacó a colación mi excentricidad, aquella excentricidad que me había alejado de la Costa Brava justo en el momento en que estaba mejor. Después de la animación un tanto ligera de su mujer, vino Pachi con el remache científico. Era cierto. La Costa Brava fue poblada por los ricos barceloneses que huían del avance popular de los barceloneses hacia las costas del Maresme.

—La Costa Brava tuvo mucha clase hasta después de la guerra civil. Luego empezaron a llegar nuevos ricos y con el tiempo se han sedimentado distintas emigraciones, las familias patricias originales incluidas y poco a poco vienen incluso intelectuales progresistas. Nosotros tuvimos, sin ir más lejos, invitado a Rubert de Ventós el otro día.

—Y a vosotros se os ocurre marcharos en el momento más interesante.

Insistía Cuca, dolida por nuestra deserción.

—Pero ¿qué ventaja tiene veranear en... en... no sé ni cómo se llama?

Entre otras ventajas, monina, tiene la de no encontrarte a ti, pensé y en el temor quizá de que lo insinuara, Carlos se introdujo en la conversación asumiendo toda la responsabilidad de la fuga.

—Siempre he sido un enamorado de esa desolada sierra de Tarragona. No olvidéis que mi familia sale de allí en el siglo diecinueve y que siempre hemos mantenido lazos. Además, un cierto alejamiento permite dar más intensidad y gusto a un encuentro como éste.

—Eso sí que lo puedes decir.

Aseguró Cuca, diría yo que emocionada pero sin demasiado mérito, porque pocas cosas debían ocurrirle en la vida que merecieran emoción y todo lo que necesita lo tenía siempre a mano o se lo tenían. La chica del Central era un bomboncillo mimoso y consentido porque iba a parir un banquerito y su marido sacó el tema político en cuanto Saladrigas dijo que había escuchado por la radio de a bordo que proseguía en Grecia el desmantelamiento de la dictadura militar.

—Una ola de cambios barre el mundo: Portugal, Grecia, el escándalo de Nixon en Estados Unidos, Franco...

—¿Qué le pasa a Franco?

Preguntó Cuca con la boca llena de humo de Paxton.

—Ha estado muy enfermo.
—Pero ya está boyante. Ése es como mi padre, de los de antes de la guerra. Ésos llegan a centenarios.
No era tan optimista como Cuca el joven león bancario, ni Saladrigas, y en cuanto a Muratti, tenía un esquema de transición política hecho a la medida de nuestros intereses.
—Franco debería retirarse a descansar, que buena falta le hace. Y desde ese retiro se convierte en un punto de referencia moral del cambio. Se proclama a don Juan Carlos rey de España y se nombra jefe de gobierno a un general al frente, desde luego, de un gobierno de civiles. Si no se hacen las cosas así, los comunistas nos van a dar un disgusto.
—Para muchas cosas hay que contar con ellos.
Apuntó Saladrigas.
—En mi empresa, por ejemplo, prefiero llamar a mi despacho al cabeza visible de Comisiones Obreras y negociar con él que esperar a que se arme el lío.
—Eso es darles una cierta legitimidad.
Opuso, aunque con debilidad, el presunto padre del banquerito.
—¿Tú qué haces, Carlos?
—Igual que tú. Es preferible entenderse con uno que pelear con trescientos. Mi padre lo resolvía de otra manera. En cuanto había un follón llamaba al gobernador civil y teníamos a los grises en la fábrica. Esos tiempos no volverán, hay que desengañarse. España se parecerá cada vez más a... Francia... pongamos por ejemplo, que a la España de los años cuarenta.
—¡Qué día tan bonito y qué guapa estás!
Dijo de pronto la Saladrigas y se me echó encima abrazándome al tiempo que me empujaba para provocar un aparte.
—Hace tanto tiempo que no hablamos. ¿Y durante el invierno dónde te metes?
—Doy clases. En un instituto.
—¿Del Opus o algo así?
—No. En un instituto de Barcelona. Bastante conflictivo por cierto. Yo también tengo que entenderme con comunistas

como tu marido o Carlos, pero los míos tienen quince o dieciséis años.

Cuca se llevó la mano al cuello como si le faltara respiración y cerró los ojos, pero no la boca de la que salió un lentísimo y horroroso:

—¡Qué horror! Mira, yo cosas así no las toleraría y eso que yo soy muy liberal y mi familia nunca ha sido franquista porque papá era del Tercio de Nuestra Señora de Montserrat y más bien era carlista... pero corromper a los niños así... los niños están para crecer fuertes, jugar, soñar...

Me temí por un momento que continuara cantando canciones a lo Mary Poppins, pero pronto olvidó un tema tan pesado, tan desagradable y me propuso un proyecto que llevaba entre ceja y ceja hacía tiempo. Cada vez se imponía más la moda italiana y los italianos copaban el mercado del diseño, fuera de lo que fuera, desde un jersey hasta un cortapapeles. ¿Qué me parecía montar una tienda en un buen sitio, una tienda llamada Italia en la que se pudieran encontrar todas esas maravillas? Vamos a medias y dejas ese horrible instituto lleno de niños comunistas. Entre las amistades de Pachi y las de Carlos ya tenemos un cincuenta por ciento de clientela adicta asegurada. Podríamos viajar por toda Italia persiguiendo novedades. Podríamos divertirnos. Sería maravilloso y además contribuiríamos a que mejorara el gusto de la gente.

—Hay demasiado plebeyismo en Barcelona por culpa de esa oleada de moda inglesa y americana que aún viene desde los años sesenta. Londres ya no es lo que era y Nueva York no deja de ser un supermercado para bobos. En cambio basta pasear una tarde por el centro comercial de Torino para comprobar que Italia sigue siendo Italia.

Prometí considerar la oferta y la conduje de nuevo hacia el grupo. Ya no era tal grupo. Saladrigas, el del Central y Muratti se habían ido a jugar al bridge y Carlos estaba charlando embelesado con la muñequita preñada. Carlos siempre calcula sus planes de anexión empresarial o sexual a largo plazo y al parecer no le importaba esperar nueve meses. Forcé la despedida y capté de reojo que Carlos y la chica intercambiaban teléfonos. Es más, Carlos le dio todos sus teléfonos, que son muchos y había una cierta melancolía oferente en la última sonrisa que le dedicó la morenita.

—Subid a Llafranch el catorce de agosto. Celebramos el veinticinco aniversario de nuestra boda.

Gritó Cuca cuando ya bajábamos por la pasarela y al volverme vi que respaldaba su oferta cogiendo cariñosamente una mano de su marido.

—¿Cuántos hijos naturales tiene Saladrigas repartidos por el hemisferio occidental?

Le pregunté a Carlos ya en el coche de regreso.

—No le llevo la cuenta, pero tiene bien ganada fama en este sentido, ¿a santo de qué?

—Cada vez le comprendo mejor. Ella es una imbécil gozosa de serlo. ¿Cómo se puede ser tan rica y tan necia?

—Durante años no te pareció tan necia. Has sido tú la que te has separado de ella, no al revés.

Al menos mis amigos de Atzavara no partían de un desprecio por lo que ignoraban, no se complacían en ese desprecio. Cada uno de ellos había sufrido por algo, se había sentido diferente, perseguido por las normas, por la rastrera normalidad que imponían jesuitones como los Saladrigas, los Muratti y aquellas dos larvas de gángsters bancarios. Me borré de la cabeza a los dos muchachos para no caer en la tentación de lanzarle a Carlos una indirecta sobre sus dudosas maniobras sexuales. Y fue silencio lo que hubo entre los dos hasta que llegamos a casa y picamos de pie algo en la cocina antes de irse él a su habitación a mirar unos papeles y yo a la mía a escuchar música. Cuando salía me preguntó por mis amigos, si había algún festejo montado.

—Antes de irme me gustaría saludarles un día. ¿Alguna novedad?

—No. Ninguna.

—¿Hay alguna de vuestras fiestas *enragées* en preparación?

—No. Este año promete ser muy aburrido.

No busqué la compañía de Luisa, Rafa y los otros en los

tres días siguientes. Pruden llamó dos veces y no quise ponerme al teléfono. Luisa se acercó con el coche y la masovera le dijo que me había ido de excursión con el señorito Carlos, no sé si Luisa la creyó o no pero tampoco había ningún motivo obvio para eludirles y la excusa era verosímil. ¿Me protegía de ella o me protegía de mí misma? La pregunta me la hice varias veces en lo que restó de verano y todavía hoy, más de diez años después de todo lo ocurrido, pienso que la amenaza estaba en el aire, aunque también creo que era excesivo llamar amenaza a lo que sólo era asumirnos a nosotros mismos a una edad irreversible y en un tiempo histórico que escapaba a nuestra capacidad de decisión. Ni habíamos intervenido a favor del franquismo, aunque había garantizado el estatuto de nuestro bienestar social, ni habíamos peleado contra él más allá de conversaciones privadas, salvo contadas excepciones.

Carlos me pidió que hiciéramos el amor un día antes de marcharse. Me lo pidió mediante una pregunta clave que funcionó entre nosotros en los últimos diez años de nuestra convivencia distante.

—¿Tienes algo importante que hacer en las próximas dos horas?

Era la señal. Levanté la vista del libro y estudié la oferta examinando aquel cuerpo tan conocido, sopesando los pros y contras de tanta caricia segura pero sabida, de un resultado garantizado pero presumible. El verano es largo y más vale marido en mano que cien amantes volando, así que cerré el libro y puse ilusión en mi mirada cuando pasé ante él camino de su habitación mientras iba despojándome a medida que avanzaba de las pocas prendas que llevaba encima. Cuando volvía la cabeza veía cómo Carlos, azorado, las iba recogiendo y cuando entramos en la habitación ya estaba desnuda y él llevaba entre las manos la ropa que a mí me faltaba. Luego todo funcionó según lo convenido, aunque advertí en él ciertas incorporaciones técnicas nuevas desde nuestro último lance, una noche, hacía seis meses, algo bebidos los dos después de una cena convencional en casa de los Mestres Reynalds. No le faltarían conejillos de Indias en los que probar sus nuevos apetitos y a los cuarenta y cinco años Carlos seguía siendo lo que suele llamarse un deportista. Fue pues un encuentro muy agradable, seguido de trece minutos y algunos segundos de ternura adormilada, lo recuerdo al detalle porque de reojo miraba el reloj de la mesilla de noche para llevar la cuenta de lo que tardaba en desaparecer el amante y en reaparecer el marido. Trece minutos y algunos segundos. Sé que algunas, en idénticas circunstancias, consiguen mejores resultados, pero en aquel verano de 1974 a mí me parecía un tiempo envidiable. Tiempo que me dejó una cierta dulzura interior durante todo aquel día y el siguiente, hasta que se consumó la marcha de Carlos y la promesa baladí de que volvería a tiempo de estar unos días con «nosotros» y de asistir incluso a una de nuestras *soirées enragées*, como él solía clasificarlas. Me molestaba seguir deseando que no se fuera. Me molestaba albergar en algún rincón de mí la misma ilusión estúpida de que aquello aún podía terminar como una película en tecnicolor. Un beso, un beso final, el beso absoluto y *The End.* Lo pasado, pasado. Borrón y cuenta nueva. Pero no existe el final y mucho menos el final feliz. En todo fin hay un principio de otra situación preñada de frustraciones e insuficiencias. Así que tras una hora de mala leche que sólo podía lanzar contra mí misma porque con lo difícil que era encontrar masoveros no era cuestión de tener una bronca con la masovera, fui al teléfono y restauré el cordón umbilical con los alegres muchachos de Atzavara, esta vez por medio de Pruden, que en mi opinión pasaba un verano algo deprimido.

—¿Todo en orden?

—¿Dónde te habías metido? Estás a tres kilómetros de distancia y como si te hubieras volatilizado.

—Soy esposa y madre, no lo olvides.

—¿Está Carlos?

—Estaba. ¿Y por Sodoma y Gomorra cómo van las cosas?

—Tranquilas. Se han ido los sultanes. Volverán dentro de unos días, pero de momento todo ha vuelto a su sitio.

—¿Y Vicente?

—Está conquistando a Rafa por el estómago. Hemos descubierto que guisa muy bien, pocas cosas pero bien.

—Antes de Rafa debió de haber un gran *chef* en su vida.

—El otro día nos hizo unos canelones de pescado deliciosos.

—¿Qué pasa esta noche?

—Nos han invitado los Millás, por cierto que le encargaron a Luisa que te avisara.

—Demasiado fuerte para el primer día de reincorporación a clase, ya sabes que él y yo no conectamos, no funciona la química. Nos veremos mañana en la playa.

Y al día siguiente fui acogida con una ovación coral que hizo pensar a los extraños al grupo que había llegado una celebridad, porque algunos incluso se acercaron, sobre todo los niños. Y de nuevo las mismas palabras, las mismas chanzas de Luisa, la cortesía rondante de ellos, tan educados que hasta fingían hacerte la corte y de vez en cuando te lanzaban insinuaciones de seducción que nosotras acogíamos con inmensa juerga interior.

—Hoy estás excitante, Montse, guapa.

Te podía decir Farrerons mientras se ponía en pie para sacudirse la arena y que se viera una vez más lo bien dotado que estaba bajo el tanga. Y en uno de los días sucesivos hicimos una excursión en el velero de uno de los amigos de Rafa y tanto Farrerons como Pepe y Sebas se quedaron en pelota y la verdad sea dicha estaban muy bien dotados y consideré que era una obra de amistad y buena el decírselo.

—¡Madre mía! ¡Qué estoy viendo! No sé si mi virtud podrá resistir.

—¡No te resistas! ¡No te resistas!

Empezaron a gritar como locas dando saltos sobre la cubierta. Buscamos un punto de anclaje a la altura de Roda de Bará, mar adentro y nos bañamos desnudos, bueno, yo conservé las bragas por precaución al tinte, alegres por la violación del tabú, como si las partes perennemente clausuradas de nuestros cuerpos agradecieran la breve libertad y succionaran hacia dentro de nosotros mismos corrientes sanguíneas tumultuosas y nuevas. Ariadna nos dio noticias de los sultanes. Estaban al caer porque el hombre del tiempo había prometido borrascas a partir del 15 de agosto y convenía aprovechar la semana de sol que nos faltaba.

—Ariadna, guapa, ahora que no están, dinos de dónde los has sacado.

Le preguntó Rafa en un momento de distensión, al atardecer, comidos, bebidos, entregados a una lenta y plácida navegación de regreso.

—Les conocí en Bocaccio. Iban con otros y alguien de mi grupo les conocía. Me parecieron dos tipos muy inteligentes. El pintor ha vivido un par de años en San Francisco y el poeta me parece que quedó un año finalista en el premio Adonais.

—Tus amigos son tan raros como los bikinis de Paqui.

Paqui Sans llevaba aquel día un bikini de topos blancos sobre fondo rojo y se levantó movida por un resorte, con una mano se aguantaba el sostén y con la otra la pamela, mientras abría y cerraba las pestañas como una muñeca pizpireta.

—¿Mis bikinis? ¿Qué tienen de malo mis bikinis?

Paqui Sans hablaba poco y se sorprendía mucho. Parecía una solterona de casa bien venida a menos, pero detrás de esa apariencia seguía siendo una incógnita para todos, incluso para Pruden y Luisa, sus amigas más antiguas y constantes. Estaba especialmente graciosa cuando bailaba flamenco con desplantes a lo *Carmen* de Merimée, una Carmen rubia pajiza, y a veces irrumpía en las conversaciones desde otro proceso lógico, como el jugador de cartas de *Las vacaciones de M. Hulot*, al que le cambian la silla de sentido y echa la carta en la mesa que no le corresponde. Su perplejidad ante la sorpresa que causaban sus bikinis le duró una décima de segundo, se dejó caer de espaldas y se echó a reír después de decir:

—No sigo. Podría ser peligroso.

Era la frase de la pobre Berta Feliu, la frase del verano y todo el mundo se rió sin saber a ciencia cierta por qué. Con el tiempo la frase adquiría un sentido, un sentido ya latente aunque no explícito en nuestros recién estrenados hábitos de vida veraniega. Como planear formas de quemar las noches mediante una propuesta sugerente. Esta noche ha de ser en tu casa, Luisa.

—No. No puedo. Ha llegado mi ex señorito con su actual concubina.

—¿Y les has aceptado?

Habíamos preguntado al mismo tiempo escandalizadas Pruden y yo.

—Primero me negué y me amenazó con ponerse a dormir en un saco a la puerta de mi casa. Les he dado aquel cuarto pequeño y caluroso que está junto a la caldera del agua caliente y la calefacción... De noche oigo cómo gimen de calor y se achicharran...

Su cara vengativa y la acentuada maldad con que pronunció el verbo achicharrar provocaron un ataque general de hilaridad.

—Además me gusta comprobar los estragos del tiempo sobre mi señorito. Parece una pasa de Málaga y ella más que una contracultural parece una alérgica al jabón y al desodorante. He descubierto que me gusta echarles una mirada de vez en cuando y paladear ese espectáculo de cochambre.

—Quién lo iba a decir, un hombre tan recto y racional.

—Al más pintado se le cruzan los cables un día y ya está.

La fiesta o lo que fuera habría que hacerla en mi casa y preferí ofrecerla antes de la vuelta de los sultanes. Sería un encuentro apetecible, lleno de palabras, músicas, maledicencias, algo de alcohol y una cierta reconfortante sensación de compañía. Y así fue. Con el añadido de la lluvia que encontró a la tierra esquiva y se convirtió en torrentes que anegaron los caminos de Atzavara y nos encharcaron los pies y las ideas durante dos días de somnolencia y frescor en la piel que yo agradecía al dios de las tormentas de verano. Pruden tenía ganas de hablar y ser escuchada, así en la reunión nocturna de mi casa como en encuentros bajo la lluvia, con chubasqueros y polainas, por los senderos que llevaban a mi observatorio. Habíamos conseguido estar solas, con la música de fondo del inventario de mis riquezas a cargo de Luisa, inventario burlesco sobre la suerte que yo había tenido de casarme, al menos, con un hombre rico, amablemente rico.

—Este cuadro no estaba el año pasado.

—A Carlos le ha dado por invertir en pintura.

—Y es un Antonio López... y aquí hay un Saura nuevo... y este facistol, seguro, y por lo bajo, son trescientas mil pesetas.

Luisa recorría mi casa como un tasador de subastas y los demás se comportaban en ella más contenidos, como si la invisible estela de la presencia de Carlos les impusiera.

—¡Eh, chicos! ¡Subid aquí arriba! ¡Hay una chuchería *modern style* que al menos cuesta un kilo!

Al reclamo de Luisa se movilizaban los demás y Pruden continuaba sus confidencias a la orilla de mi oreja. Estaba enamorada. Estaba enamorada de Rafa y yo no supe qué decirle, sólo supe escucharla aquella noche y luego los dos días siguientes bajo la lluvia y fue una tarde al volver a casa cuando nos encontramos a Luisa esperándonos, agitada y con ganas de compartir con nosotras una retenida hilaridad. Se había presentado en casa de Rafa a buscar no sé qué, estaba la puerta abierta, entró y se encontró ante lo que podía ser una orgía o un carnaval. Vicente bailaba sobre una mesa con una bata de cola, Farrerons llevaba ligueros para unas medias negras y nada más en su cuerpo morenísimo y embadurnado de aceite, Gratacós estaba ante el piano maquillado como una pelandusca, Sau iba vestido de romano o, mejor dicho, de Charlton Heston haciendo de romano, y los dos socios salieron de la cocina en pelota con dos delantalitos blancos por todo vestuario. O quizás había cambiado cuerpos y vestuarios, pero era igual. Se quedaron todos tan marmóreos como la propia Luisa, menos Rafa que, enfundado en su albornoz, permanecía en una butaca con un vaso en una mano, la otra aguantándose los pliegues del albornoz sobre las dos piernas nervudas y cruzadas.

—Menos mal que Rafa ha aguantado la situación y se me ha dirigido como si todo fuera lo más normal de este mundo, mientras los otros iban desapareciendo de nuestra vista. Rafa me ha acompañado hasta la puerta y cuando estaba en la calle y aún no sabía qué cara poner, de la casa han empezado a salir risotadas. Se estaban desternillando.

A Pruden no le había gustado la historia pero no tardó en reír ante las conclusiones disparatadas que sacaba la Sanglas. Según ella, nos las entendíamos con la avanzadilla de una sociedad secreta homosexual internacional que preparaba la invasión de la Tierra como Fu Manchú o el Dr. No. Cada día hay más homosexuales. Cada día hay menos hombres que nos hagan caso con buenas intenciones.

—Cada día somos más viejas.

Aduje.

—La culpa la tenéis las feministas, que me los asustáis, pobrecitos, y buscan la solución haciéndolo todo entre ellos.

—Es gente de una sensibilidad especial. Tienen más ternura.

Yo no quise litigar con Pruden después de su confidencia, pero Luisa entró al choque.

—Qué ternura ni qué niño muerto. Entre ellos plantean las mismas relaciones de dependencia que entre un hombre y una mujer. El que explota y el que es explotado y lo demás son cuentos. El que ama y el que es amado.

Era raro ver a Luisa apasionada por algo o alguien. La ironía para ella era un recurso que la protegía de cualquier obligación de elegir entre el bien y el mal, pero el tema la excitaba y la irritaba. Aquella noche Ariadna nos llamó para decirnos que los sultanes habían llegado y que proponía una cena en *petit comité* en su casa para preparar una gran fiesta el 15 de agosto, el día mariano por excelencia, el día que se celebran más fiestas mayores de Catalunya. Paqui Sans se presentó en casa de Ariadna con un vestido de bayadera pasada por Hollywood y los dos sultanes la elogiaron encendidamente, con ojos realmente valorativos, como si Paqui Sans fuera la que mejor conectara con su sensibilidad estética.

—Tienes un ombligo precioso y hay que enseñarlo.

A mí el ombligo de Paqui Sans me parecía corriente y vulgar y a ella también porque se lo miraba asombrada de que pudiera despertar tantos entusiasmos y nos enviaba mensajes de perplejidad con sus ojos pestañeantes.

—Todos los elogios son para Paqui y a mí no me decís nunca nada.

Se quejó mimosamente Luisa Sanglas. Los sultanes la miraron valorativa pero socarronamente.

—Te sobran veinte kilos para parecerte a Minerva.

—¿Me sobran veinte kilos?

Parecía una Euménide interrogando a los cielos y a la tierra sobre la verdad o la mentira de la grosería que acababan de dedicarle. El cruel comentario había salido de los labios de Donato, aunque no menor crueldad había en los ojos de Paolo, en aquellos hermosos ojos negros y rasgados que de vez en cuando me enviaban una ráfaga de advertencia, como si me recordaran una secreta afinidad pactada que yo no había establecido. Pero yo me subía a cada ráfaga de mirada y procuraba que mi sonrisa displicente compensara el rubor que ponía en evidencia mi turbación ante aquel tipo de propuestas.

—Te sobran veinte kilos para conseguir ser Minerva y cuarenta para ser Afrodita.

Insistió Donato y en parte para escapar al tratamiento de Paolo y en parte porque estaba realmente harta de sus impertinencias le salí al paso.

—Escucha, Adonis, pésate tú en la balanza, pero por partes, a ver qué te pesa la cabeza.

No estaban preparados para ser atacados y tras la lividez del rostro apareció una tormenta de muecas antes de que los labios se abrieran insultantes.

—¿Quién se ha metido contigo, ranita? ¿Sabes que croas como una ranita?

—¿De dónde has sacado a este mamarracho, Ariadna?

Donato estaba enfurecido y se marchó del comedor dando un portazo; en cuanto a Paolo, parecía divertido y de un salto se sentó en las rodillas de la Sanglas y se abrazó a su poderoso tórax, pidiéndole perdón y protección. Ariadna iba y venía de la cocina, portadora de una extraña comida china, Paqui Sans fingía estar interesadísima por un recorte de revista del corazón que había envuelto unas cebollas tiernas, Pruden contemplaba la escena con gravedad, como si quisiera que esa gravedad pasara a los protagonistas. Luisa nos ofrecía su rostro risueño y sorprendentemente divertido, mientras con sus brazos acunaba a Paolo, que se había convertido casi en un ovillo de hombre sobre sus poderosas rodillas.

—Duerme mi niño que viene el coco.

Canturreaba Luisa y Paolo, cansado del número, recuperó su posición en un ágil desovillarse y nos ofreció su rostro leal y divertido.

—La verdad es que para la edad que tenéis sois unas tías cojonudas.

Regresó Donato un tanto estirado y a partir de aquel momento la cena nos ocupó y la sobremesa dio lugar a una conversación convencional sobre los proyectos literarios y pictóricos de los dos amigos, el escritor maldiciendo de todo y todos los que escribían en España y el pintor acusando a todos los pintores precedentes de ser unos mercaderes de retórica. Todos los escritores españoles se refugian detrás de la coartada de que Franco no les ha dejado escribir en libertad. ¿Con qué libertad escribió Quevedo? Toda la literatura que nos precede es arqueología, mi propia escritura, en cuanto deja de ser obsesión e idea y se convierte en algo que puede imprimirse, editarse, compartirse, venderse en suma, está muerta. Sólo cabe una literatura de la fugacidad sobre soportes fugaces, escribir por ejemplo en las bolsas de los supermercados, en las tapias de los descampados, en los culos de los seres humanos más desnudos. Concluyó Donato su teoría poética y Paolo razonó muy parecidamente sobre la pintura. El cuadro ha sido el ataúd de la pintura, como el libro ha sido el ataúd de la poesía. Hasta que la sociedad no me ofrezca toda la posibilidad de soportes que necesita el arte total, me limitaré a retocar fotografías, a entristecer fotografías. ¿Visteis mi exposición *Fotofrías* en Vinçon? No. Simplemente eran fotos de jardines y grupos, reproducciones ampliadas de páginas de revistas sobre las que mi pincel acentuaba los signos de la melancolía. Si la pintura apuesta por la realidad enmarcada, sea la realidad formal o informal, yo voy más allá. Hay que repintar fotografías.

Luisa me lanzaba guiños, ponía los ojos bizcos, agrandaba los ojos cuando la afirmación le parecía disparatada y yo soportaba sus payasadas con una doble cara, la interesada que ofrecía a los sultanes y la que volvía de vez en cuando para recuperar la compostura. Paqui Sans les escuchaba fascinada y cuando Pruden se lo advirtió, agitó la cabeza dorada como si volviera de un ensueño y dijo:

—Es que me recordáis a un profesor de macramé que tuve en Londres.

Los dos sultanes se quedaron desconcertados, pero viniendo de Paqui el juicio se predispusieron a considerarlo. En silencio emplazamos a Paqui a que explicara la equivalencia entre lo dicho por Paolo y Donato y su sorprendente y londinense profesor de macramé. Pero Paqui se sumó al silencio y siguió contemplando anhelante a los dos hombres como si esperara la continuidad de su discurso.

—¿Eso es todo, Paqui?

—¿Qué?

—Has dicho que Paolo y Donato te recordaban a tu profesor de macramé. ¿Eso es todo?

—Sí. ¿No es suficiente?

Estaba realmente sorprendida, así que alguien trató de retomar la conversación, pero ni Luisa estaba para más disquisiciones artísticas, ni Pruden parecía concentrada en la reunión y yo misma iba ya un poco saturada de reflexión estética. Ariadna liaba parsimoniosamente un petardo de hachís y cuando lo tuvo compuesto lo encendió y nos lo fue pasando. En cuanto el petardo empezó a circular, Ariadna se aplicó a confeccionar otro. Una hora después estaba algo aturdida y me incliné sobre el hombro de Paolo, luego recosté la cabeza sobre su pecho que olía a Tabac y al levantar los ojos vi su rostro lleno de seguridad y malignidad, como el de un gato jugando con su ratón predilecto y aquel rostro se inclinó hacia la izquierda para unir sus labios a los de Donato en un beso lento y profundo, luego Paolo se inclinó hacia mi cara y buscó mis labios con los suyos, yo empujé su cuerpo y me incorporé sin brusquedad. No quería mirarle pero lo hice. Sus ojos se estaban burlando de mí, me llamaban vieja reprimida y lo era, como lo era Pruden, que buscaba esquinas para su melancolía y todas las demás, menos Ariadna quizás, allí, como un gato sarcástico y fumador comprobando nuestras reacciones ante sus provocadores. Luisa se había alzado con toda su estatura y agitó los brazos como si dirigiera el último movimiento de la orquesta.

—No sigamos. Esto se está poniendo peligroso.

—Peligroso, ¿por qué?

—Ariadna, tú eres una chica soltera y sin prejuicios, pero fíjate en las pobres de nosotras: yo separada, Pruden igual, Montse malcasada y las tres hemos ido a Jesús y María... y Paqui peor, Paqui ha ido a las monjas alemanas, creo... Has de darnos otra oportunidad. Por esta noche basta. Chicas, vamos a la cama que hay que descansar, para que mañana podamos madrugar.

Paqui Sans se había reanimado al escuchar los versos de la canción infantil de la tele y se puso detrás de Luisa gesticulante, como si fuera una niña que sigue a su hermana menor camino de la cama. Me pasé una mano por los ojos para borrar aquella escena de película de los hermanos Marx y salí a la terraza a despejarme; hasta allí me persiguió Pruden para rogarme por enésima vez que no contara nada de sus revelaciones y sobre todo nada de nada a Luisa.

—Todo se lo toma a broma y es capaz de soltarlo en público para ponernos en evidencia a Rafa y a mí.

—¿Tú crees que a Rafa le pone ya algo en evidencia?

—En el fondo está aterrado de su propio comportamiento, sobre todo desde que ha dado el paso de traerse aquí a Vicente.

Vicente me parecía un personaje encantador. No había día sin detalle que revelara su estar pendiente de los demás, como si su misión en este mundo fuera facilitar las cosas a los demás y él mismo en su estructura física tenía algo de robot servidor, hecho a la medida de nuestras necesidades; lo que me costaba era encontrarle sexy. A veces lo contemplaba largamente en la playa y no podía imaginarme el porqué del atractivo que había ejercido o ejercía en Rafa. Era demasiado doméstico, demasiado animal domesticado, al menos en lo que de su conducta externa llegaba a nosotros. Y prueba de esa voluntad de adaptabilidad era que a las pocas semanas de haberle conocido estaba integrado en nuestra manera de hablar y de actuar, era uno más de los nuestros, poseedor de nuestros mismos códigos de comunicación y conducta. Y es precisamente el rostro de Vicente lo que más recuerdo de aquella noche del 15 de agosto, un rostro en el que al comienzo se leía la victoria de una anfitriona en la situación de recibir una prometedora oleada de invitados y al final, ya casi cuando clareaba, su rostro era el de la derrota y el pasmo, como si de pronto hubiera perdido sentido su vida, en unas horas, de nuevo todo replanteado, de ahí aquel divagar de sus ojos en busca de nuestros mensajes: ¿pero habéis visto? ¿Es posible? ¿Es posible que esto me pase a mí? Es fácil acertar diagnósticos a posteriori y a veces, en mis conversaciones con Ariadna o Paqui (a Pruden y a Luisa ya no las volví a ver después de aquella noche) nos hemos descubierto a nosotras mismas en el papel de profetisas ratificadas por los hechos. Pero era falsa. Teníamos una cierta intuición de naufragio, pero jamás hubiéramos podido imaginar lo que iba a pasar. Y al empezar nos parecía en cambio asistir a una ceremonia conocida y prefigurable, cuando entregábamos a Vicente nuestros chales o chaquetas, bolsos y los primeros comentarios sobre lo bien que había preparado la *mise en scène*, la casa llena de ramos de flores blancas y un altar con una estatuilla de la Virgen María, blanca y azul, una pequeña Virgen María que bajaba los ojos para no vernos, con el niño colgado de un brazo, como cualquier mujer esclava del peso de su hijo. Había sido idea de los sultanes y aquello estaba al completo, incluso habían acudido amigos de amigos de amigos y la casa de Rafa parecía un supermercado de modelos de conducta. Observabas y eras observada, reconocías y eras reconocida, en un ambiente un tanto invertebrado de conversadores, bebedores y profesionales de la frase brillante hasta que el grupo dirigente, los de siempre, nosotros, los alegres muchachos y muchachas de Atzavara fuimos imponiendo las reglas del juego, desafiantes frente a personas cuya única excepcionalidad era beber o comer más de lo conveniente, ir a Perpignan a ver cine prohibido, haber corrido ante los guardias cuando eran universitarios, incluso haber conspirado o ido a la cárcel, como Dosrius. Nosotros cuestionábamos algo más radical y por lo tanto más perturbador; la supeditación de nuestra conducta a una moral judeocristiana, el papel de la culpa y el miedo al castigo que nos habían inculcado desde la cuna y que el franquismo había sabido aprovechar para someternos a lo que de pronto descubríamos como su tremenda y vulnerable mediocridad. Y allí estaban los mirones fronterizos, sin atreverse a romper sus matrimonios, sus papeles de padres amantísimos, su elección sexual unívoca. Fue Paolo el que entre la algarabía lanzó el grito que mejor traducía un estado de ánimo que él supo literaturizar.

—Si Franco muere todo estará permitido.

Y fueron los sultanes los que empezaron a ponerlo todo patas arriba al provocar a las parejas estables, fueran heterosexuales u homosexuales, al hacer llorar a Pepe porque Sebas se pegaba el lote con Paolo y convertir a Farrerons en un perrito que iba recogiendo las sobras de sexualidad que Paolo y Donato dejaban aquí y allá. Si alguien hubiera derribado una pared de la casa de Rafa habría asistido a muchas comedias que se representaban al mismo tiempo, por grupos, por habitaciones, por pisos. Desde el editor borracho que quería tocar al piano el *Cara al sol* hasta Dosrius disertando sobre los campos de concentración nazis de los que sabía incluso la anchura exacta de los muros de los hornos crematorios. Desde Paqui Sans bailando sevillanas con el arquitecto Sau hasta Millás persiguiendo como un pulpo a la supuesta condesa austriaca, mientras su mujer había desaparecido en una de las terrazas de la casa en compañía de un pintor de caballos y oleajes marinos. Y en medio la orgiástica Luisa con una botella de champán en cada mano, obligándonos a rellenar las copas, casi a beberlas, pero distante progresivamente de nuestros juegos prohibidos. Hartos de palabras y bebidas, fuimos al choque, cuerpo a cuerpo y antes de caer sobre la moqueta del estudio de Rafa con el peso de Paolo encima, tuve tiempo de ver al propio Rafa despeinado y revolcado por el suelo con Pruden, mientras Vicente contemplaba la escena sin querer verla primero y cuando Donato trataba de hacer el amor con Sebas delante de cinco o seis mirones boquiabiertos, histéricos hasta la risa de muñecos rotos y yo entendí que Paolo convertía mi desnudez en el espectáculo de su superioridad bisexual sobre los demás, comprendí que nos estaban instrumentalizando y me saqué aquel cuerpo desnudo de encima a patadas, a pesar de que con ello quedaba en evidencia mi propia desnudez ante el corro de personas que miraban sin querer mirar o que no querían mirar pero miraban y apartaban la cara a medida que yo iba como una desesperada buscando mis prendas esparcidas por la habitación. Y antes de marcharme aún tuve tiempo de ver a Pruden tal vez haciendo el amor con Rafa y a Vicente con una bandeja llena de copas vacías en la mano, sin que pareciera encontrar un sitio en aquella habitación, en aquella casa, en el mundo, donde dejar la bandeja. Y entre todos los rostros y actitudes que fingían estar sin estar, vernos sin vernos, me sentí desafiada por los únicos ojos que no estaban contemplando sin disimulo, como si estuvieran alimentándose de nuestro gratuito espectáculo. Era Millás, el escritor bajo palabra de honor, como le llamaba Dosrius cuando aparte de pesadez exhibía mala leche. Me fui a por él.

—¿Qué miras?

—No miro. Veo.

—Tú siempre de *voyeur*. ¡Mójate el culo alguna vez!

Tal vez estaba crítico, pero también me pareció triste y se me ablandó la indignación, no tanto como para impedirme escupirle más que decirle...

—Al menos, si supieras ponerlo por escrito...

... y le dejé colgado mientras iniciaba el mutis.

Luisa trató de contener mi marcha, me cogió por los hombros y me forzaba a que mirara el amontonamiento de Pruden y Rafa.

—¿Pero tú has visto? ¿Has visto?

Era algo más que la propuesta de un espectáculo curioso. Era ponerme por testigo de su indignación moral, tan enorme como ella misma y no me vi con fuerzas para soportarla. A la mañana siguiente llamé a los masoveros y les dije que me iba de viaje. Por un momento experimenté la angustia de qué hacer con mi hija, llevarla conmigo, pegada a mi depresión durante todo el viaje, o dejarla como otras veces en casa de mi hermano, que veraneaba en el Maresme, un señor Saladrigas más en un país lleno de señores Saladrigas. Hasta que me di cuenta de que mi hija se había marchado de viaje por su cuenta, un viaje iniciático para recibir al final la investidura de señora Saladrigas. Era yo la que no sabía qué hacer ni casi quién era. Llamé a Mercedes a la agencia de viajes y le pedí que me buscara un agujero vacío en cualquier lugar de Grecia.

—¿Os habéis vuelto todos locos este año? Toda Catalunya está en Grecia.

—Te puedo demostrar que no.

—Despídete de Atenas, del Peloponeso y de las islas mayores. Está todo lleno. Sobre el terreno tal vez encuentres alguna cosa, pero será en Patmos y aun con dificultades.

—Cualquier isla, ¿acaso no hay cuatro mil?

—Lo difícil no es encontrar una isla, sino cómo llegar a ella.

Atravesé Atzavara sin ni siquiera volver la cabeza para no ver algún rostro o algún resto de la noche anterior. Antes había telefoneado a mi hermano para informarle de mi viaje, tal vez para que alguien tuviera constancia de mi futura huella en el mundo. Pero colgué casi en seguida. Me ofendía su habla de relaciones públicas, en ese castellano ofensivo y excesivo que utiliza la burguesía catalana que se pasa de fina y exquisita. Parecen todos maricas de barrio chino, consumición y espectáculo trescientas pesetas, todo incluido. Eran la parodia de sí mismos. Volví pues a Barcelona para adaptar mi equipaje a un viaje azaroso de turista sin habitación reservada. En nuestros caros y largos viajes de otros tiempos con Carlos había contemplado con cierta envidia a los muchachos mochileros que llevaban la casa encima y escogían un lugar preferido en el mundo para dormir bajo las estrellas. Así es que por si acaso, me había hecho el propósito de llevarme una mochila y no sabía muy bien dónde podía haberla guardado la asistenta en vacaciones. Del servicio sólo permanecía el chófer de Carlos y su mujer, la cocinera. Les saludé con la mano cuando me abrieron la cancela y aparqué el coche al pie mismo de la entrada a la casa. Descargué mis dos maletas y las arrastré más que llevé hacia mi habitación, pero al pasar junto a la de Carlos creí ver luz y oír el final de un ruido, tal vez de una conversación ahogada. Me detuve ante la puerta recuperando la respiración, dudando entre abrirla o continuar mi camino. Así hice y cuando estaba revolviendo mis ropas, mis libros, mis acuarelas y óleos faciales, mi inseparable Recital de L'Oréal, apareció Carlos ajustándose los faldones de su albornoz, alto y mayestáticamente poderoso, tratando de contener con su mirada serena el estallido histérico que esperaba de mí.

—Hola, pensaba que estabas en el Támesis.

—Sir Stanley ha tenido un amago de hemiplejía.

—Mala suerte.

—No lo sabes bien. Es mi hombre clave en Inglaterra. ¿Vuelves? ¿Te vas?

—Me voy de viaje.

—¿Problemas?

—Ninguno.

—¿Necesitas dinero?

—Tengo dinero.

Dio media vuelta, detuve mi quehacer hasta oírle cerrar la puerta de su cuarto. Acabé mi trabajo con prisa añadida y llamé por el teléfono interior al chófer para que viniera a ayudarme a llevar las maletas. Al pasar por la puerta de la habitación de Carlos, el chófer bajó la cabeza para que yo no pudiera leerle la cara ni de refilón y entonces yo cometí una de las groserías más gozosas de la vida. Llamé con los nudillos y dije en voz alta:

—Adiós, Carlos; adiós, Nisa. Que tengáis un feliz final de verano.

Sólo el silencio me contestó pero el rubor del chófer aún

le duraba cuando me ayudó a meter el equipaje en el coche. Mercedes, de Aerojet, me dijo cien veces que estaba loca y que dudaba que encontrara una habitación digna en Atenas, pero que allí me estaría esperando el representante de la agencia, el señor Patrikios y que haría todo lo posible por mí. En cuanto a las islas, tenía confirmada la habitación en el Xenia de Patmos, en un lugar maravilloso aunque muy alejado del lugar de desembarco.

—El problema será encontrar pasaje en los barcos. La segunda quincena de agosto es una locura, todo el mundo va y vuelve.

Luego, sobre el terreno, las cosas fueron más fáciles. Patrikios sin duda fue advertido de que yo era la esposa de uno de los principales clientes de la agencia y me había conseguido habitación en el Hilton de Atenas y un coche japonés para que pudiera ir a Epidauro, Nauplia, Delfos, un recorrido repetido pero que yo creía obligado. Lo del pasaje para Patmos le costó más, pero fue posible y cuando embarqué ya llevaba encima el impagable consuelo sensorial que te suministra Grecia, pero también una sensación de soledad irrecuperable que me acompañó como un reuma espiritual a lo largo de mi estancia en Patmos. Alquilé un vespino para hacer el recorrido entre el Xenia y el puerto de llegada, donde se concentraba toda la vitalidad de la isla, un paraíso de soledad y exilio en el que san Juan había escrito el Apocalipsis en una cueva llena ahora de sólidos padres y frágiles niños alemanes. ¿Por qué los niños alemanes son tan delicados de aspecto y en cambio sus padres siempre parecen guerreros en reposo entre dos guerras mundiales? Pero de hecho me hubiera bastado permanecer en el Xenia, frente a su cala propia, un muelle al que sólo llegaba la barcaza con pasajeros de Patmos y algún que otro pescador que remataba o ablandaba los pulpos muertos a golpes contra las piedras. Y al alcance de un patín, por el mar estanque podía llegar al rosario de islas que convertían la ensenada del Xenia en un *cul-de-sac* inexpugnable. Allí traté una vez más de reiniciar mi diario, de contar mis impresiones de verano, la historia interior de mí misma, qué había aprendido en los libros desde que leí mi primera novela, *Fabiola*, qué había aprendido de los demás, de las personas concretas y en el balance resultaba que casi todo me lo había enseñado Carlos, incluso a hacer el amor y a no hacerlo, a creer y no creer. Era la suya una marca irreversible y le añoré una vez más. Pero no poder escribir un diario ha sido otro de los fracasos de mi vida. Ya lo tengo asumido.

Volví descansada físicamente, pero no podía decir lo mismo de mi psique. Los exámenes de repetidores estaban al caer y la mecánica laboral me ayudó a aceptar la melancolía de las primeras lluvias barcelonesas de septiembre. Mi casa volvía a estar normalizada, Carlos aparecía y desaparecía según la lógica de sus negocios y de un inicial prurito político que con el tiempo le haría diputado de Convergència i Unió y uno de los personajes más influyentes de la Organización patronal española. Hasta diciembre no tuve las primeras noticias de gentes de Atzavara. Pruden había desaparecido y después supe que había vuelto a Colmenar con su marido. Luisa me envió su participación de boda con Rafa, Rafael Ciurana i Llops a partir de entonces, con el que reside casi todo el año en Nueva York donde Luisa Sanglas se ha convertido en un eficacísimo manager de sus aceptados diseños de joyería. Dos años después Carlos me propuso vender la casa de Atzavara y comprar algo en Mallorca, centro político en verano por la presencia del rey. Por entonces yo había pedido el ingreso en el PSUC a mi compañero de instituto Borau y poco me importaba la carrera expansionista de mi marido, al que veía de uvas a peras. No duré mucho en el partido. Ni ellos me entendían a mí, ni yo a ellos. Me hacían trabajar en trincheras de adorno, mientras los poderes fácticos internos se despedazaban entre sí para conseguir copar la dirección y cuando yo les decía que a la luz del marxismo solamente nunca entenderían lo que les pasaba, que le dieran un repaso a los estudios de psicología de grupo de Freud o Reich o a las tesis sobre el comportamiento animal de la etología, me miraban como se mira un jarrón de porcelana china situado en el centro de una carbonería. Borau en cambio fue más clarificador.

—Si militas a disgusto es preferible que no milites. Bajo el franquismo podías militar a disgusto por una exigencia ética. Ahora no es necesario continuar con ese cilicio.

Ética o estética, qué más daba. Ni ética ni estéticamente me nutría aquella militancia. Ya no estaba en un partido heroico, sino neurótico y ni siquiera era compensador como pose de desclasada radical. Así que me dediqué a mis clases y a envejecer con dignidad, a encontrarme con Carlos en el parking de casa o en las sucesivas peripecias familiares de nuestra hija: boda, nietos, santos sacramentos o en los entierros de nuestros padres y del *tiet* Lluís, *pobret*, que no se recuperó jamás del susto que le dio el regreso a España de Carrillo, la Pasionaria, Federica Montseny y Líster, sobre todo Líster. Cuando cumplí cincuenta y tres años decidí ya no teñirme nunca más, ni en el norte, ni en el sur, ni en el oeste ni en el este. Casi coincidió mi decisión, aunque puedo asegurar que no hubo relación de causa y efecto, con la petición de divorcio de Carlos o, mejor dicho, Carles, porque decidido a abrirse camino en las filas políticas del nacionalismo catalán, catalanizó su nombre, su habla, incluso su propia memoria. Quería casarse y tener hijos. Con Nisa, naturalmente. No los ha tenido. Pero tiene a mi hija y a su marido, con los que comparte fingidas afinidades de gentes de orden que han atravesado el puente de plata de la transición sin despeinarse, de una a otra normalidad, quizá la presente ya estable por los siglos de los siglos.

Viajar no viajo, ni siquiera a Grecia, porque todos los aviones salen tarde, los aeropuertos están llenos de terroristas oscuros y además los aviones nunca llegan a alguna parte de la que no desee marcharme. En cuanto a mis, vamos a llamarlas, pulsiones sexuales, dejé de ver a Masdeu para siempre, es decir, jamás volvieron a reanudarse nuestras relaciones después de aquel infeliz, insuficiente encuentro y desde entonces he aprendido la dura lección que nos dio Simone Signoret al comprobar que las mujeres envejecemos y los hombres maduran y cuando se me ocurre hacer bromas en público exagerando mi vejez, es que soy vieja, muy vieja, un silencio confirmador aunque simpatizante, es la única respuesta que recibo. De los antiguos amigos de Atzavara a los que más veo es a Sau y a Gratacós, que aunque separados sentimentalmente, siguen encontrándose en los conciertos que Gratacós va espaciando, porque, sin darnos cuenta, ni él, ni yo, se acerca ya a los setenta años y Sau ya los ha superado. El arquitecto tiene el buen gusto de no hacerse acompañar por su joven amante, al menos a los conciertos de su ex primo, que es donde yo le veo. También coincido con Ariadna algunas mañanas en una cafetería equidistante de mi instituto, ahora doy clases en un instituto céntrico, y de su notaría.

Ariadna sigue siendo una habitual de Atzavara y según me dice cada año renueva sus invitados, aunque cada vez le cuesta más encontrar gentes tan interesantes como en aquellos años.

—Todo ha vuelto a ser tan normal, tanto.

Se queja Ariadna que para sus deslices de Atzavara ya sólo cuenta con Sebas y Pepe. Farrerons ya no se mueve de las barras de los clubs gay que la democracia ha tolerado. Sau y Gratacós se separaron, me informa por si yo no lo supiera, y viven matrimonios estables con jóvenes de belleza turbadora, el adjetivo es de Ariadna. De los dos sultanes nunca más me ha dicho nada. En cuanto a Paqui Sans, la encontré no hace mucho en una granja tomándose dos suizos y dos *croissants* con un apetito infantil y conmovedor. Salió en la conversación el verano de 1974, lo introdujo ella, y me vino de pronto a la memoria su extraña y nunca explicada comparación en el curso de aquella noche en casa de Ariadna entre los dos sultanes y su profesor londinense de macramé.

—¿Qué querías decirnos?

—Que se parecían. Eran como fanáticos de sí mismos con la excusa de que defendían algo que sólo ellos podían defender. El profesor de macramé decía, por ejemplo, que entre un cuadro de Leonardo da Vinci y una obra perfecta de macramé, en caso de incendio, él salvaría el macramé. Absurdo. ¿No te parece?

Se quedó un momento ensimismada y concluyó:

—Todo tiene un límite. Hay que encontrar el justo término medio.

Carlos o Carles es una figura rutilante que veo frecuentemente en los periódicos o en la televisión. Se dice que de no haber ganado las elecciones los socialistas en 1982 y 1986, estaba propuesto para ministro de un gobierno de centro derecha. Si se dice será cierto, aunque ya tiene casi sesenta años, es decir, se acerca a esa edad en la que ya no se seduce, ni siquiera estando en el poder, en cualquier poder. Las veces que coincidimos a causa de nuestra hija o de nuestros nietos, tiene el buen gusto de no hacerse acompañar por Nisa. Hay una gran benevolencia en nuestras conversaciones. Quizá porque hablamos como si ya no tuviéramos ni memoria ni deseos comunes.

III

BIOGRAFÍAS NOVELADAS

«Siempre se espera un verano mejor / y propicio para hacer lo que nunca se hizo...» había escrito yo en uno de mis primeros versos presentables que luego jamás he publicado, porque en literatura el escritor propone y las circunstancias disponen. Pero el verso plasmaba mi certidumbre de que los veranos eran tiempo y espacios maravillosos donde todo era posible, incluso lo que durante el resto del año había parecido imposible. Por eso abordé aquel nuevo verano en Atzavara con gran entusiasmo biológico, mis biorritmos estaban al máximo y mi euforia no se debía tanto al mito del verano propicio como al radiante contrato que había firmado con mi editor para una obra ambiciosa y larga, que me ponía a cubierto de cualquier inseguridad económica durante los próximos cinco años. Se trataba de hacer una serie de biografías noveladas para la colección «Así fue si así os parece...» y la lista de biografiados por mí propuesta había sido totalmente aceptada: Lou von Salome, Amundsen, Luis Cernuda, Coco Chanel, Manuel Azaña, Rosa Luxemburg, Josephine Baker, Alfredo di Stefano, Greta Garbo, Escoffier, Juan March y John Kennedy. La obra iba a editarse primorosamente, para cumplir su objetivo de colección cerrada de cien títulos de venta domiciliaria, a editar para el mercado de librerías cinco años después. Mi biografía del general Leclerc les había gustado y, al parecer, había ayudado a conseguir que una editorial francesa se animara para la coedición; pisaba pues seguro los pasillos de aquel gran monstruo editorial y podía trabajar a resguardo de desagradables marejadas económicas. Esperaba trazar durante el verano los sumarios iniciales de las doce obras bajo mi cuidado, habida cuenta de que me había comprometido a entregar una cada semestre y aun así esperaba disponer de tiempo suficiente para continuar trabajando en mi novela, mi eterna novela aplazada, un largo noviazgo de quince años que aún tenía lejana la perspectiva de matrimonio y en cuyo empeño justificaba yo cuantos esfuerzos hiciera con mi máquina de escribir, sacrificada a propósitos no del todo satisfactorios desde el punto de vista literario, pero que me habían dado cierta nombradía en el mercado, incluso una referencia expresa, y en mi opinión bastante equilibrada, de un crítico de *La Vanguardia*: «Luis Millás ha demostrado que existe una literatura aplicada, una literatura de oficio que va por debajo de la genialidad cuando la genialidad es realmente genial y por encima cuando la genialidad es simple desfachatez exhibicionista». La crítica había aparecido con motivo de la edición de *Leclerc: el general de la izquierda*. Poco tiempo en cambio pensaba yo destinar a las relaciones de verano, obligado al menos a respetar dos o tres salidas semanales a la playa...

—Para que los niños descubran que su padre es algo más que un mecanógrafo.

... según sentencia no excesivamente amable de mi mujer. Pero el peso de las relaciones con nuestros amigos de verano, con los que poco nos veíamos durante el resto del año, descansaba sobre ella y yo me quedaría entre bastidores, dedicado a lo mío y si se terciaba a la contemplación distanciada de la farsa. La farsa estaba asegurada. En Atzavara siempre estaba asegurada y no fue esta garantía lo que motivó mi elección de aquel lugar de veraneo. Irene conocía muy indirectamente a Rafa como diseñador de joyas y fue él quien la puso en antecedentes de lo que se estaba haciendo en Atzavara, un pueblo abandonado en la cornisa de la sierra de Tarragona en el que se podían comprar casas nobles a muy bajo precio, remozarlas y convertirlas en espléndidas mansiones de verano, a pocos kilómetros de una playa casi salvaje y lejos de las invasiones turísticas y todo lo que conllevan. Si Rafa y el arquitecto Sau, principales promotores, habían llevado a Atzavara a un grupo importante de amigos y conocidos para secundar sus esfuerzos de restauración, luego cada uno de los implicados fueron haciendo lo propio e Irene y yo habíamos arrastrado a la aventura de ser propietarios de Atzavara al pintor Postius y a los Masramon, un compañero de universidad que ejercía de profesor adjunto de la Facultad de Letras de Bellaterra. La aventura estaba al alcance de nuestras posibilidades con ayuda de créditos y de cierta paciencia con las cuadrillas de albañiles de la comarca, que vieron en la restauración barcelonesa de Atzavara un Eldorado que les ayudó a enriquecerse durante los años que van de 1970 a 1974, cuando casi todos los remozamientos estaban terminados y Atzavara había dejado de ser un vecindario fantasmal sólo poblado por tres o cuatro viejos moribundos, para convertirse en un ejemplo, incluso demasiado citado por los periódicos, de reconversión urbana y arquitectónica.

Pero lo que daba carácter a este nuevo vecindario de Atzavara era el grupo promotor inicial constituido en torno a Rafa y a Sau y sus amigos y amigas, habitantes de una vida propia llena de claves intransferibles, aunque no del todo, porque a los pocos días de coincidir en la playa con Rafa y sus amigos ya le comenté a Irene que aquello era una peña de homosexuales. Irene tiene la tendencia de nunca darme la razón en primera instancia y me acusó de desconfiado y de bruto incapaz de comprender la delicadeza en las maneras y los propósitos que exhibían nuestras nuevas amistades. El tiempo, no mucho, me dio la razón y nos integramos dentro de uno de los tres sectores que conformaban el total del veraneo de Atzavara: Rafa y lo que eufemísticamente llamábamos «los alegres muchachos», Luisa Sanglas y su peña de mujeres solteras, separadas o malcasadas, y finalmente nosotros, parejas más o menos normales, pero lo suficientemente abiertas como para aceptar a los otros dos sectores, aunque sólo fuera como espectáculo. Además, era cierto lo que de buenas a primeras había encandilado a Irene: eran personas muy amables que no exigían de nosotros otra cosa que compañía arropadora y que les observáramos sin suficiencia, ni espíritu crítico.

La discreción era pues la principal característica de tan curiosa gente y año tras año fuimos haciéndonos habituales, liberadamente habituales, aunque un grupo compuesto por cinco o seis de ellos y cinco de ellas, prácticamente estaban todo el día juntos, incluyendo las noches y en ocasiones los amaneceres. Repasar los veranos desde el 70 al 74 significa recuperar horas y horas de especulación, de intercambio de información sobre hechos y sucedidos de nuestros compañeros. Postius empleaba cierta malicia machista y barriobajera en sus comentarios y en cuanto a Masramon solía ser más razonador y trataba de explicar aquella abundante floración de homosexualidad, no sólo allí en Atzavara, sino en todos los campos en los que nos movíamos, como un signo cultural de los tiempos.

—A medida que aumenta el control social directo e indirecto, se tiene que transigir con respetar esferas de privacidad totalmente liberalizadas. Además, una sexualidad que ya no apunta exclusivamente, ni mucho menos, hacia la reproducción, a la fuerza favorece el homosexualismo masculino y femenino.

Maliciosos o analizadores, lo cierto es que jamás conseguimos o quisimos romper una barrera sensitiva final que nos separaba de aquella gente, ahora lo comprendo, cuando el mundo cerrado y coherente que crearon en Atzavara prácticamente ha desaparecido precisamente desde lo ocurrido en el verano de 1974, que empezó con extraños signos anunciadores de cambios. Ya vencida la primavera nos llegó la noticia de que Rafa exhibía, incluso en lugares donde era poco prudente hacerlo, su última conquista. Noticia sorprendente porque Rafa era la discreción personificada y costaba un verdadero esfuerzo de desciframiento llegar a sospechar que era lo que era. Significaba complicar su imagen de cincuentón agradable y educadísimo, un caballero, la palabra adecuada para sustantivarle y no había que añadirle ningún adjetivo complementario. Así que a todos nos sorprendió que Rafa exhibiera acompañante aquel verano. Tras varios años de enamoramientos furtivos y fugaces nadie esperaba que el verano le llevase a una relación vocacional notable. Pero le respetábamos y por eso cuando apareció en la playa con el muchacho, apenas si hubo codazos visuales y las sonrisas fueron más de bienvenida que de socarronería. Llegó arropado por el conjunto de los alegres muchachos albornozados, sólo Farrerons exhibía su tanga y su bulto a media asta, con la piel empapada en aceite, como dispuesto a un estimulante sacrificio sobre las brasas de agosto. Rafa nos presentó a Vicente y el muchacho forzó su musculatura larga y blanca para responder a todos los apretones de mano, respaldado por las sonrisas expectantes de la alegre charanga, preguntándonos con la mirada si el recién llegado merecía nuestra aprobación. Era casi un adolescente, un cachorro con labios de mamador y el pelo cortado por algún barbero de barrio, es posible que por el que se lo había cortado siempre, primero bajo la vigilancia de su madre y luego sin otro comprobante que el espejo de mano en la fría soledad de una barbería a las cinco de la tarde. Nos saludó con la timidez del que se sabe presentado a una comunidad cínica y exigente, predispuesta a la disección del alma y el cuerpo. Es decir, nos saludó demasiado y con demasiada naturalidad, repitiendo la palabra final de los saludos, exagerando la fuerza en los apretones masculinos y la reverencia en los femeninos. Luego se dejó caer en cuclillas con precisión de atleta y dejó la blanca musculatura en reposo mientras cabeceaba como un choto para mirar, hablar o desentumecer el cuerpo bruscamente asomado al verano. Rafa se tumbó a su lado y provocó conversaciones aplazadas, desentendiéndose de su acompañante y de los demás alegres muchachos aparejados según lo sabido: Sau, el viejo arquitecto embalsamado con su primo el concertista Gratacós, que trataba de esconder la calva mediante el desesperado trenzado de los pelos de la nuca. Farrerons, alto y moreno, por lo libre, prometiendo bisexualidad con sus tres ojos, el derecho sobre las mujeres, el izquierdo sobre los hombres y en el centro su bulto perennemente a medio camino entre el ascenso y el descenso; Sebas y Pepe, los bien avenidos socios de un taller de marroquinería, concordantes como amantes y como socios, ex pintor Sebas y pre poeta Pepe, con la amable cultura de *amateurs* notables, más matrimonio que los matrimonios heterosexuales derrumbados que no caídos sobre la arena después de años y años de sadomasoquismo.

Rafa departió con todos y con todas como si ninguna novedad existiera y por toda coartada había presentado a Vicente como su futuro socio, eufemismo del que el simple aspecto del chico no se hacía responsable, porque presente lo estaba y no parecía disponer de demasiados caudales como para asociarse con Rafa en su operación de dar a conocer sus diseños en Nueva York. Desde hacía años uno de los temas de conversación en la playa era la expectativa de Rafa de que le aceptaran sus joyas en Nueva York, incluso en Tiffany's, en una muestra de «jóvenes creadores europeos», pero uno y otro año la expectativa se frustraba y Rafa y yo repetíamos la misma conversación sobre lo difícil que para un creador español era salir del pozo del mercado estrictamente nacional. Una primera novela mía de juventud se había paseado por algunos despachos de editoriales europeas, pero había vuelto a su lugar de origen con más pena que gloria. Luego, cuando yo confiaba en el éxito nacional e internacional de *Largos días de umbría*, mi segunda y hasta ahora última novela, la crítica nacional no me respondió y es muy difícil entonces que te acepten la novela en el extranjero si no viene precedida al menos del aval local.

—No hay la menor voluntad de proteger nuestra propia cultura. Éste es un país de envidiosos y miserables que prefieren achicarte para que nunca rebases su propia estatura.

No era tan drástico Rafa como yo en sus juicios. Es más, se inclinaba a asumir la causa de la escasa tradición hispana de diseño y lo poco acreditados en consecuencia que estaban los nuevos diseñadores en el extranjero.

—El problema fue más bien familiar. Mi padre se negó a aceptar mis diseños y sólo pude incorporarlos al catálogo de nuestra joyería cuando él me cedió el negocio.

—¡Qué país! y ¡qué familias!

—Ni lo uno ni lo otro podemos elegirlo.

—Tantas cosas no podemos elegir... El sexo, por ejemplo.

Me mordí la lengua en el último tramo de la frase pero ya había salido. Rafa ni parpadeó. Sonrió y comentó:

—El sexo no, pero la sexualidad sí puede escogerse.

Decididamente pues había elegido sexualidad y públicamente, en aquel verano tan cargado de excitaciones exteriores, enfebrecidos los periódicos por las secuelas de la flebitis de Franco que había, como quien dice, inaugurado el verano, y morbosas las situaciones políticas en Grecia y Estados Unidos, donde reventaba por sus descosidos la operación Watergate. Pero al menos durante una semana todos los temas pasaron a segunda división, desplazados por la presencia de Vicente y todo lo que significaba. Vicente se hizo imprescindible en pocos días, dispuesto a buscar las cervezas o las patatas fritas, a apalabrar la mesa en el restaurante o a llevar los bultos más pesados de las mujeres, incluso el casi baúl con el que algunas amueblaban la playa. También era ideal para los niños porque siempre estaba dispuesto a acompañarles al agua, soportar sus salpicaduras, servirles de caballito sobre la arena o prestar sus hombros como trampolín para el fingimiento de audaces zambullidas contra olas de mercurio. Rafa le trataba como a una joven esposa inexperta a la que hay que orientar entre los puntos cardinales de la convivencia, como un marido con noches blancas en las sienes frente a la joven casada con madrugadas en los pulsos. Y Vicente no sólo seguía el juego, sino que parecía agradecido por aquel trato paternalista y apenas alzaba los ojos del suelo cuando Rafa hablaba, mientras sus labios carnosos de atleta alejandrino parecían repetir las enseñanzas de Rafa para fijarlas en una memoria de arcilla. Sobre la delicadeza empleada por Rafa en aquellas relaciones da una idea el hecho de que Vicente siempre parecía autónomo en cuestiones de dinero y que sólo una vez, sólo una, a lo largo del verano compartido, el muchacho evidenció no tenerlo, miró a Rafa desconsolado y él, con mucho disimulo, rebuscó en su bolsa de playa y le dio unas sandalias. De dentro de las sandalias, furtivamente, Vicente sacó tres billetes de mil pesetas.

Postius se había comprado una Zodiac impulsada por un pequeño motor yugoslavo de cuatro caballos y era más un juguete de los niños que nuestro, aunque siempre procuramos que un mayor les acompañara. Una mañana se empeñaron los niños en hacer una excursión en barca hasta Roda de Bará y nadie tenía ganas de acompañarles. Vicente se ofreció y subió a la lancha a todos los niños. No era desazón lo que sentíamos los padres, pero sí una cierta dificultad en aceptar como normal entregar la seguridad de nuestros hijos a un muchacho cuyo origen e intenciones finales desconocíamos. Pero no era cuestión de hacerse los estrechos a aquellas alturas y les dejamos partir no sin que nos pasáramos lo que quedó de mañana oteando el horizonte por el que habían desaparecido.

—Tranquilos. Vicente es muy responsable.

—No. Si no es por él, Rafa. Es por los chicos. Son tan atolondrados...

Quitó hierro Irene a nuestras aprensiones evidentes pero no Postius que hacia el mediodía empezó a ponerse nervioso y mascullar improperios contra sí mismo por haber permitido la aventura. Tan nervioso estaba que se fue a la orilla del mar y allí estuvo hasta que la barquita apareció en lontananza y se fue concretando su identidad antes de que nos llegaran los gritos alborozados de los niños y el saludo atlético y confiado de Vicente, de pie junto al timón, seguro capitán de la expedición. Luego los niños contaron maravillas mientras Vicente, meticuloso, recogía primero el motor y el depósito de gasolina y luego, él solo, arrastró la Zodiac hasta nuestro lado.

—No hacía falta que la trajeras hasta aquí.

—Las cosas hay que empezarlas y terminarlas.

Luego supe que Postius y su mujer habían interrogado a sus hijos sobre el comportamiento de Vicente y aunque ni Irene ni yo hicimos lo propio, de hecho nos conformamos con el impecable resumen del viaje que nos hicieron los chicos de Postius. No sólo Vicente había dirigido con todo celo la expedición, sino que además les había repartido un montón de chupa chups embarcados previamente. Impecable tanto con las propiedades de Rafa como en el trato de sus invitados, especialmente de las alegres muchachas complementarias de los alegres muchachos, acuarentadas solteras o separadas, emancipadas poco después del mayo francés, ya entonces demasiado cumplidos los treinta, con demasiadas normas por detrás y pocos proyectos por delante. Las alegres muchachas eran ex señoritas de buena familia o solteras o separadas de maridos de fidelidad ligera. Leídas y cultas, ejercían profesiones liberales o descubrían en sí mismas un instinto congénito más comerciante que industrial, traducible en fugaces boutiques dedicadas a cántaros de Priego, puntillas de Almería o brocados normandos, sin descuidar vestidos supuestamente artesanales, con los que la burguesía femenina de todas las costas se disfrazaba cada noche de fugitiva del terror de no saber qué ser ni qué hacer. Ante ensaladas de arroz perfectamente previsibles, se intercambiaban exclamaciones de fingida sorpresa y relamidas ante el falso misterio de sabores ya codificados por la automática memoria del paladar. Muchachas educadas y excesivamente agradables, dispuestas a sorprenderse por las mismas cosas de siempre con el empaque y el saber que sus madres habían malgastado recibiendo en los salones del Ensanche a la penúltima burguesía recibible del país. Sólo cuando bebían en exceso, y era frecuente que lo hicieran, perdían la amabilidad *decontractée* y la sustituían por una no siempre simpática audacia de emancipadas de comedia inglesa de los años sesenta, una emancipación que tuvo su cima literaria en la escritura de Doris Lessing llegada a España con un cierto retraso, cuando ya Germain Greer había enseñado el coño a toda página en *Schuck*, en una incontestable demostración de que la teoría es inseparable de la práctica. Casi siempre las alegres muchachas se emborrachaban en compañía de los alegres muchachos y de un coro de matrimonios avanzados que utilizábamos a las unas y a los otros como antídotos contra la tentación del divorcio o de la anormalidad sexual. Utilizaban las borracheras para mostrar una reprimida concepción hormonal de la existencia manifestada en aguijoneantes ataques a los alegres muchachos por no haberlas considerado a tiempo o en su tiempo, alternativas suficientes a su peculiaridad. Tenían amistad lejana e incluso alguna historia de amor intercambiable en época de indefinición o indecisión sexual por parte de ellos. Historias de amor que ahora actuaban como memorial de agravios o secreto insinuado a voces y a vasos de Cune tercer año, una bebida inseparable de las ensaladas de arroz, de los discos de Frank Sinatra, Nacha Guevara o alguna ópera rock, *Evita* con más audiencia que *Hair* o *Calcuta*. Paqui Sans había estudiado fotografía, psicología y feminismo en el extranjero durante estancias demasiado largas de las que volvió demasiado tarde, con una pamela de piqué almidonado y una variada gama de vestidos flotantes sin duda derivados de modelos de Lana Turner, idóneos para bailar la samba en *cocktail parties* con piscina, escalinatas y copones florales de cartón piedra, enmarcadores de la sonrisa de topo de Xavier Cugat y su orquesta. Paqui interpretaba el papel de ingenua dama de la comedia de costumbres de Atzavara, en perfecto contrapunto con Luisa Sanglas, una poderosa mujer esponja de cualquier alcohol que se le pusiera al alcance por levemente modificado que estuviera. Paqui trabajaba vagamente en cosas vagas, creo que entonces asesoraba a galerías de arte primerizas, precarios negocios que algunos padres del país habían puesto a sus hijos cuando demostraron suficientemente que no habían nacido para ser padres del país, ni para exhibir otro arte que el ajeno. Tenía el aspecto de la incompetencia y la insolvencia, pero sólo era un aspecto de verano. A pesar de que nos constaba esta dualidad, no puede decirse que buscáramos ni significáramos su compañía. Era una *rara avis* que tenía su propio código de conducta y un verano es un corto espacio para aprenderse toda clase de códigos de señales.

Si Paqui Sans era la más rara dentro de la rareza, la Sanglas en cambio era arrolladora. De haberla dejado se hubiera apoderado de nuestras conductas desde el amanecer hasta el anochecer. Respiraba personas más que aire, como si la soledad fuera una amenaza tenebrosa insoportable. Nos hacía comer, beber, viajar por la comarca según un plan de festejos que debía urdir cada noche, durante sus contadas horas de sueño, en colaboración con la almohada. Aparentemente era la simpatía misma, pero siempre te dejaba la segunda impresión de ser un animal insatisfecho que se alimentaba de carne humana. Por otra parte la Sanglas era un inmenso hígado empapado por los más controvertibles alcoholes y una aguda mirada crítica que no perdonaba codazo ni guiño de ojo y que sobre todo no perdonaba los intentos individuales de escapar a la dictadura del grupo, a su fatal rutina de naufragio tolerable en el mar de la nada y del nadie. Sólo tenía un talón de Aquiles y muy considerable. Su ex marido, Arturo, un ex catedrático de obstetricia afectado por el síndrome de los cuarenta años y por el clima de relativismo que inundó el mundo en la década prodigiosa de 1965 a 1975, lo dejó todo y se disfrazó de hippy viejo, un tanto ridículo o patético, pero lo suficientemente convencido de la razón de su elección como para no ocultarla y presentarse de vez en cuando en Atzavara con la intención de ser aceptado. Era entonces cuando se descubría la debilidad de Luisa. Le daba cama y alimento hasta que se recuperaba y volvía a partir en busca del octavo día de la semana. Claro que a costa de esta inversión de nostalgia, Luisa tenía tema de conversación y cartel de contradictoria cuando se excedía en sus maneras condotieras, y más de una discusión tuve con Irene a este propósito.

—Al fin y al cabo el intento de ese hombre por vivir otra vida antes de envejecer es hermoso, estimulante.

—¿Te parecería estimulante que yo un buen día cerrara la máquina de escribir y me fuera a la India en busca de un gurú sagrado o a Ibiza a plantar coles?

—Sería para mí una completa sorpresa. Además, a ti no te va.

—Pues no tientes al mal tiempo.

Las mujeres son todas iguales. A los maridos los prefieren de color gris y los otros hombres han de ser príncipes azules o violetas, el marido domesticado y el amante canalla, aunque a veces los papeles se inviertan, pero las excepciones confirman las reglas. Y una de esas excepciones podía ser precisamente la tercera «alegre muchacha» de Atzavara, Montse Graupera, profesora de geografía e historia de instituto por ética y estética, rica de cuna y riquísima por su matrimonio con Carlos Basté i Linyola, un industrial de cuarta generación, niño bonito del Círculo de Economía y uno de esos empresarios que empezaron siendo «jóvenes empresarios» en los años sesenta y han alcanzado casi la sesentena sin haber dejado de serlo. Pero en 1974 Carlos Basté era uno de los personajes que sonaban en la vida social y económica de Barcelona, tanto que era sorprendente que hubiera escogido Atzavara como lugar de veraneo cuando toda su tribu acampaba más al norte, en el Maresme o en la Costa Brava. Una de las escasas noches en las que nos hizo el honor de compartir los saraos de Atzavara le pregunté el motivo de tan robinsoniana elección.

—Mi familia es oriunda de aquí y además Montse no se encuentra a gusto entre la gente con la que debería sentirse a gusto. Es una de sus más cultivadas contradicciones.

Sabía vagamente que yo era escritor y me apresuré a enviarle mi novela más lograda, *Largos días de umbría*, dedicada con una clara segunda intención de complicidad intelectual.

«A Carlos Basté i Linyola, en el que no se sabe dónde empieza el empresario y dónde termina el hombre de cultura.»

Esperaba al menos que me comentara la dedicatoria, sin duda halagado por lo que en mi opinión era un halago. Pero no fue así y cuando interrogué a Montse sobre si habían recibido el libro me contestó sin muchas ganas que sí, que creía que sí.

—¿Te ha comentado algo tu marido?

—Hace tiempo que no hablamos de libros. Pregúntale cuando lo veas.

A pesar de sus números de despegada de clase, en los momentos más significativos le salía el tono impertinente de déspota malcriada, esa mala educación prepotente que suele tener la gente que siempre ha sido rica. Ni ella era santo de mi devoción, ni yo de la suya aunque sólo una vez tuvimos un conflicto serio y fue en el marco de la atmósfera tan especial creada en aquel verano. Montse iba distanciándose de su marido, o al revés, pero a veces se sumaba al ejercicio de relaciones públicas de esposa de señor importante, habitual en las recensiones de todos los actos de la buena sociedad barcelonesa. Su animosidad hacia mí era evidente, hasta el punto de que cuando en mi presencia ella se mezclaba en conversaciones sobre literatura, jamás me censó entre sus autores considerados, lo que hubiera sido una simple operación de cortesía. En justiprecio yo jamás me tomé en serio sus números de profesora emancipada. Muy otra había sido la conducta de Rafa, que a los pocos días de leer *Largos días de umbría* me la comentó y demostró que la había leído con especial atención, a pesar de que la novela no era lo suyo. Prefería la poesía y los ensayos sobre arte.

Pero toda mi desconsideración hacia el personaje se trocaba en admiración, casi devoción en el gineceo de alegres muchachas. Para ellas Montse era una mujer de conducta liberada, que había superado cuarenta años de vida convencional, apresada por unas convenciones sociales tópicas y sin embargo espléndida mariposa que a los cuarenta años cumplidos se transformaba y enseñaba a los cuatro vientos los colores de la libertad. Uno de los esbozos narrativos que tengo en cartera tiene en un personaje parecido a Montse su principal motivación; se titula, provisionalmente, *La insuficiente huida de Carlota Pons* y trata precisamente de esa comedia de malas costumbres que en su mayor parte fueron los intentos de emancipación femenina de la burguesía ilustrada de la Barcelona de los años setenta. Bastó que la democracia se estabilizara y que la crisis económica enseñara los dientes, para que buena parte de aquel ramillete de liberadas rosas amarillas se marchitara y recuperara urgentemente el oficio matrimonial como el empleo más seguro y el éxito de un vestido en las recepciones y festejos como los únicos hitos históricos a su alcance. No es que yo prefiera el tipo de mujer estúpida, como la de Postius, que en público fingía ser adoradora de su marido y capaz de ir detrás de él todo el día limpiando las gotas de gloriosa pintura que caían de sus pinceles, pero al menos la pobre no engañaba a nadie y la cara que tenía de galleta María era la adecuación somática más adecuada a su espíritu de galleta dulzona y barata. Fíate de las galletas María.

Si me hubieran dado a elegir del ramillete habría extraído a Pruden y Ariadna. La primera era una mujer reservada y de muy buen ver que trataba de recuperarse de una boda desgraciada con un señorito latifundista de no sé dónde, criador de reses bravas para más inri, pintor bajo palabra de honor, amigo de toda la insuficiente progresía madrileña que sólo consiguió salir en los diarios mediante las proclamas y cartas veniales que firmaban contra el franquismo. Me imagino a Franco sentado en un trono de calaveras y riéndose a mandíbula batiente ante aquella impotente correspondencia. Yo sólo he firmado tres escritos de este tipo en mi vida y creo que obré según mi deber porque en dos de ellos estaba en juego la vida de dos personas y el texto que suscribía me pareció tan humanista como apolítico. Fue con motivo del ajusticiamiento de Julián Grimau en 1962 y de Puig Antich en 1974. En 1962 trabajaba yo como «negro» en una editorial redactando una *Historia del ferrocarril* y el director de la obra pidió mi firma. Le solicité veinticuatro horas para pensarlo y finalmente se la di, aunque estaba temeroso porque tenía algunos antecedentes familiares peligrosos, comprometedores. Un hermano de mi madre estaba exiliado en México y mi padre, locuras de juventud, había tenido carnet de la UGT hasta 1934. Luego ya se vio venir el drama y supo salirse a tiempo de la vanguardia de aquellos suicidas que avanzaban a cuerpo descubierto hacia el despeñadero de 1936. Y en cuanto a lo de Puig Antich, me lo pensé menos, porque la indignación por la sentencia de condena a muerte se mascaba en el aire, era un efluvio social. Mi tercera firma fue a favor de la continuidad de la construcción del templo de la Sagrada Familia. A mí el proyecto, ni fu ni fa, pero uno de los arquitectos encargados era primo de mi editor. Pruden, pues, había vivido desde muy joven una atmósfera ficticia de taurófilos y conspiradores, dentro de un especial café de Chinitas más allá del cual se tejía una realidad que prácticamente desconocía cuando su matrimonio naufragó a fines de los años sesenta. A pesar de la cuarentena avanzada era una mujer atractiva e interesante, como una estatua aún por terminar y cuya bondad o maldad dependían de las manos del escultor que le cayera en suerte. Más de una vez traté de transmitirle mi interés y también le pasé mi novela con mucho éxito, porque me comentó admirada que había quedado prendada por mi habilidad en la descripción de los personajes.

—A veces en dos líneas, con dos o tres trazos, consigues dar vida a los personajes. Es escalofriante.

Intenté que me dijera algo más, pero ella seguía dándole vueltas al mismo diagnóstico.

—Es que están vivos, vivísimos. Y no sólo personajes que tienen mucho papel en la novela, sino incluso los más secundarios.

No es ésa una de mis virtudes menores como escritor, pero creo que he aportado algunas cosas en cuanto al estilo y al problema del punto de vista. Por ejemplo, en la obra que nos ocupa el lector sólo recibe fragmentos de realidades que él ha de ordenar y que cuando ya cree haber solucionado el puzzle, de pronto se le descompone dos páginas más allá y ha de continuar componiéndolo, siempre con una cierta tensión. No me gustaba hablar con ellos de mi obra, ni siquiera de literatura. Consideraba que era un abuso de confianza por mi parte imponer mis temas, en un ambiente en que todo el mundo era muy reservado sobre lo que hacía. Por ejemplo, de Sau constaba que había sido en su primera juventud uno de los discípulos predilectos del GATPAC y que aún se carteaba con Sert a lo largo de los años cuarenta y cincuenta, pero no abusaba el hombre de este pedigrí y se sabía que era arquitecto porque casi todos lo habíamos utilizado en la remodelación de nuestras casas, y aun en ese trance utilizaba un lenguaje llano, explicativo y se daba muy pocos humos, subrayando incluso siempre la nota de frivolidad, como si prefiriera pasar a la posteridad más como viejo verde que como presumible brillante arquitecto frustrado por la arquitectura especulativa y estraperlista del franquismo.

Si alguna impertinencia cultural se escuchaba en Atzavara, provenía de los estrafalarios amigos de Ariadna, empeñada cada verano en hacer desfilar por Atzavara *le dernier cri* de la conciencia contracultural barcelonesa, pálidos residuos provincianos de malas digestiones de lo que se llevaba en los centros contraculturales más acreditados, Londres y San Francisco a la cabeza. En algunas ocasiones tuve que salir de mi habitual reserva para poner coto a tanta incultura disfrazada de prepotencia contracultural. Si se repasa la historia de lo que ha quedado de aquel sarampión anticultural más que contracultural de la España de los primeros años setenta, se verá que menos aún que de aquellas mesnadas de revolucionarios que consideraban a Mao un reformista y al Che un *boy scout* con veinte duros de marxismo leninismo. Con todo, he de reconocer que aún no había vivido las peores pruebas en mis relaciones con el circo de Ariadna, que en aquel verano del 74 llegarían a Atzavara dos impertinentes insufribles con los que tuve un choque directo y a todas luces provocado. Simplemente, venían a por mí y encontraron su justa réplica.

Pero estos desmanes no me privan de recordar a Ariadna con simpatía, especialmente aquella su vocación de sacerdotisa iniciadora, provocadora de contrastes cuyas consecuencias luego contemplaba desde una estudiada irresponsabilidad. Ariadna se disfrazaba de sacerdotisa contracultural, muy ayudada por un rictus sonriente diríase que enigmático, por el habla ambigua, los gestos flotantes, entornados de ojos casi religiosos, una rara habilidad para rodearse cada fin de semana de auténticos hallazgos, sin duda reclutados en ortopedias especializadas en fenómenos contraculturales: fugitivos de importantes apellidos del patriciado nuevo rico y *self made men* de comarca, catalana o de la España agraria de secano, llegados a Barcelona dispuestos a ahogarse en la estética. Ariadna reunía las ventajas de su máscara de bruja prerrafaelita, un pasado de eficaz secretaria de una notaría con la *rara avis* de notario avanzado, activista combatiente contra los excesos policiales o judiciales del franquismo. Ariadna disfrutaba de una disponibilidad presente de asesora de silencios de los jóvenes leones que llegaban a su casa de Atzavara en busca de cigarrillos de hachís, ensaladas de arroz y el espectáculo de aquella pequeña burguesía ilustrada y fronteriza, condenada a envejecer y a morir sin la posibilidad de una restauración revitalizadora como la experimentada por Atzavara, monumento histórico y premio al mérito turístico por el empeño de recuperar su pasado piedra a piedra de las canteras locales.

Afortunada o desafortunadamente, la fauna fue enriqueciéndose con nuevas aportaciones atraídas por un boca a boca comunicador de los extraños y robinsonianos prodigios que se producían en un rincón de la costa catalana aún casi por colonizar. Pero algunos de los buscadores de nuestro reino afortunado no encajaban en él, eran flor de una quincena, de un mes, de un verano y luego se iban en busca de emociones con mayor valor de cambio no tan ensimismadas como las que aportaba la corte de Atzavara. Entre los que llegaron a nuestras costas y se quedaron, primero como oyentes y luego como personajes activos, tengo que hacer especial mención de Pau Dosrius y sus invitados, un muestrario suficiente de intelectualidad aborigen y europea que Dosrius había reclutado en su condición de perteneciente a la tercera generación de exiliados del franquismo, huido a París y Londres a raíz de las huelgas organizadas en la década de los cincuenta. Dosrius era un banco de datos viviente y mortificante por la extensión y lentitud de sus exhibiciones, acumulaba sabidurías en toda la extensión de sus células, hasta el punto que se sospechaba que al igual que las grandes cantantes pueden retener el aire en los ovarios, él llevaba escondida una enciclopedia ilustrada en veinte tomos hasta en los huecos que a su edad empiezan a ocupar las hernias. Y si era apetecible el inicio de sus exhibicionismos culturales a partir de cualquier provocación del auditorio, un sopor crispado iba extendiéndose a continuación a medida que Dosrius demostraba no sólo conocer la totalidad de la obra de Rubens sino incluso el tamaño exacto de los cuadros y la genética y genealogía de las termitas en aquel momento preciso actuantes contra el preciado legado artístico. Tampoco desconocía las tesis de Bernal sobre cristalografía, ni las costumbres de los búhos, tal vez porque convivía con un cachorro de búho que había salvado del salvajismo de los niños lugareños, irritados ante la pequeña bobería del pájaro.

Dosrius solía llevar su búho a las fiestas de Atzavara, consciente de que introducía algunas modificaciones en la imagen mitológica estable de Minerva y la lechuza.

Muy propenso a puntuar a los demás, Dosrius en sus apartes hacia el oído de sus propios invitados solía resumir el valor de los muchachos y las muchachas de Atzavara según su grado de instalación en la conciencia pública, pero contribuía a la discreta complicidad generalizada sobre sus privadísimas vidas limitando sus informaciones a las actividades de cintura para arriba. Por ejemplo, si a mí, como me consta, podía resumirme como un escritor menor pero hábil, a la Sanglas la había vendido a la conciencia de sus foráneos invitados como una simpática neurótica que fingía vivir de la decoración internacional, sin que se le supiera ni un encargo proveniente del Gold Gotha, y a Rafa como un interesante diseñador de joyas un tanto lastrado por el provincianismo imaginativo que se había instalado en la España franquista, y a Montse Graupera como una madame Bovary a la que su marido le había salido coprotagonista de la novela y que su trato era mucho más interesante por lo que pudiera acercar a Carlos Basté de Linyola que por ella misma. Dosrius era un personaje selectivo que partía de una autoestima personal y difícilmente transferible, educado en la dura escuela del exilio donde mucho le había costado llegar a sobresalir del lacerante anonimato de refugiado político sin excesivo protagonismo. Y en cuanto a sus invitados, estaban a la altura de su escaso poder adquisitivo de notabilidades internacionales, aunque bien es sabido que cualquier figura de segunda o tercera en el extranjero es consciente de que penetra en España con una moneda intelectual más fuerte que la peseta. Merodeaba el grupo de Dosrius una pretendida condesa austro-francesa consciente de que así como un italiano, Navaggiero, había introducido el endecasílabo en España y un inglés el funicular del Tibidabo, tal vez ella estaba llamada a divulgar la existencia de *Le Monde* para mejor ilustración de tan indígena gente. Por lo demás era una espléndida dama rubia de facciones grandes y caderas poderosas, prototipo de mujer colchón que suele poblar mis sueños.

Si Atzavara había sido empeño y refugio de tan variopinta gente por obra y gracia de estrictas relaciones personales, la noticia de su transformación había sido mercancía informativa algún verano anterior y desde entonces llegaban curiosos dispuestos a sorprenderse por nuestras transformaciones, incluso algún autocar de ancianos reumáticos alemanes, dentro de los planes de entretenimiento disuasorio de la tercera edad del que los alemanes fueron pioneros en toda Europa. Pero sobre todo por entre los muros embalsamados de Atzavara circulaba cada año un turismo local discretamente arqueólogo dispuesto a maravillarse ante aquella prefabricada supervivencia del pasado, una prefabricada supervivencia nacida por el empeño de los alegres muchachos y muchachas que en su día decidieron dar la vuelta a Atzavara y colocar *livings* en las viejas cuadras y estudios en los desvanes donde se guardaba el forraje imprescindible para las vacas o los cerdos del *living*. Igualmente como turistas eran los aborígenes campesinos, pescadores, artesanos, camareros locales que paulatinamente habían vendido sus viejas casas restaurables y se instalaban al pie de la sierra, junto al mar, en viviendas estándar enladrilladas en las que reproducían chimeneas meramente decorativas y frías, más copiadas de los anuncios publicitarios que de las sólidas chimeneas de su memoria rural. Y turistas en el fondo éramos los matrimonios con hijos veraneantes, siempre de visita, incluso en nuestras propias casas, o en las madrigueras de los alegres muchachos y muchachas, compañeros de pequeñas liberaciones imaginativas y breve abismo moral y psicológico al que nos asomábamos con los pies firmemente instalados en las rutinas de los lunes. Matrimonios *voyeurs* que matizaban su complicidad según una escala ideológica pero jamás biológica, jamás se manchaban con la angustia biológica que envolvía a los alegres muchachos y muchachas condenados a ser espectáculo y jamás público. Los matrimonios más cómplices éramos de izquierda liberal y los menos cómplices pertenecían al sector de ricos profesionales, comerciantes o industriales con inquietudes autocontroladas a lo largo de cuarenta años de mala educación sentimental y de amedrentada conciencia civil. Para unos y otros, Paqui Sans, Luisa Sanglas, Montse Graupera, Pruden, Ariadna y sus *boys*, Rafa y sus amantes de temporada, Farrerons, las parejas estables de alegres muchachos eran como la prueba del nueve de nuestro cosmopolitismo y liberalidad. Pero jamás llegábamos hasta el fondo de su tragicomedia, a pesar de que nos apuntábamos a todas las juergas de arroz y conversación que se iban alcoholizando a toque de las campanadas de la iglesia, incapaces de imponerse al tono cáusticamente divertido que iban adquiriendo las alegres muchachas, envalentonadas por las luces internas del vino y la oscuridad uniformadora del pueblo, más allá de sus *livings*-cuadra o de sus graneros acondicionados para el abandono en la conversación ambigua y en la laxitud de la alta noche.

En los cinco años que median entre el nacimiento y el comienzo de la decadencia de la comunidad, asistí a un cambio de preocupaciones que repercutió en un cambio de conversaciones. Así como al comienzo eran sus vidas públicas y privadas lo que más importaba y cada verano servía de balance a lo hecho o por hacer durante las tres restantes estaciones, ya en los encuentros de fin de semana de la primavera de 1974, después del atentado contra Carrero Blanco, las conversaciones se fueron politizando y nos descubrimos de pronto todos metidos en un esfuerzo de clarificación política que nos alineaba dentro de una clara oposición al régimen, desde posturas ideológicas estéticamente radicales y vitalmente moderadas. Es decir, nada de la estética revolucionaria nos era ajeno y no le hacíamos ascos a ninguna iconografía del santoral revolucionario, llamárase Che Guevara, Puig Antich, Spínola, Otelo Saraiva de Carvalho, Carrillo o ETA, pero a la hora de imaginar el cambio rechazábamos *in mente* cualquier solución que modificara nuestro estatus de consumistas suficientes, sin demasiado patrimonio, con escasos instrumentos para poseer el mundo que no fueran las tarjetas de crédito o las letras de cambio. Además, junto a la comunión antifranquista, tan lamentablemente oculta y aplazada, se revelaba un sustrato de sentimiento catalanista que con el tiempo se convertiría en el único recurso de radicalismo estético. Es decir, cuando ya decantada la transición política hacia la moderación y la normalidad paneuropea, casi todos los alegres muchachos y muchachas de Atzavara tomaron posiciones sabiamente centristas y centradas, el hecho de ser entonces cada día más catalanistas, más enfrentados al centralismo superviviente en el nuevo estado democrático, les suministraba un gerovital radical, de militantes en una causa aún aplazada, romántica y probablemente perdida. De hecho sólo yo dependía de un mercado extracatalán para mis productos, desde mi condición de escritor en lengua castellana, aunque mi genealogía fuera catalana por los cuatro costados: Millás Serratosa Siurell Balcells. Tanto Rafa como Sau, por ejemplo, tenían su mercado casi exclusivamente en Catalunya, Montse trabajaba para un instituto del extrarradio barcelonés y Luisa decía tener su clientela entre Barcelona, Londres y Nueva York; Gratacós era un pianista relativamente internacional...; es decir, el más dependiente de una clientela española era yo y a eso quizá se debe atribuir mi escaso entusiasmo ante aquel crecimiento de fiebre nacionalista del que Farrerons era el más apasionado portaestandarte. Al fin y al cabo Farrerons era laboralmente neutro.

Aunque se proclamaba diseñador, vivía de las rentas que le dejaban dos parkings barceloneses lo suficientemente amplios como para permitirle vivir bien sin trabajar.

La flebitis de Franco a comienzo del verano había introducido un elemento lúdico macabro de conversación y orgía. Todavía no estábamos establecidos plenamente en Atzavara, pero ya nos veíamos durante fines de semana prolongados y agotamos las reservas de champán del supermercado de la carretera de la playa, dispuestos a que la noticia del fallecimiento no nos sorprendiera sin burbujas. Y en vista de que el Caudillo se resistía a abandonarnos, fuimos consumiendo las botellas con una sed histórica un tanto draculina, sed que tuvimos que prolongar durante un año y medio porque el dictador decidió no morirse hasta noviembre del año siguiente. Pero lo importante era participar en una sensación excitante de que muerto el dictador, nada sería igual y que vivir la putrefacción misma de la dictadura era una ocasión a nuestro alcance que ojalá no vivieran las generaciones venideras. Como dijo Dosrius, a veces genial sobre todo cuando parafraseaba:

—Nadie ha sabido lo que era gozar del estímulo de su propia impotencia si no ha asistido al entierro lento y absurdo de una larga dictadura omnipotente.

Y en nombre de esa alegría del espíritu pusimos a prueba nuestro hígado y nuestro estómago. Hasta cinco veces llegamos a celebrar el preanuncio de la muerte del dictador y las conversaciones apasionaban los agravios que Franco había cometido contra el país y contra su educación sentimental. Achacaban a Franco el intento de destruir Catalunya y una regresión moral que había condicionado sus infancias y sus adolescencias bajo el peso de una moralidad asfixiante y antinatural. El espectro político de los contertulios más habituales iba desde el izquierdismo radical y anarquizante de Ariadna y sus *boys* hasta el degaullismo latente en algunos de los profesionales más consolidados, degaullismo matizado, como ya he dicho, por una cierta radicalidad en la reivindicación nacional catalana. Pero sobre todos ellos funcionaba el mecanismo solidario del antifranquismo como suprema opción ideológica aplazadora de compromisos políticos más clarificadores. En la investigación de sus propias raíces no iban más allá de las claves culturales de la represión: la represión fascista generalizada, la represión moral derivada de una cultura de clase, la represión educacional e informativa recibida en colegios religiosos. En algunos casos se llegaba a expresar la sorpresa ante el descubrimiento de que habían sido entregados a esa educación represora por unos padres educados en el entusiasmo esperanzado de la República. «Trataban de expiar en nosotros su propio pecado de optimismo y de emancipación», opinaban unos, o bien «Era una simple medida de supervivientes. Como la madre de Moisés cuando lo mete en el canastillo. Nos metían en la corriente de la represión y la mediocridad para que salváramos la vida».

—Como los habitantes de la caverna platónica —sermoneó Dosrius en una ocasión que no consigo delimitar—, nos hemos visto obligados a alimentarnos de sombras de la realidad y de afirmaciones impuestas sobre la unicidad de la verdad: Dios no hay más que uno, sexos no hay más que dos, las pirámides de Egipto son tres.

Creo recordar que este fragmento de «epístola a los atzavarenses» lo pronunció Dosrius una noche singular en la que cohabitó con nosotros un extraño personaje llegado de la mano de Vicente. Un joven, a todas luces desplazado, amigo suyo de la infancia, según creo, que primeramente fue considerado uno más en el desmedido veraneo de Rafa, pero que luego se vio claramente que había acudido a Atzavara sin saber muy bien dónde se metía. La prueba es que llegó, se asomó y se marchó, y si lo recuerdo es porque me conmovió su adoración por la cultura, puesta de manifiesto cuando, advertido de que yo era escritor, se me acercó devotamente y me confesó su admiración por todas las personas que tenían capacidad creadora. Es una lástima, me dijo, que muchas personas que tienen vidas muy interesantes carezcan de instrumentos para expresarse.

—Tanta lástima o más me da la existencia de tanto escritor que no tiene nada que decir.

—No lo entiendo. Si escribe es que ya ha dicho algo.

Me salía formalista el forastero, pero no se lo tuve en cuenta porque era conmovedora su ingenuidad y le pregunté si alguna vez había leído alguna cosa mía. Me dijo que no tenía mucho tiempo de leer, aunque le interesaba mucho y me preguntó mi opinión sobre unas obras detestables que habían caído entre sus manos, cuyos títulos no recuerdo. Más de una vez he pensado en aquel encuentro como la demostración misma de lo necesaria que sería una política cultural de fomento de la lectura y no esas políticas culturales que hoy día se llevan que sólo son exhibicionismos politiqueros para justificar un presupuesto dedicado a cultura. No hace mucho me tomé la molestia de mirar la lista de obras adquiridas por la Generalitat de Catalunya para difundirlas por las bibliotecas y, aparte de un exagerado, aplastante, predominio de las obras escritas en catalán, la selección de obras en castellano estaba guiada por la voluntad de congraciarse con los prestigios más entronizados. Por ejemplo, no figuraba en ese inventario ninguna de mis biografías noveladas y ya no hablemos de mis dos primeras novelas, especialmente de *Largos días de umbría.* Hice escribir una carta de protesta al director literario de la editorial, sugiriéndole que para no dar pie a una interpretación interesada, no se limitara a pedir explicaciones por los títulos no incluidos de su editorial, sino que incorporara otros y le di una lista en la que figuraba *Largos días de umbría.* La respuesta fue una pasada. Elogiaba el potencial y recta política de la editorial, pero, precisamente, debido al éxito comercial de sus producciones, precisaba menos la protección de las instituciones «... y en cuanto a las obras de otras editoriales que usted adjunta, nos son casi del todo desconocidas, extremo este que trataremos de corregir». Es probable que yo me hubiera excedido en el inventario de obras ocultas, movido precisamente por el celo de sacar a la luz tanto injusto olvido, pero es intolerable que una Dirección General del Libro desconociera, aunque sólo fuera por causas informativas y por nivel cultural medio, que yo, cabeza de ventas por mis biografías noveladas, había escrito una obra tan significada como *Largos días de umbría.*

No es que la morbosidad política impidiera del todo la explayación de las cuestiones personales, más allá incluso del revuelo causado aquel año por la aparición de Vicente. Uno de los juegos más constantes en la convivencia estelar entre los muchachos y las muchachas eran los fingimientos de atracciones mutuas, incluso algunos juegos eróticos que ellos necesitaban organizar de vez en cuando para sembrar la duda sobre sus incorrectas intenciones. Era ya hacia la madrugada cuando ellas conseguían una amable agresividad contra los alegres muchachos que ellos encajaban y a veces contestaban adoptando maneras de *latin lovers* y fingiendo una peligrosidad heterosexual torpemente ejercida mediante manoseos de zonas no erógenas y algún beso con lengua sostenida, beso de concurso para batir el récord mundial de enfundado de lengua. El más ostentosamente sexuado, Farrerons, era también siempre el más empeñado en hacer alardes pasionales hacia el sexo femenino, divulgando *sotto voce* su extraordinaria potencia sexual hacia los dos bandos y exteriorizando únicamente su decantación incondicional hacia el bello sexo. Pero quizá de todos los juegos entrecruzados el más constante y el más sutil, porque se basaba en medias palabras, miradas y ensimismamientos, era el que se llevaban Pruden y Rafa, antiguos amigos ya de antes de la marcha de Pruden para casarse con el señorito ganadero. Rafa era amigo de los hermanos mayores de Pruden y había mantenido correspondencia y afecto con aquella casi adolescente convertida en una vaquilla azorada y añorada. En cada retorno a Barcelona había una obligada salida con Rafa, solterón de inaccesible vida privada, poblada por escasos amigos y entre ellos el veterano Sau, según algunos su iniciador estético, según otros también su iniciador homosexual. Pruden se había sincerado con Irene, tal vez buscando un punto de apoyo menos convencional o interesado que el que podían ofrecerle sus amigas más constantes y le había revelado cómo al principio trataba de defenderse de la inclinación hacia Rafa, dispuesta a mantener el compromiso de fidelidad hacia su marido y que cuando ese compromiso lo rompió con otros, esperó la primera ocasión de reencuentro en Barcelona para tentar a Rafa a consumar lo que ella creía era un deseo latente y aplazado en los dos. Pero en lugar de acogerla con los brazos abiertos, Rafa fue estableciendo distancias que a ella la obligaban a dar pasos adelante cada vez más comprometidos y desairados hasta que él se vio obligado a pararle los pies con toda la amabilidad que siempre ha caracterizado a Rafa, pretextando la imposibilidad psicológica de dar el paso de amigo, casi hermano mayor, a amante, es decir, un pretexto de canción de Juanito Valderrama.

Si yo nunca te hablé
de amores ni casamientos
¿por qué vas disiendo a la gente
que falté a mi juramento?
Nunca se han juntao

tu boca y la mía, serrana,
y sólo he dicho quererte
como a una hermana.

Le canté la canción a Irene cuando me transmitió las revelaciones de Pruden y conseguí ponerla furiosa. Guardaba aquella confidencia como se guarda la hostia consagrada en la custodia o en el regazo de los mártires a lo san Tarsicio y no toleraba que me tomara a broma los sentimientos.

—Te ríes de ellos porque en el fondo los menosprecias, porque en el fondo los consideras como cualquier reaccionario, aberrantes, viciosos.

—No. Me molesta sólo su voluntad de disimulo. Y tampoco me molesta, me invita simplemente a la ironía, pero sin mala leche.

Pero quizá tuviera Irene razón y no pudiera quitarme el filtro de la mala fe colectiva ante las conductas sexuales anormales. Desde aquella revelación me pareció ver más ostensiblemente la secreta corriente magnética que había entre Pruden y Rafa, el tono de voz especialmente tierno en que él le hablaba y la tendencia al quite protector que brotaba espontáneamente de Pruden. Y su abatimiento de aquel verano lo atribuimos, creo que todos los que estábamos en el secreto, a que con la aparición de Vicente, Rafa daba un paso sin retorno. En cuanto a los que no estaban en el ajo, contemplaban la afinidad entre Rafa y la mujer como algo ya incorporado al paisaje de Atzavara. De siempre se había comentado que entre Rafa y Pruden había una corriente afectiva más profunda, ejercida durante años según los tópicos de la protección masculina amistosa a la separada angustiada. «A Rafa le va Pruden», comentaba frecuentemente Luisa Sanglas, mientras guiñaba el ojo a quien la escuchara y a la inevitable botella abierta. Pero la Sanglas controlaba las debilidades de los amigos, se sentaba rompiendo parejas nacientes o las diluía en mares de Cune tercer año que siempre escanciaba con la suficiente torpeza como para que los bebedores se convirtieran cada fin de semana en carne de tintorería. Entre las alegres muchachas comentaban las novedades afectivas de los alegres muchachos y estaban al tanto de sus excesos, depresiones y efervescencias. Así conseguimos saber todos que Vicente era un extraño en la noche que Rafa se había encontrado en el sur de las Ramblas y que había amanecido en su piso de soltero con una maleta llena de pocas cosas, la maleta de un muchacho que cruza la calle para huir de casa.

En cuanto tuve esta imagen, la del muchacho que atraviesa una calle con una maleta y descubrí su origen, uno de los poemas de *Lavorare stanca* de Cesare Pavese, me encariñé con la idea de empezar una historia corta relatando el paso del Rubicón de Rafa, lo que había significado como acto de sinceridad en medio de las dobles vidas asumidas de sus compañeros de excepción e incluso redacté varios folios, creo que doce o trece que me robaron una semana de dedicación al proyecto sumarial de las *Biografías noveladas*. Pero luego empezaron a aparecer dificultades de todo tipo, no sólo de restar dedicación a algo que era lucrativo en beneficio de una aventura literaria en la que yo era el único inversor, en la que ningún editor corría ningún riesgo previo, porque en el caso de las *Biografías noveladas* yo recibía suficientes anticipos que me permitían funcionar. Porque también se planteaba el problema moral de la identificación de los personajes y de las dificultades que ello plantearía en nuestra convivencia de verano. Les consulté el asunto a Postius y Masramon y recibí respuestas complementarias aunque diversas. Postius se había planteado el caso como tema de inspiración pictórico y me enseñó algunos bocetos de escenas en la playa en los que había una lectura más crítica que hedonista de las posturas de los alegres muchachos y muchachas y ésa fue mi observación.

—Me decantaría más por una visión a lo Gauguin. Al fin y al cabo son como precursores insuficientes de una moral de ruptura o precursores imposibles, lastrados por el peso de la educación y los prejuicios.

Postius sopló como un gato a la defensiva.

—¿Qué quieres? ¿Que me tomen por un figurativo gay, el figurativo gay que falta en el retablo de la pintura catalana contemporánea? Estos bocetos los voy a guardar y quién sabe, con el tiempo... pero de momento no continúo. Y tú harías santamente imitándome. Además, plásticamente hay un cuerpo, tema, pero literariamente lo dudo. Tendrías que exagerar mucho los personajes y tú tienes tendencia a irte a por la simbología o a por la transcripción exacta, no tienes término medio.

Eso pensaba Postius de mi capacidad de autor. No se lo tuve en cuenta porque éramos amigos desde el bachillerato, pero capté el tono crítico de su observación. Masramon fue más racional en su toma de posición.

—Ya hay una literatura abundante sobre el tema de la homosexualidad, desde todos los puntos de vista. Pero después de Gide y del *Maurice* de Forster, creo un despropósito meterse en ese campo. Tampoco eres un Genet para hacer una literatura en la que te juegas tu propia piel. Tendrías que estar muy, muy fascinado con el tema. ¿Lo estás?

—No. Fascinado no. Atraído. Yo había pensado adoptar un punto de vista narrativo evocador y algo lírico, ese saber transmitir el proceso íntimo desde una aparente distancia que consigue Pavese en *Tra donne sole*, por ejemplo.

—No conozco la obra. He leído mal a Pavese, en infames traducciones argentinas. Tú mismo. Creo que es cuestión de interés. Si te interesa realmente, escríbelo, siempre te servirá como ejercicio de escritura desintoxicante de tanta biografía novelada.

—Cada uno es responsable de sus intoxicaciones y amaneramientos.

Le dije, porque al fin y al cabo él se veía obligado a dar clases de fundamentos de filosofía o de ética, estética y psicología en los cursos primeros, cuando su verdadera vocación era especializarse en estética y a los cuarenta y cuatro años cumplidos no lo había conseguido. Y ya que hablaba de intoxicaciones, ¿qué otra palabra podía aplicarse a los manuales de filosofía para BUP que él ha corredactado con otros dos compañeros, digestos informativos sin la menor altura filosófica para adolescentes obligados a una inútil memorización? ¿Justificaban sus clases derivadas y sus manuales precarios que se autollamase filósofo, como me constaba que se autollamaba porque con ese adjetivo salió en las listas de las personalidades que protestaban por el garrote vil a Puig Antich? Pero, como siempre, Masramon había dado en el quid de la cuestión. Dependía de mi interés y mi interés se esfumó definitivamente cuando Irene, a la que también le consulté el caso e incluso le dejé leer las páginas escritas, me dio un contundente ultimátum.

—Si tú escribes y publicas eso, yo no vuelvo a Atzavara.

Era injusta pero realista. La historia de la literatura está llena de obras magistrales que en el momento de su publicación mortificaron a las personas reales que habían posado para ellas. No hablemos ya de los personajes concretos situados en el Infierno del Dante, sino de la real madame Bovary o la no menos real Ana Karenina que posaron para hacer posibles las novelas de Flaubert y de Tolstoi. La identificación de los modelos muere con los modelos y su circunstancia, su entorno humano, en cambio la obra sobrevive e inmortaliza sufrimientos que exceden a las vivencias concretas de los sufridores. Pero no estaba yo para perder ni un minuto más en aquella zozobra, arrinconé las páginas y me metí de lleno en la diagramación de mi encargo, incluso procurando desde aquel día alienarme más en lo que sucedía, integrarme más, ser más protagonista y eliminar así la tentación de la distancia contemplativa y el riesgo de que degenerara en escritura. Y me ayudaron mucho mis frustrados personajes previstos y otros imprevistos que se fueron incorporando a la tragicomedia, como aquellos dos farsantes que vinieron, cómo no, de la mano de Ariadna, previamente anunciados como el no va más de lo que se llevaba en los círculos más dinamiteros y que a la postre no fueron otra cosa que dos pésimos actores de una posible película contracultural de escaso presupuesto realizada por el peor de los directores de la Escuela de Barcelona.

Cuando les vi aparecer disfrazados de ladrones de Bagdad sobre las dunas de Atzavara presentí que venían a tomarnos el pelo más que a enseñarnos lo que no sabíamos. No digo yo que la circunstancia en sí misma, excitada tanto en lo sincrónico como en lo diacrónico, es decir en nuestra circunstancia personal y en el marco histórico general lleno de presentimientos, no fuera la causa última de lo ocurrido. Pero las acciones humanas influyen y los dos «sultanes», como fueron exageradamente bautizados por Ariadna, jugaron un papel detonador innegable en la explosión final de aquel verano, en una escalada de audacias de alcohol, lenguaje y contactos furtivos, de las que la aparición de Vicente había sido un anticipo. Nada habría ocurrido de no llegar de pronto aquella extraña pareja de dos muchachos morenos, de controlada hermosura, disfrazados de príncipes de Arabia según una lectura muy *sui generis* de las películas más arabizantes. Es decir: igual hubieran podido parecer el ladrón de Bagdad o Sabú en *El libro de la selva* o cualquier bailarín en reposo de las danzas del príncipe Igor. Eran maricas continentales, de tierra adentro, maquillados de levantinismo y llegados de la mano de la sacerdotisa de la nueva cultura, como monstruos de riguroso estreno en su corte de fenómenos contraculturales. La novedad excitó a los alegres muchachos y muchachas, así como la agresividad de *parvenus* que exhibían los sultanes y en general los apóstoles contraculturales que la sacerdotisa buscaba en sus secretos vertederos de marginalidad pasteurizada. Los sultanes pasaron de una inicial ironía desveladora dirigida a los alegres muchachos a una sarcástica crítica por lo vergonzante de su situación. No obstante, jamás les sometieron a la afrenta de su anormalidad en público aunque sus indirectas eran suficientemente comprendidas por los mirones. Hubo un evidente cambio de clima, un antes y después de los sultanes. Un salto mortal al vacío desde, por ejemplo, el concierto que nos dio Gratacós hasta la fiesta del 15 de agosto. En el salón elegantemente embalsamado por antigüedades del *modern style* catalán, donde alcanzaba una difícil hegemonía la sillería diseñada por algún discípulo de Puig i Cadafalch («No llega al genio de Gaudí pero son muebles *émouvants*», sancionó el arquitecto, invitado por invitado), los matrimonios *voyeurs* y los alegres muchachos alcanzaron la laxitud crepuscular y musical requerida, aunque las pieles atezadas, el resplandor de la carne bien cuidada, la voluntad de ser exquisitos de aquellos cuerpos recién salidos de una digestión mediterránea, contrastaba con las penumbras puntillistas de Mompou o Toldrá o Blancafort. Era una situación de plenitud armónica, olímpica, eso es olímpica situada por encima de cualquier tribulación externa o interna. Entre aquella sesión placentera de salón de entreguerras y la enervante noche del 15 de agosto en el mismo lugar, apenas si mediaron dos semanas y sin embargo ya nadie era lo que había sido. Hubo quien se metió en lo más profundo de su cáscara con la esperanza de que no llegaran allí las lanzadas de los dos intrusos y hubo quien quiso estar a la altura de su provocación: dependía de los grados de inocencia o de inseguridad, según se mire.

Ariadna los había soltado como quien suelta dos hurones en una madriguera de conejos y eso se vio desde la primera velada a la que asistieron, una velada en la que los alegres muchachos quisieron mearse en las cuatro esquinas de su territorio, como advertencia a los recién llegados de que nada tenían que enseñar dentro de aquel espacio acotado. Y así montaron una exhibición de heterosexualidad bilabial, un concurso de besos chico-chica al que aplicaron más lo que habían visto u oído que lo que habían hecho, aunque en los prolegómenos de su despertar sexual, casi todos ellos habían intentado demostrarse a sí mismos que eran normales y habían intentado noviazgos convencionales. Mas de aquellos engaños iniciáticos había pasado mucho tiempo y estaban más influidos por John Gilbert o John Barrymore que por Alain Delon o Richard Gere, aunque Farrerons dejara constancia de que a él quien le había enseñado a besar era Cary Grant en *Encadenados*.

Los sultanes miraban, estudiaban y hacían sus planes. No bien terminado el jueguecito pueril de los alegres muchachos, introdujeron el suyo y todos tuvimos la impresión de que hasta entonces se había jugado con garbanzos y a partir de entonces la partida se jugaría en dólares. Pero ya antes de introducir sus reglas del juego, no habían permanecido quietos durante el primer desafío, actuando como agentes rompedores del ecosistema amoroso tan cuidadosamente construido durante años. No respetaron ni el equilibrio comercial de Pepe y Sebas, ni la luna de miel entre Vicente y Rafa y hasta acariciaron el cogote al viejo Sau, regalándole excitaciones de juventud que le hicieron estremecer. Los sultanes contemplaban los juegos con una atención convencional, pero en la trastienda, en el momento en que más falsa y alta era la alegría colectiva, uno de ellos puso la mano sobre la rodilla de Vicente y éste la apartó como una muchacha virtuosa cuya extremidad inferior sufre un asalto en un cine de barrio. La risotada del sultán desconcertó al personal y creó en la estancia el malestar lógico producido por la división de los ojos: el uno en los jugadores y el otro en las acciones de los provocadores, porque el que no había asaltado a Vicente continuaba insinuándose al arquitecto. «Están borrachos», circuló una voz. «Están pirados», circuló otra voz. Lo cierto fue que la condición de idos disculpó la grosería social que habían cometido y nadie quiso ver que alguno de los asaltados secundaba el asalto, como Pepe, que aceptó un penetrante beso de marinero hambriento sin que Sebas, su socio, pudiera disimular un malestar casi físico, ora apoyaba el cuerpo en una nalga, ora en la otra, como si la impecable silla rescatada por Sau de un desguace de villa modernista estuviera martirizando las posaderas del ex pintor.

No obstante, el desasosiego colectivo fue bastante mitigado por el imprevisto comentario de Paqui Sans, quien, en un ramalazo cultural derivado de una excesiva frecuentación de las crónicas de sociedad de *La Vanguardia*, firmadas por Merlín y que habían quedado en el poso cultural de Paqui mucho antes que *La femme eunuque* de Germain Greer, dijo: «Ha sido una velada muy agradable». Pero días después Luisa Sanglas se entrometió en casa de Rafa a una hora no convenida y en décimas de segundo captó una desbandada de cuerpos desnudos o semidesnudos, desbandada no tan rápida como para que Luisa no viera perfectamente con sus propios ojos que el arquitecto malcubría su desnudez con un delantal de doncella de vodevil francés, que Pepe dejaba en su carrera un sombrero frutal a lo Carmen Miranda y que Gratacós trataba de borrarse con el dorso de la mano el pastel de *rouge* que cubría sus labios. Tumbado en la *chaise longue*, Rafa comprobó sonriente la súbita normalidad que se había producido a su alrededor y apenas frunció el ceño al comprobar que Vicente no había huido y seguían sobre la mesa los ligueros de coristas de cancán puestos. Como si no existiera Vicente ni los ligueros, Rafa atendió a Luisa y después la acompañó hasta la puerta. No bien cerrada ésta, Luisa creyó oír desde la calle un coro de risotadas y algunas protestas entre las que destacaba el tono de reconvención autocrítica de Vicente interrumpido por la voz de Rafa: «¡A lo hecho, pecho!».

Con nuestra complicidad, las alegres muchachas tuvieron tema de conversación y convinieron en que la llegada de los sultanes había alterado las viejas convenciones hasta el punto de ser imprevisible el desenlace del verano. «Luego llegarán las depresiones», profetizó la Sanglas. «Y vendrán a llorarlas sobre nuestro regazo virginal», insistió. «Cuando Rafa te venga a contar sus cuitas, Pruden, le mandas a paseo. Que se busque un sultán o un Vicente.» «Pobre», respondió Pruden, sometida a un auténtico baño de Cune tercer año que malcaía de la botella empuñada por la Sanglas. Ariadna no supo dar explicaciones exactas sobre el origen de los sultanes. «Son de Aragón, creo, y me los recomendó un poeta valenciano.» Sabía que uno de ellos era pintor y el otro poeta, aunque iba diciendo que su único objetivo en la vida había sido llegar a primera bailarina del Bolshoi, objetivo inalcanzable ya. Por lo tanto, se dedicaba a vivir de su padre y de su amigo, el pintor. El despiece de la bestia se hizo delicadamente, con irónica amabilidad, conscientes todos los contertulios de que nada tenían que oponer a los vicios privados de los alegres muchachos y en todo caso criticar suavemente sus públicas virtudes. «Me revienta la hipocresía», decía la Sanglas hipócritamente. «Pobres», insistía Pruden con todo el interior de su cuerpo convertido en una barrica de Cune tercer año. Paqui Sans abría y cerraba los ojos con fingidas sorpresas de dama joven compañera de Mickey Rooney en cualquier película del juez

Harvey. Ariadna traducía en su sonrisa brujeril un inexplicado regocijo malévolo ante una situación que confirmaba sus tesis sobre las máscaras humanas. Montse, borracha como todas las demás juntas, jalonaba las parrafadas de la Sanglas gritando: «¡Joder no es pecado!». Primero la Sanglas trató de oponerle el argumento de que no criticaba lo ocurrido por el pecado de la fornicación, sino por el de la ocultación pueril. «Todos tenemos más de cuarenta años», aseguró la Sanglas como definitivo argumento y provocó una llorera estruendosa en Pruden, que había procurado olvidar la implacabilidad del calendario.

He de confesar que más que irritado ante la actuación de los dos chicos, estaba interesado en los efectos que provocaban y tal vez algo impresionado por el ejercicio de sinceridad que exigían de todos los demás, auspiciado por su aparente propia sinceridad, aunque tenía mis reservas sobre el bien que finalmente iban a causar sobre los que al fin y al cabo se quedarían con la resaca. Este sentido y no otro tenía la respuesta que le di a Montse Graupera, que como siempre quiso darme una lección de capacidad de comprensión, diciendo que al fin y al cabo aquellas provocaciones ayudarían a todos a clarificarse y como yo le dijera que podían hacer daño a nuestros amigos, dijo que yo estaba haciendo literatura. Para personaje literario y falso, tú, pensé, que pareces la heroína de una novela feminista aún por escribir, pero tuve paciencia y me limité a preguntarle si acaso todo aquello que estábamos viendo no era literario, no era literatura y me contestó que también había sexo, como si tuviera que darme esa lección, como si no tuviera yo ojos en la cara y cojones en las ingles. Mi animosidad hacia Montse era espontánea y difícil de racionalizar, aunque por si yo no tuviera motivos personales, me bastaba la evidente adoración que le guardaba Irene, seducida por aquella dualidad de gran señora y mujer emancipada que exhibía la señora Basté de Linyola. Me molestaba que le saliera a Irene aquella faceta de señorita insuficiente, hija de un tendero acomodado de Manresa, con el título de licenciada en pedagogía colgado en el recibidor de nuestro piso de Barcelona, como si hubiera ahorcado cinco años de su vida. Me recriminaba constantemente que nada hubiera hecho por estimularla a ejercer, como justificante para ocultarse a sí misma su escasa capacidad de hacer dos cosas a la vez: no hacer nada y ejercer de pedagoga. Y a esa frustración por lo que pudiera haber sido y no era, unía la impresión de que a pesar de mi más discreta presencia en el mundo literario, no habíamos conseguido asomarnos al universo real de la gente que contaba, al poder poder en todas sus variadas dimensiones. En cambio para Irene, Montse podía entrar y salir cuando quisiera de aquel universo donde estaba el poder real y además era profesora en ejercicio que siempre podría enseñar las huellas del trabajo en unas metafóricas palmas de las manos. A medida que yo creía ascender en el escalafón económico y cultural, aumentaba la irritabilidad de Irene contra mí, bien porque considerara lenta o insuficiente mi ascensión, bien porque ya viera el final de la escalera como irremediablemente inalcanzable. De no haberla frenado con mi labor de racionalidad, Irene se habría pasado con armas y bagajes a aquella insensata *troupe* y, ahora lo comprendo, yo jugaba un doble y angustioso juego al presenciar en primera línea unos acontecimientos que me desagradaban, pero consciente de que debía vigilar de cerca a Irene, no fuera a meterse en el fondo del volcán obligándome a meterme de lleno, yo también, en el fuego. ¿Qué nos esperaba a los dos más allá de aquella invisible pero establecida barrera entre el límite de lo convencional y el principio de lo atípico? ¿Qué hay más allá de los espejos? ¿Cómo puede saberse sin romperlos? ¿Y si al romperlos te quedas para siempre sin la antigua imagen a cambio de no tener una imagen suficiente de repuesto? Puede ser mediocre vagar siempre dentro de la misma silueta, pero prefiero la mediocridad a la angustia de vivir sin silueta, como un hombre invisible. En aras de la permanencia de esa imagen, por ejemplo, yo me había protegido del exceso de verdades, verdades sobre mí mismo, verdades sobre Irene o sobre Irene y yo o sobre mí o nuestra relación con los demás. Por ejemplo, cada vez que yo había sido infiel trataba de serlo sólo por una vez, temeroso de que la repetición crease un hábito competidor con el gran hábito general de mi vida hasta entonces. Cada vez que yo sospechaba una infidelidad de Irene, una vez saciado de sufrimiento morboso, prefería pasar al estadio de la sospecha o de la duda, para terminar razonando que era improbable que Irene hubiera podido traicionar a un hombre tan completo como yo. Si bien en los últimos años, la infidelidad era casi una pauta obligada, impuesta en nuestro medio como una demostración de que se habían superado prejuicios burgueses, de que existía la píldora y de que las mujeres podían emanciparse económicamente, yo había cortado la penetración de esta ideología en nuestro matrimonio, haciéndole ver que la pretendida superación del prejuicio pequeño burgués de la propiedad privada de los cuerpos no era otra cosa que la entrega a la irresponsabilidad pequeño burguesa de gozar de lo inmediato sin calcular las destrucciones que pudiera conllevar.

—¿Acaso el proletariado —le razonaba yo a Irene— no tiene los mismos instintos lúdicos y hedonistas que la burguesía? ¿Por qué en cambio no juega con esta alegría a la libertad de sexos? Porque a la burguesía la infidelidad le sale gratis y al proletariado la infidelidad le destruye un ecosistema económico, afectivo y emocional del que depende su propia supervivencia.

No era Irene muy dada a los planteamientos abstractos, sino más bien impulsiva o instintiva y siempre tenía una historia que contarme que oponía lo que juzgaba mi pudor de menestral de Gracia, aludiendo a mis orígenes de hijo de una modesta familia de artesanos gracienses, mi padre era un excelente tapicero y mi madre era primera oficiala de Santa Eulalia. Por ejemplo, al principio del desmadre del posmayo francés me vino con el cuento de que Postius y su mujer habían llegado a un acuerdo sobre infidelidad voluntaria.

—Se reunieron fuera de casa, en una cita convenida.

—¿La convinieron por teléfono?

—No. Cuando se levantaron, una mañana Armand le dijo a Nuria: hoy quedamos a las cinco en La Casita Blanca y ella primero se escandalizó, pero luego le hizo gracia poder hacer el amor con su marido en un *meublé*. Se encontraron allí, hicieron el amor y Armand le dijo: Eres demasiado dependiente de mí y no puede ser, parecemos dos adolescentes que no podemos dar ni un paso el uno sin el otro, parece como si sólo pudiéramos amar a una persona, hay que vacunarse, y por lo tanto a partir de ahora tú tendrías que tener un amante y yo también. Sin escenas. Sin malas caras. Eso aumentaría nuestra experiencia, nos haría sentirnos más libres. Primero a Nuria le costó mucho asumirlo y lo pasó muy mal con sus primeros escarceos extramatrimoniales, pero luego lo encontró bien y ahora me dice que se daría de bofetadas por haber perdido tantos años.

Me indigné. Me parecía una frivolidad de *boy scouts* lascivos y además indecente que se metieran en nuestras vidas predicando aquel apostolado.

—¿No puedo hablar en confianza con Nuria? ¿De qué hablas tú con tus amigos?

Con Postius hablé, y muy seriamente, de lo que me había contado Irene. Se sinceró y me dijo que casi todo era cierto, que lo del *meublé* lo había añadido Nuria, que era muy imaginativa y que en realidad lo habían planeado todo una noche de un sábado, después de haber visto en la tele *Cincuenta y cinco días en Pekín* y que siempre se había arrepentido de haber dado aquel paso.

—Yo tenía entonces un lío con una chica galerista de Madrid y me molestaba el doble juego porque mi relación era bastante intensa, entonces le expuse el plan a Nuria, creyendo que yo podría seguir jugando, pero ella no se atrevería a jugar. Y me equivoqué. Lo mío con la galerista terminó y en cambio Nuria tiene los planes que quiere. Aquí mucha emancipación y mucho mangante. Pero son cuatro las tías que follan y cinco mil los que hacemos cola.

Me maravillaba su capacidad de disimulo, pero me bastaba la sinceridad de Postius como para contraargumentar ante Irene: Desengáñate, quien más pone más pierde, este tipo de pactos conducen al fracaso y a la ruptura, más tarde o más temprano. ¿Es eso lo que quieres? ¿Quieres la ruptura? No,

Irene no quería la ruptura y el tema no volvió a reaparecer hasta años después, cuando los acontecimientos se precipitaron, como siempre, en seguimiento de palabras desmedidas y excesivas. Se dice: Ojos que no ven, corazón que no siente. Yo creo más sabio ser fiel al principio de que por la boca muere el pez y que siempre es mejor callar si no se puede mejorar el silencio. Juzgado con perspectiva, los que nos considerábamos mediada la década de los setenta a salvo de las destrucciones implícitas en el desmadre del 68, no habíamos calculado que el tradicional retraso con el que siempre han llegado las novedades a España se acrecentaría entre 1974 y 1977 con el clima de apertura y cambio de piel que introdujo la transición. Ha sido necesario esperar más tiempo, meternos más en la década de los ochenta para que las aguas volvieran a su cauce y la sensatez recuperara su valor de uso. Es decir, en el clima general de 1974 las crisis de conciencia permanecían no sólo larvadas sino expectantes y cualquier elemento perturbador podía romper el difícil equilibrio. Sin saberlo no éramos sólo espectadores de la destrucción del espejo en el que habían compuesto su imagen los alegres muchachos y muchachas de Atzavara, sino que estábamos implicados, a nuestra medida, en aquel ejercicio de replanteamiento óptico. Lo afirmo y lo demuestro con la perspectiva que da el tiempo y con la decantación de rabias, furias, agravios concretos que pueden conseguirse al cabo de tantos años. Éramos casi todos miembros de unas promociones reprimidas que nunca habíamos degustado los sabores de la libertad. Todo en nosotros eran miedos y complejos de culpa: miedo a perder la libertad, la respetabilidad, el trabajo, la madriguera familiar, el pasaporte, el avión, y de todos esos miedos nacía esa prudencia de supervivientes con la que la mayoría conseguimos mantener el estatus moral y estético hasta la muerte de Franco. Los que supieron pasar la maroma entre la normalidad vitalicia del franquismo y la normalidad democrática, sólo han notado el cambio en los periódicos y en la programación de películas en la tele después de las doce. Afortunadamente ha sido la inmensa mayoría. Pero los que se dejaron llevar por la apariencia de cambio profundo, fascinados por las fauces que parecían tragarse todo lo miserable y cobarde del pasado, ésos han tenido que avenirse al código de la selección de las especies: los más fuertes se han impuesto y han podido llegar muy lejos sobre la ola de los nuevos tiempos, los más débiles no han podido volver al otro lado del espejo y cuando lo han hecho ha sido para comprobar que estaba definitivamente roto. Éste era el simbolismo que estuve a punto de desarrollar cuando Postius se separó definitivamente de su mujer en 1978 y ni uno ni otro consiguieron durante mucho tiempo una identidad que los demás pudieran reconocerles. Incluso cambió la pintura de Postius, y su aspecto, y su mujer pasó de ser como una galleta María a no ser nada equivalente o parecido a nada. Parafraseando el título de Uhland, inicié una novela corta titulada *Luis Feliu o el hombre que perdió su imagen*, pero luego mi propia historia se mezcló con la de los Postius y ya no estuve de humor para otras literaturas que las que ayudaran a pagar las pensiones de los niños, la de Irene y mi propia supervivencia y decoro.

Otro hecho que, aunque ya superfluo a estas alturas, ayuda a explicar el clima de disolución de las normas que se iba instalando progresivamente fue aquella excursión en barca que encabezó un yate propiedad del amigo de Rafa y que nosotros secundamos en lo posible con la Zodiac de Postius. Embarcamos a Irene y a Nuria en el barco grande y fuimos nosotros a la zaga, Postius, yo, sus dos hijos y los míos, dos parejitas de edades similares, a las que inculcábamos, desde la más absoluta esquizofrenia, los roles convencionales de futuros novios y esposos. ¡Cuántas arqueologías conviven en una misma persona! ¡Tantas o más que en una misma ciudad! Nos tomó mucha delantera el yate y llegamos hasta él cuando ya llevaba media hora anclado. A medida que nos acercábamos se iban concretando las imágenes, pero se concretaron mucho antes para los niños, que empezaron a gritar excitados y sorprendidos:

—Mira, papá, a Farrerons se le ve la sardina.

En efecto, sobre la cubierta se paseaban despelotados Farrerons, Vicente, el mismísimo Sau y las mujeres, incluidas las nuestras, menos Montse, que conservaba al menos las bragas del bikini. No pude disimular mi malestar por lo que era más exhibicionismo que naturalidad, especialmente en el caso de Farrerons, que presumía de tener el pene en estado perpetuo de semierección y era inevitable mirárselo de tan mágicamente alzado que lo tenía. También me desagradó que Irene se sumara a la desnudez, más por gregarismo que por gusto, más por estar *à la page* que por sentirse cómoda en su desnudez y cuando indagué sobre el origen de tan desgraciado desvelamiento, nadie supo encontrarlo, pero estaba claro. Aunque ausentes de la excursión, los dos sultanes y su «sinceridad» habían influido en que la desnudez integral formara parte de las normas de conducta del grupo. No pensaron que había niños en la expedición, no tuvieron en cuenta que el pudor para algunas personas es algo más o algo menos que una mala educación en la intransigencia: es simplemente un ejercicio de libertad al escoger el pudor frente al impudor. Éste era mi caso y no voy a presumir de haber podido enseñar tanto como ellos enseñaban, aunque me consta que la respetabilidad sexual se consigue no tanto por el tamaño como por la contundencia y constancia en la erección, así como por la agilidad en los movimientos. Aquella carnicería desplegada sobre la cubierta del yate más parecía materia para revista pornográfica de homosexuales que canto a la conducta libre en la naturaleza libre, porque a fuer de sinceros eran mucho más atractivos ellos que ellas e incluso Sau revelaba espléndido cuerpo y notorios atributos para sus sesenta años cumplidos. Si no me gustó el espectáculo, no caí en la zafiedad de exteriorizarlo e incluso favorecí en los niños una asimilación normal de lo que estaban viendo.

—¿Y por qué no enseñas tú la sardina, papá?

—Tu papá no la va a enseñar, pero yo sí.

Exclamó Postius, se bajó el Meyba y sin darnos tiempo a ver nada se lanzó al agua. Sólo Rafa en el yate y yo en la Zodiac conservábamos trajes de baño puestos y fue un clamor avergonzante el griterío que iniciaron las mujeres, entre ellas Irene, reclamando que nos desnudáramos del todo. No me di por aludido, me eché al agua y me puse a nadar como si me fuera en ello la vida y cada brazada era para mí un pretexto para descargar una íntima indignación que no sabía contra quién personificar. Y no acabaron allí las pruebas de mal gusto, sino que un idioma procaz, lascivo y carente de ese barniz encantador que el erotismo consigue mediante la segunda intención, empezó a cruzarse entre bañistas y navegantes, provocadoras las mujeres y alzados sobre tacones postizos de masculinidad los alegres muchachos. Tampoco fue edificante el juego de persecución acuática que montaron Postius y mi mujer, como si fueran delfines desnudos practicando juegos de iniciación, fingiendo agarrones para sus desnudeces y aullando como cochinillos expuestos a la cuchilla del matarife. No me esperaba esto de Postius y debí hacer caso de Nuria, que desde la cubierta del yate me obligaba a mirar el espectáculo a voz en grito.

—Mira. Mira esos dos. Sube y vamos a enseñarles tú y yo lo que vale un peine.

—Déjales que disfruten. Se acerca la vejez a pasos agigantados.

Era casi cierto para Postius que tenía mi edad, pero no para Irene, que acababa de cumplir los treinta y cinco. Menos mal que Nuria no sabía nadar, porque de lo contrario se habría arrojado al agua a mi encuentro y yo no habría sabido qué hacer con aquella galleta María remojada. Siempre he sido muy delicado para mis apetitos sexuales. Cuando me va la pareja, puedo ser un jinete implacable, pero cuando no me va, mi hijo predilecto se niega a crecer y, es más, se esconde entre los pliegues más recónditos de su madriguera. Además necesitaba cargarme de razón para el que presumía inaplazable ajuste de cuentas con Irene. Lo hubo. Envié a los niños a jugar con los hijos de Postius y le describí a Irene el cuadro de lo sucedido tal como yo lo había visto.

—Hemos vivido lo suficiente como para saber que el sentido del ridículo tiene sus límites pero existe. Imagínate mi primera impresión cuando me acerco a la Zodiac y veo a toda esa gente con la titola por delante, en una evidente demostración pueril y angustiada de que están bien dotados. Allá ellos y bienvenida sea cualquier iniciativa que les ayude a aceptarse a sí mismos. Pero si afino las miradas veo que la despelotez ha contagiado también a nuestras amigas, dispuestas a jugar a sirenas tentadoras de algo que no es ni carne ni pescado, es decir, sirenas mala sombra que juegan a la baja y que además no están como para despertar pasiones excesivas. Pero tate. Aún quedaba algo por ver. Dos mujeres hasta ese momento espectadoras divertidas pero distantes de tanto desmadre, se creen en la obligación de no quedar a la zaga y se desnudan en público del todo por primera vez en la vida, más en un acto de borreguil sometimiento al rebaño que por libre elección de una conducta independiente. Y por si faltara algo tú te pones a jugar a la sirenita y el sirenito con Postius para regocijo general del personal, que habrán pensado, primero, que soy un estrecho y, segundo, que soy un cornudo.

Que ya estaba harta, me dijo. Y repitió la palabra harta hasta los máximos registros que podía alcanzar con su voz bastante aguda. Que el obseso sexual era yo, que tenía la mirada de un Torquemada y el miedo de un mojigato. Me lo decía a mí, a mí, a uno de los escritores que incluso bajo el franquismo más lejos fue en la investigación de la conducta erótica de sus propios personajes, como lo demuestra el hecho de que tuve que forcejear con la censura en defensa de más de dieciocho párrafos de *Largos días de umbría* en los que las descripciones behavioristas de cuerpos desnudos y en acción conducían fatalmente al lector a la evidencia del coito. Lo que había molestado al censor no era llegar a esa evidencia, probablemente porque no había sido capaz de completar el puzzle, sino la insistencia en el uso de la palabra «carne» para hacer referencia a la materia prima y desnuda de la protagonista femenina.

—Podría usted dejarlo en cuerpo.

—Pero cuerpo es una estructura abstracta y carne es más sensorial.

—Pues precisamente por eso, amigo Millás, precisamente por eso. No me obligue a mutilar dieciocho párrafos que por otra parte son espléndidos.

Como ante el censor, también ante Irene tuve que contener mi capacidad de respuesta, pero pude haber aportado a aquella discusión las pruebas definitivas de que en mis hasta entonces contadas infidelidades, no era falta de imaginación e iniciativa sexual lo que las había caracterizado por mi parte y que en cambio el comportamiento de Irene en la cama era exasperadamente rutinario, inculto y pasivo. Pero no era cuestión de enseñarle los escasos tesoros que escondía en mi pequeña trastienda, casi inevitables en la vida de un escritor de éxito, ni de abrirle los ojos sobre su inexperiencia cuya evidencia podía inducirla, histéricamente, a buscar aprendizaje fuera del matrimonio. Precisamente en *Largos días de umbría*, novela que transcurre en una ciudad imaginaria, más o menos Venecia o la sombra de Venecia, quién lo sabe, qué más da, durante diecisiete días de lluvia, niebla y nubes, uno de los deseos supuestos del protagonista masculino es que el objeto de su amor, inconcreto, pluriposible, hombre, mujer, animal, cosa, vegetal, recuerdo, tiempo, rosa, crea que sólo hay una posibilidad de amor y sólo un posible amante, favorecido el engaño por el clima de penumbra, de casi oscuridad en el que viven los dos entes amorosos de la novela. Llega un momento, es decir, un párrafo, me lo sé de memoria, en que Álvaro, él, se plantea matar al objeto de su amor para poseerlo definitivamente según el topos poético de la posesión mediante la muerte y de la complementariedad casi sin transición entre amor y muerte... «... pero —monologa Álvaro y cito de memoria— la posesión de lo amado mediante la muerte respeta a los culpables del temor y condena en cambio a uno mismo a la mutilación de lo que lo hace necesario. Basta. Basta de palabras. Sombras. Escaleras. Fusil teleobjetivo. Vacaciones pagadas. Leones. San Marcos. Orquestas en el vientre y la muerte bizantina. Cadáveres para una fotografía aérea. Amor. He matado a los culpables. Me he salvado a mí mismo». Contra lo que pueda parecer no es final, sino casi el comienzo, porque se invita al lector, como en *El año pasado en Marienbad*, a entrar en un ritmo paralelístico de una situación dramática recordada que ha dado pie a la situación novelesca. ¿Si es convencional la narración en sí misma, por qué no puede serlo la memoria?

Volviendo de la derivación hacia territorios de teoría literaria, punto y aparte para retomar el hilo de los hechos, la ristra de eslabones que iba configurando la cadena que nos iba envolviendo. Nuestras relaciones salieron muy dañadas de aquel enfrentamiento y la crudeza de mi ataque agravió exageradamente a Irene, como si le diera pie para exagerar la sensación de ofendida y comportarse a partir de entonces en consonancia con la gravedad de mis sospechas. Cuando nos encontramos con los Postius y los Masramon aquella noche, para el habitual paseo digestivo hacia el bosque, antes de decidir sumarnos o no a lo que estuviera organizado, comprobé que también Nuria y su marido traían caras largas, mientras los inocentes Masramon seguían en su luna de miopes y en cambio selectivos espectadores. No me servían como ejemplo de actitudes sabias ante la evolución de los acontecimientos, porque los Masramon tenían corta historia civil, ya que tanto él como ella habían colgado los hábitos a fines de los sesenta y aún olían a refectorio y cera derretida.

—Se acerca tormenta.

Dijo Masramon inocentemente y sin comerlo ni beberlo se convertía en profeta meteorológico y moral.

En seguida agosto estuvo a punto para recibir feroces tramontanas y nubes viajeras primero a lomos del viento del sur. Se ensuciaba la luminosidad de la arena y había que recurrir a un jersey para ir de casa en casa con la ensalada de arroz y el Cune tercer año a cuestas. Se recuperaban libros hasta entonces sepultados por la luminosidad cenital del verano. Tras los ventanales de Atzavara quedaban campos roturados y márgenes llenas de hinojos rociados por la lluvia, niños y viejos a la caza de caracoles aromatizados por el hinojo y el ciprés bruscamente convertido en una premonición del otoño. Hubo quien anunció un pronto regreso a la ciudad si no mejoraba el tiempo. Más de una mañana las pandillas de Atzavara se quedaron a la orilla del mar, contemplando impotentemente el juego privado de las olas que trataban de ocultar la hosquedad repentinamente revelada de las lejanas rocas de Roda. Alguno se atrevía a coger la Zodiac, cruzar rápidamente la distancia que separaba las rocas de la playa y quedar al abrigo de los peñascos según soplara el viento. Pero se necesitaba mucha voluntad marinera o mucha exasperación veraniega o muchas ganas de amortizar la compra de la barca para insistir en un empeño que llevaba al frío y al descubrimiento de todos los resentimientos del Mediterráneo. El tiempo nos ensimismaba y no había un clima propicio entre Irene y yo como para disfrutar de aquellas vacaciones de introversión después de tantos días sin intimidad. Por otra parte, mis relaciones con Postius no se habían normalizado y por si faltara algo le había llegado un invitado que me irritaba especialmente: un editor de la nueva ola, especializado en literatura ilegible, en esas novelas en las que los protagonistas tardan cuarenta páginas en abrir una ventana o subir una escalera, en las que no hay emociones humanas, experiencia, en suma, carne humana. Era un editor miope y cáustico que disimulaba tan mal como yo el desprecio que sentíamos el uno por el otro desde que tuvimos un altercado en una mesa redonda sobre «El impacto del *boom* latinoamericano en la novela española». Sostuvo la tesis de que el éxito del *boom* no se había debido a la bondad de las novelas de los García Márquez, Vargas Llosa y compañía, sino a lo malos que eran, es decir, éramos los novelistas españoles. Cuando yo sarcásticamente dije:

—Por la parte que me toca me niego a aceptar que yo sea peor novelista que el amigo Artiach editor.

—Pues siento decirle que no iba por usted porque a usted no le considero ni siquiera un mal novelista.

No me mordí la lengua.

—Lo malo de los editores de este país y de los críticos es que nunca consiguen ser menos malos que los autores que editan o que critican.

Y así estuvimos durante media hora. Era pues una desconsideración de Postius, al que le constaba mi antagonismo con Artiach, el que lo hubiera invitado.

—Lo siento, chico, pero quiere editarme una carpeta de acuarelas con un prólogo de Luis Goytisolo.

No había tenido la delicadeza de decírmelo hasta ahora, ni la previa consideración de que también yo había podido ser el prologuista. No es que yo le dijera nada, y ni mucho menos se lo reprochara, pero no debía de tener muy limpia la conciencia cuando se creyó en la necesidad de justificarse.

—Ha sido una imposición de Artiach. Me refiero al prologuista.

—No entiendo qué tiene que ver tu pintura de caballos inexistentes y de oleajes ambiguos con lo que escribe Luis Goytisolo.

—Pues le han gustado mucho las pruebas que ha visto de mis pinturas y en el prólogo dice que mi mayor virtud es la informalidad de mi formalismo, la no figuración de mi figurativismo.

Tengo cierta experiencia en prólogos y sé cómo se sale del paso. La mejor manera de quedar bien con un prologado es decirle que además de ser lo que es también es todo lo contrario, es algo parecido a la técnica que emplean los seductores más carotas cuando convencen a una mujer de que además de ser guapísima es desaprovechadamente inteligente. Tenía pues Artiach para rato y maldije aquel verano que tan de culo se me ponía y nunca mejor empleada la expresión. Era ya un rumor a voces que entre los sultanes y Rafa preparaban una gran fiesta del ecuador de agosto, el día precisamente de la Virgen de agosto y que todos los demás colonos sólo deberíamos prestar nuestra presencia y capacidad de asombro: ellos pondrían todo lo demás. Traté de prepararme psicológicamente para el desafío, lo que ya intuía como desafío, e hice lo propio con Irene, a la que veía cada día más seducida por el casi cotidiano paseo por la raya fronteriza entre lo permisible y lo no permisible. Hice más. En la tarde misma del 15 de agosto fingí tener mareos y una cierta descomposición intestinal y empecé a profetizar que no estaríamos en condiciones de ir a la fiesta de la noche.

—Tú no estarás en condiciones de ir. Yo sí. Tómate cuatro

pastillas de Sulfointestín y te dejaré hecho un pote de arroz hervido.

—Muy bonito. Tú en la fiesta y yo en el lecho del dolor.

—No seas criatura. Como si la fiesta fuera en la otra punta del mundo. Estamos a cuarenta metros.

Tuve que mejorar pues repentinamente y lo atribuí a la drástica acción de las pastillas. Se acercaba la hora de la cita y aumentaba mi nerviosismo y con mi nerviosismo una insaciable sed de whisky que yo tomaba siempre muy rebajado con agua helada, como si fuera un trago larguísimo, casi un refresco de whisky del que aquella tarde consumí más de un litro. Tenía pues el espíritu envalentonado cuando llegó la hora de lo irremediable y hasta Irene estaba sorprendida de mi buen humor y de mis decididos deseos de llegar cuanto antes a la convocatoria. Pero Irene no quiso que llegáramos entre los primeros.

—Los que llegan los primeros parecen porteros, parecen los encargados de abrir la puerta.

Me senté pues en una silla, contemplando melancólicamente el vaso de whisky depositado en el suelo entre mis pies, mientras Irene ultimaba en la cocina una pequeña sorpresa que se había permitido aportar a la fiesta, a pesar de la consigna de que no era necesario llevar nada. Por lo que me había explicado se trataba de una variante de su aportación preferida, la crema de limón. La variante consistía en añadir a la crema ralladuras de la corteza del limón.

—Es lo mismo pero no es lo mismo.

Me comentó gratamente sorprendida después de haberlo probado.

—En efecto.

—Cambia la textura y hace más agresivo el sabor, ¿no te parece?

Cuatro o cinco veranos a régimen de crema de limón habían conseguido hacerme pasar por diferentes estados de ánimo ante su degustación, de la aceptación a la indiferencia, pasando por el odio y la repugnancia. Pero entonces reconocí que con la variante aquella crema estaba exquisita, quería que

Irene fuera a la fiesta satisfecha y relajada y ella me dio un beso de agradecimiento por mi elogio. Luego comprobé que quien más quien menos, todos aportaban algo con voluntad de superación y Rafa, el anfitrión, se encontró con ocho variantes reposteras que se sumaban a la ya abundante cocina que habían elaborado los alegres muchachos, reforzados en esta ocasión por los sultanes, que dejaron su sello inconfundible también en la cocina. Habían confeccionado unas pastas almendradas con hachís, receta aprendida en Amsterdam, concretamente en la ex iglesia convertida en tugurio contracultural con el nombre de Paradiso. Cuatro cremas de limón tradicionales competían con dos situadas en el punto justo en el que suelen encontrarse afortunadamente tradición y revolución: la de Irene, con las ralladuras de limón incluidas y la de Pruden, que había extendido la capa de crema de limón sobre una base compacta de arroz con leche demasiado cocido. Como todos los limones procedían del mismo supermercado y quizá, del mismo árbol, se conseguía un común gusto de fondo, matizado por las variantes cuando las había. Mérito aparte era el de Paqui Sans, que incapaz de distinguir una sartén de un fox trot, se había empeñado en hacer un flan de naranja, sin naranjas y sin huevos, por lo que explicó, ya que, asesorada por la dependienta del supermercado, había descubierto algo que le había sorprendido gratamente.

—Se puede hacer un flan con unos sobrecitos llenos de polvo que huelen muy bien. Como las naranjas en este tiempo no valen para nada, me lo ha dicho la chica del supermercado, he utilizado un pote de zumo y creo que está bastante bueno.

Fue un alud de público el que se asomó a aquel magma anaranjado que no había conseguido alcanzar la estatura del flan ni la placidez de la crema y más parecía una pulpa informe y agrietada, no uniformemente coloreada, y los que se atrevieron a probarlo, comprobaron que la textura de la masa era desigual y de zonas de blandura apetecible, pasaba a grumos tumorales llenos de harina cruda, por lo que dedujeron que en alguna fase de la elaboración, asustada por la poca consistencia del producto, Paqui había recurrido a la harina como aglutinador, no por conocimiento específico de las propiedades de la harina, sino por algún secreto mandato genético que le llegaba de algún antepasado que sabía cocinar. Empeño también innovador el de la Sanglas consistente en alternar estratégicamente capas de los resecos melindros industriales del supermercado con océanos de mermelada inglesa de excelente calidad, hasta conseguir un dulce rascacielos de ocho pisos, posteriormente cubierto por una crema de limón. Pero había algo más en el sombrero de copa de la Sanglas: un conejo con ciruelas y su cocinero, un profesor de yiddish de la Universidad de Columbia que era un experto *amateur* en antigüedades askenazis y un enamorado del conejo, tal vez por su condición de animal rechazado por los paladares norteamericanos. Él había descubierto el conejo con ciruelas en el restaurante del hotel Lutecia de París y le había parecido una demostración de la superioridad de la cultura europea sobre la norteamericana, según había tratado de divulgar en un artículo para el dominical del *New York Times.*

—El conejo es la carne de la sutileza, frente al *steak sirloine*, que es una grosería proteínica. Si a esa carne sutil le añades el contraste dulce de la ciruela, obligas al paladar a una doble lectura.

Si bien el profesor gozó de un cierto protagonismo al comienzo de la fiesta, luego fue eclipsado totalmente, a partir del momento en que llegaron los dos sultanes con sus disfraces de gasa, corinto y azul, del primer día, llevando la cola de Ariadna que era una parodia de cualquier mantón mariano hecho con un cubrecama historiado. Para aquella noche Ariadna se había reservado una sorpresa bien guardada: iba acompañada de un vendedor de coches deportivos cuya cabellera empezaba en las cejas, justo a tiempo de dejar espacio para una barba rasurada pero tan espesa que parecía azul la cara en todo lo que no fueran ojos y nariz. Es un semental, anunció Ariadna en un aparte con las alegres muchachas, pero poco partido también se le pudo sacar aquella noche porque, precipitado bebedor, fue dado por desaparecido a la hora de iniciado el festejo y reapareció en el momento de las despedidas, debajo del amontonamiento de chales, rebecas, chaquetas y bolsos de mano. El vendedor roncaba con sordina y como si tuviera frío estaba casi abrazado al profesor de yiddish, que dormía con la boca abierta y los ojos entornados.

Yo llegué a la fiesta lleno de whisky y de buenos propósitos y lo veía inicialmente todo con los mejores colores. Para empezar, Rafa estaba impresionante con su túnica bereber y a su lado Vicente, vestido de limpiabotas napolitano, hacía los honores de la casa, lleno de sonrisas, manos y palabras apropiadas para dar recibimiento y hacerse cargo de las prendas que nos sobraban. Me caían todos tan simpáticos que me dediqué a repartir besos y la Sanglas me hizo la broma de poner los labios donde yo esperaba mejilla. Los labios de la Sanglas eran posesivos como su carácter y si bien no abrió la ventanilla para que el beso se complicara, salí del encuentro con la impresión de que habíamos perpetrado algo más que un acto de cortesía. Si había besado a la Sanglas por primera vez después de cinco años de conocernos, ¿por qué no a la austriaca, a la señora condesa que colgaba del brazo de Dosrius ofreciendo con la otra mano a Rafa un paquetito de «exquisitas trufas», dijo, aunque era más evidente su escasez que su exquisitez? Así que me fui a por ella y primero le besé la primera mejilla con las manos sueltas, pero antes del segundo beso la cogí por los hombros y entre sus vacilaciones y las mías para poner las cabezas en su sitio, nuestros labios se rozaron y fue un roce cálido que exigía una segunda prueba. Dosrius, a nuestro lado, no salía de su asombro, en el sentido exacto de la expresión y lo expresó divertidamente en voz alta.

—Caramba, Millás. No salgo de mi asombro. Te has pasado a la fracción frívola.

En éstas llegaron los Postius con su editor y me satisfizo que mi estado de ánimo exultante contrastara con el rostro apepinado y de juez crítico que exhibía aquel artesano al servicio de una literatura escrita por señoritos para señoritos. Se pasó toda la noche por los rincones, tratando de ser advertido como un espíritu aparte, incluso haciendo el payaso y arrodillándose ante una Virgen que habían puesto allí llena de flores y rezando o haciéndose el interesado por la degustación de los bellos objetos y los libros de arte de Rafa, y no por la fiesta en sí misma; pero salvo Postius y su mujer, nadie le hizo el menor caso y acabó sentado ante el piano tratando de tocar cosas chuscas, entre ellas el *Cara al sol.* Mi voluntad de aquella noche era romper las barreras de incomunicación que mantenía con buena parte de los alegres muchachos, por ejemplo, ¿qué sabía yo de las vidas y deseos de Pepe y Sebas, o del mismo Sau, tres personajes sin duda más interesantes que Gratacós, tan excelente pianista como personaje sin sustancia? Era imposible conectar con Sebas y su socio, porque desde el comienzo se perdieron por las alturas de la casa en compañía de los sultanes, pero allí estaba Sau aguantando un discurso de Dosrius, un tanto crítico sobre algunas de las modificaciones experimentadas por las viejas casonas bajo la dirección del arquitecto. Se defendía Sau sin ganas de defenderse y como lo que le interesaba a Dosrius era pegar el rollo fuera a quien fuera aparté a Sau aparentemente continuando una antigua conversación sobre arquitectura, aplazando los reclamos que le dirigía Paqui Sans para que cantara aquella canción tan bonita, aquella que le salía tan bien. Creo que Sau estaba más inclinado a la propuesta de Paqui que a mi repentino interés por sus opiniones, pero me atendió muy amablemente, con un punto de ironía en sus pupilas bailarinas.

—Al fin y al cabo se trataba de adaptar un espacio hoy en día imposible de encontrar en las viviendas convencionales, ni siquiera en las unifamiliares, a no ser que sean muy caras, a nuestros programas de vida de profesionales liberales. Ésa fue la filosofía del asunto y no inventé nada que no hayan hecho ya los franceses en el Midi, en Provenza por ejemplo. En Francia hay miles de construcciones más nobles que aquí, incluso construcciones campesinas, porque siempre ha sido un país más rico y eso lo refleja la arquitectura. Pero aquí podían hacerse maravillas con estas viejas casas de pueblo catalanas, aisladas o no, masías o no, llenas de añadidos y desniveles, más sólidas en sus paredes maestras y por lo tanto propicias para remodelar a fondo todos los interiores. Eso es todo.

—Seguro que ha sido lo que más te ha satisfecho de tus obras.

—¿Mis obras?

Se echó a reír.

—Porque tú procedes del GATPAC, tú te codeaste con Sert y aún te escribes con él... Me lo ha dicho Rafa.

Se reía con condescendencia hacia sí mismo, hacia Rafa, hacia Sert. Cuando se reía se arrugaba y parecía un viejo pulcro y afable, era entonces el suyo un rostro muy diferente al terso telón maquillado y levemente sonriente que solía ofrecernos.

—Por si te interesa, sí. Cuando yo era casi un escolar y quería ser Mies van der Rohe, mi ídolo de juventud, me pegaba a todo lo que parecía arquitectura de vanguardia. Era antes de la guerra y en Barcelona había un grupo muy interesante inspirado por el Bauhaus, muy conectado con *D'ací i d'allà*, una revista de vanguardia. De Mies van der Rohe me gustaba entonces todo, hasta las ideas. ¿Sabías que Mies van der Rohe había sido un revolucionario, un espartaquista?

De Mies van der Rohe lo sabía casi todo, porque al comienzo de mi carrera de publicista había hecho un resumen de la arquitectura contemporánea para la Enciclopedia Pulga. Pero Sau movía los ojos y las cejas para abarcar el ámbito arquitectónico en el que estábamos.

—Esto es anti Mies van der Rohe puro. No creía en los remiendos. Ni en arquitectura ni en historia.

Y se echó a reír.

—Me emocionaba tanto el pabellón alemán de la Feria Internacional de mil novecientos veintinueve que me pasaba horas y horas contemplándolo y yo era un chiquillo, un chiquillo, creo que aún llevaba pantalón corto o de golf, o algo así. Fue una lástima que se lo cargaran, pocas veces la arquitectura racionalista ha conseguido dominar de tal manera el espacio, con aquel talento poético que tenía Mies. En Mies había un gran rigor sintáctico, como decían sus críticos, pero una gran poesía de fondo utilizando aparentemente las palabras más neutras, más funcionales.

Paqui Sans volvía a la carga y yo me había quedado sin habla.

—Luego vino la guerra, acabé arquitectura, construí no lo que me dejaron construir, sino lo que me permitía ganarme la vida. Sert y los demás se habían exiliado, yo ni siquiera tenía edad para exiliarme. ¿Qué iba a hacer un muchacho con cuatro años de carrera en un mundo en plena guerra mundial? Así que para ellos la gloria y para mí la supervivencia. *J'ai vécu.*

—La arquitectura es una cultura plural, como la literatura. Cada época revisa sus mitos y mira de una manera diferente lo del pasado. Es como diferentes arqueologías...

—Muy bonito. Muy bonito. Pero la verdad, Millás, ni me importa ni me interesa. La vida suele ir por su lado y la cultura por el suyo, sólo coinciden cuando te tragas lo que han hecho otros genios o cuando te desesperas porque tú no lo eres. Prefiero que no coincidan nunca. Además estoy a punto de jubilarme. He traspasado mi taller a un sobrino y que me pase un tanto al mes. Un vitalicio. Y a vivir, que son dos días.

Y a cantar, porque Paqui Sans consiguió finalmente despegarlo y Sau, fingiendo ser difícil de convencer, cabeceaba como una pícara mula muda, hasta que fue clamor la petición de que cantara y pidió luces, extremo que solucionó Postius cogiendo una lámpara de pie, cargándosela al hombro y enfrentando la pantalla al lugar exacto del imaginario escenario donde Sau se concentraba, chasqueaba los dedos, se cimbreaba para entrar en trance y cuando encontró el punto justo para su esqueleto antiguo, se dirigió al público en un correctísimo andaluz un tanto contagiado por el relajamiento del vocalismo catalán.

—Respetable público, que tanto me quiere y al que quiero mushoooo. Con to mi corasón y toa mi alma voy a ofreserles... *¡La bien pagá!*

Y como un Miguel de Molina reencarnado, con su misma voz de doncella lírica y melancólicamente apasionada se lanzó a la interpretación de la canción y lo que había sido un conjuro mágico que nos dejó a todos como hipnotizados, se fue diluyendo a medida que fue aceptando nuevas peticiones y él mismo perdió la tensión poética de su primera interpretación, para irla sustituyendo progresivamente por una disposición paródica de disco con las revoluciones alteradas. Antes de que se me fuera de los labios el buen sabor, me aparté de la juerga folklórica y al hacer un censo de las personas que iban y venían, subían y bajaban, bien porque yo iba muy pero que muy colocado, bien porque realmente los otros estuvieran tan bebidos como yo, lo cierto es que me pareció estar en el seno de una espléndida fiesta báquica en la que todas y todos éramos felices. Todas no. Porque al pasar junto a la puerta de una de las terrazas creí ver a Nuria Postius en actitud abatida, desanduve lo andado y asomé la cabeza. En efecto. Nuria Postius no sólo estaba abatida, sino que lloraba desconsolada y asoladamente. No estaba dispuesto a tolerar yo que aquella noche nadie fuera infeliz y me apresté a consolarla, recibiendo a cambio unos ojos enrojecidos, aguados, indignados, de galleta María.

—Déjame en paz. Preocúpate de tus cosas. No te fijes tanto en mí y fíjate más en lo que te concierne.

Esotérico. Me pareció esotérico y seguí mi deambular, tratando de evitar por igual a los sultanes, a los folklóricos, al editor pianista y a Dosrius, que disertaba sobre la navegación a vela. No estaba la austriaca en la tertulia y me entró una insospechada curiosidad por saber qué estaba haciendo, soltera y sola en la vida, me dije varias veces, soltera y sola en la vida... Le pregunté a Ariadna si la había visto y abrió los brazos y los ojos de serpiente ofreciéndome o bien la vastedad del mundo para encontrarla o bien la necesidad de salir al jardín. Preferí limitar las posibilidades y gané el jardín donde se habían refugiado Masramon y otras gentes apacibles y hacia el fondo acariciando una escultura metálica de Corberó, un amenazante cono terminado en un vértice alargado y criminal, estaba la condesa, con los cabellos trigales subrayados por las farolas esféricas que iluminaban el jardín según presupuestas zonas de estar y los brazos y las piernas abiertos como para que penetrara en su cuerpo el relente de la noche perfumado por los matorrales de dondiegos. Me acerqué hasta ella y me quedé a un palmo de distancia esperando que abriera los ojos. Tan fuerte era mi respiración que volvió de su éxtasis y al descubrirme tardó en identificarme, aunque aún sigo en la duda de si me identificó realmente, lo cierto es que aceptó mi compañía con una sonrisa total, me cogió de una mano y avanzó hacia el límite del jardín canturreando:

Nos plus beaux souvenirs fleurissent sur l'étang
dans le lontain château d'une lointaine Espagne.
Ils nous disent le temps perdu ô ma compagne
et ce blanc nénuphar c'est ton coeur de vingt ans.

Miró intensamente hacia donde suponía que yo tenía los ojos, sumergido como estaba en la más profunda de las sombras y musitó:

—*Leo Ferré. Tu connais?*

—Sí. Menos que a Brel o a Brassens... pero lo conozco...

Hizo un gesto despectivo para borrar a Brel o a Brassens de mis altares.

—*Leo Ferré, seulement.*

Y continuó canturreando:

Un jour nous nous embarquerons
sur l'étang de nos souvenirs
et referons pour le plaisir
le voyage doux de la vie.
Un jour nous nous embarquerons
mon doux Pierrot ma grande amie
pour ne plus jamais revenir.

No entendía todas las palabras entonadas con una música esquemática, pero sí su sentido, clarísimo ahora cuando consulto una edición bilingüe de Leo Ferré de Ediciones Júcar y compruebo que la canción apenas entonada por ella es

L'étang chimérique. ¿No me estaba proponiendo rehacer el dulce viaje de la vida para no volver jamás? Me encaré a ella, le pasé un brazo por la cintura y acerqué mi rostro al suyo. Contestó a mi beso y cuando mis manos buscaron sus piernas bajo las faldas, se apartó bruscamente y dijo con escasa indignación:

—*Mais, tu est fou!*

Me quedé cautivo de mi torpeza y desarbolado, hasta que ella me besó suavemente los labios y me acarició la oreja con su propuesta susurrada.

—*Demain, au tennis de Salou.*

Y se desvaneció en la noche, como en un fundido de película caligráficamente convencional. Es decir, mañana en el tenis de Salou. Una cita que en aquel momento me pareció estimulante, pero que horas después, en plena resaca, cuando trataba de apagar la incandescencia de mi hígado con botellines de agua de Vichy, me dejaba perplejo y en el temor de que se hubiera equivocado de persona. A mí no se me había visto en la vida en una pista de tenis, ni en la de Salou ni en ninguna otra, y en la manera de formularlo se advertía que expresaba una convención habitual, es decir, ella utilizaba las pistas de tenis de Salou para citarse. Estaba agotado, además aún tenía, como quien dice, el sueño de metafóricos cristales rotos después de la bronca que tuvimos Irene y yo de regreso de la fiesta e Irene acababa de dormirse con los ojos convertidos en dos pedruscos de lágrimas cristalizadas. Dudé pero acudí a la cita, o intenté hacerlo, porque cuando me acercaba a Salou en plena amanecida me hice una pregunta desafortunada: ¿Cuántas pistas de tenis puede haber en Salou? Detuve el coche y me quedé dormido con la cabeza sobre el volante. Pero la noche anterior todo estaba claro y me revolví en busca de la dama evanescente para no verla y buscarla salón por salón, terraza por terraza y a ella no la vi, pero sí que me topé en uno de los cuartos de baño, el más barroco, el que tiene la bañera apiscinada, a una sorprendente y dolorosa pareja introducida en la bañera vacía. Irene y Postius. Se besaban como dos caníbales y ella tenía las faldas alzadas hasta las ingles, obedientes las faldas a la osadía de una de las manos del pintor, y cuando evidenciados por la luz lechosa cenital alzaron las cabezas congestionadas y los ojos turbios y me descubrieron, así como Postius perdió el color y la audacia fingiéndose sorprendido de ser él mismo, de estar allí, precisamente con mi mujer y conmigo de personaje de chistes de cabrones, Irene me sonrió dulcemente, contenta de volver a verme y me preguntó cantarinamente:

—Hola, Luis, ¿qué tal te lo pasas?

Apagué la luz y les dejé en su baño. De la borrachera se me había pasado la euforia y sólo me quedaba la necesidad de mantenerla. Momentáneamente se me borró lo que acababa de ver y en cambio empecé a interesarme más por hacerme una composición total de lo que estaba ocurriendo en todas partes, como si tratara de recuperar mi condición de *voyeur* distanciado, de notario de la realidad, acumulador de materiales que algún día quién sabe, de creer la tesis de Eliot sobre el sistema acumulativo de la imaginación creadora, adquirirían volumen, peso, movimiento, como los hielos acumulados en los glaciares acaban por ponerse en marcha y originar morrenas, torrentes, ríos, lagos. Mira, retén y escribe, me ordené. Y recorrí la casa de abajo arriba varias veces, con una insistencia robótica.

En la planta de la casa se quedaron los matrimonios mirones hablando de Franco, del colegio de los niños y de un viaje encantador por los mares del sur. «Y yo le dije, si quieres ir de masajista, pues te vas. Yo ya me apañaré.» «Dejaban caer la pelota del coño y ¡cesto! en un vasito. Una puntería formidable.» «¿Dónde?» «En Bangkok.» «No hay mar como el Mediterráneo.» «A mí que me den el Caribe.» «¡Oh! ¡Qué mudado vas!» «Este Arias Navarro es un verdugo.» Alguien debió de comentar algo, circuló el rumor y las cabezas apuntaron hacia los pisos superiores. Se generalizó el rumor y paulatinamente fueron desertando por parejas, en busca de los anunciados sucesos de las alturas. En la siguiente planta estaba solo el editor miope tratando de tocar el piano por ciencia infusa. Pero ya en una esquina el hecho de que Sau el arquitecto hubiera cambiado a su primo el concertista por un sultán, mientras el concertista se besaba con Sebas el marroquinero, sorprendió la audacia visual del rabillo del ojo de las parejas mironas, que demostraron una excesiva curiosidad por la fortuna pianística del editor agrupándose con entusiasmo de multitud en torno de él, como si quisieran correr un biombo ante las parejas adúlteras. De nuevo algún mensajero debió de advertir que los acontecimientos definitivos, como siempre, son cosas del último piso. Las cabezas se alzaron hacia el techo, que les devolvió la quietud impasible y engalanada de las vigas de madera restauradas y el filtraje de un taconeo con acompañamiento de sevillanas.

Tampoco fue una consigna generalizada. Pero las gentes se fueron despegando del piano no sin lanzar una mirada de soslayo sobre las parejas apenumbradas en riesgo de deshidratarse por la mucha saliva que perdían en besos atléticos, casi escuchándose el rasposo frotarse de las papilas linguales, según parece de doble tamaño y coriacidad en el hombre que en la mujer. Finalmente quedó el editor solo bajo la luz blanca de la lámpara metálica. Dio descanso al piano. Se secó las manos sudadas en un pañuelo y miró casi sin ver el revolcón ya incontenido de las parejas. Volvió a pulsar las teclas y sonaron dos gallos seguidos. Cerró la tapa del piano y pisando de puntillas inició la ascensión por la escalera de caracol de piedra. Tuvo que asomarse por encima de los hombros y las cabezas de los mirones que formaban círculo en torno a Paqui Sans y al arquitecto empeñados, a pesar de los pesares, en bailar las sevillanas del maestro Realito. Paqui parecía una dama norteamericana envalentonada en un colmado de Madrid y el arquitecto era un Nureyev venido a menos y haciendo bolos simpáticos por cafetines de puerto mientras su amante le jalea desde las mesas y pasa la boina en busca de la calderilla benéfica. Mas esta escena servía de recurso visual para ver sin ver lo que ocurría en el fondo del estudio-granero donde Pruden y Rafa, algo desnudos, se empujaban como émbolos sobre un sofá mural que recorría todo el fondo de la estancia. Sentada junto a las cabezas gimientes aparecía Luisa Sanglas bebiendo un vaso de whisky pero pálida como una superviviente. Si por su flanco derecho recibía los jadeos de Rafa y Pruden, por el izquierdo crecía y bajaba la bestia de seis patas compuesta por Montse, Pepe y Paolo, enzarzados en una batalla frenética en disputa de todos los rincones del alma y el cuerpo. La Sanglas volvió a llenarse el vaso de whisky y cogió distraídamente un libro de los que se inclinaban casi desguazados en una estantería excesiva. Bebía vaso tras vaso de whisky, como si tuviera sed de agua. Cuando se separó un brazo de la bestia triple para matizar la luz, la Sanglas se levantó como si hubiera sido aludida y anduvo los cuatro pasos que la separaban de Pruden y Rafa, sonrientes, desenganchados, tan borrachos que parecían esperar semidesnudos cara al techo que les brotase el alcohol por las orejas y los ojos.

—¿Te vas?

Le preguntó Rafa sonriente desde el suelo.

—¡No te vayas, Luisa!

Le pidió mimosamente Pruden. Pero la Sanglas llevaba dentro una extraña muerte y se metía en el grupo de los falsos mirones de la falsa fiesta flamenca. Las parejas iban desertando. Paqui Sans y el arquitecto yacían derrengados sobre sendos sillones y miraban asombrados, como recién llegados, las procacidades ajenas. Ninguno de los presentes se atrevía a contemplar abiertamente lo que ocurría, ni a comentarlo, siquiera con los ojos. Las miradas se perdían en busca de las vigas de madera o de los dos mil detalles de anticuario que Rafa había situado aquí y allá como boyas propicias para supuestos naufragios de épocas y recuerdos. Y por no mirar, nadie quería ver el desconsuelo de Vicente, sentado sobre un taburete de cuero repiqueteado con clavos dorados. La musculatura vencida, los ojos llorosos, mirándose las manos blandamente entrelazadas, Vicente de vez en cuando lanzaba una mirada nublada hacia la pareja de Pruden y Rafa. Había vaciado más de una vez los ceniceros, repuesto maquinalmente las botellas oscuras agotadas y devuelto más de un chal a las parejas furtivas de Sodoma y Gomorra. Pero ausente de lo que hacía, sus ojos volvían una y otra vez, tan tristes como incrédulos, hacia

Rafa y Pruden, embelesados, con las humedades enlazadas y recitándose secretas palabras, como si estuvieran contándose las vidas y los viajes. Contemplaba yo piadoso el descorazonamiento del muchacho, cuando se me vino encima la Graupera con muy malos modales. Yo, la verdad, la había visto y no la había visto, porque aunque identificabas cuerpos y personas en aquellos amontonamientos, distraído además por tanto ruido, risotadas e histerias diversas, no es que pusiera especial interés en saber debajo o encima de quién estaba la señora Basté de Linyola. Me pareció verla revistiéndose a manotazos y luego ya la tuve encima con la cara retadora a un palmo de la mía, acusándome de ser un fisgón, un *voyeur* y no sé cuántas acusaciones me hizo, como si yo tuviera algo que ver con la evidente mala leche que llevaba encima. Me dijo que si quería peces que me mojara el culo, insinuando quizá que si quería tirármela en vez de estar allí haciendo el pasmarote, que diera el primer paso al frente. De ahí puede venir la mala electricidad que siempre he detectado proveniente de la Graupera. Para mí que se quedó con las ganas de que le fuera detrás y reventó aquel día, porque yo no sólo había permanecido al margen de tan desagradable desmadre, sino que además había contemplado su personal participación. Como suele suceder con las mujeres agresivas, conscientes de que todo el daño que pueden hacer con la lengua nunca les será devuelto en igual medida, ni con el mismo instrumento ni con cualquier otro, me clavó la última puñalada en el momento de darme la espalda. Me vino a decir que ya que era un mirón, al menos lo pusiera por escrito, es decir, peor, puso en duda que yo fuera capaz de ponerlo por escrito, como si tuviera que contentarme con palpar las cosas con los ojos, como cualquier mudo desprovisto del don del lenguaje. No valía la pena decirle cuatro cosas bien dichas y tampoco me dio ocasión para hacerlo porque salió espiritada y casi podría decir que nunca más la he visto, aunque haya sido inevitable coincidir en algunos sitios, adiós, hola, a ver si nos vemos... Lo de siempre. Mi atención además volvía a reclamarla Vicente, que de pronto sollozó con estridencias de constipado y salió corriendo de la habitación, como salían los adolescentes en las películas americanas de hace veinte años ante el descubrimiento de las realidades crueles o simplemente excesivas. Movida por un impulso de evitar suicidios, Luisa Sanglas le siguió y tras ella Paqui Sans, que en su carrera sumó a Ariadna liberada de algún manoseo. No dieron tiempo a Vicente de encerrarse en su cuarto, ni toleraron su primer impulso de echarse sobre la cama con dosel para llorar su amargura de esposa abandonada. Le rodearon de abrazos y palabras, de frases condenatorias (la Sanglas), exculpatorias (Paqui), esotéricas (Ariadna) sobre el comportamiento de Rafa y Pruden. Y cuando el muchacho, sonados los mocos, embalsamados los ojos por un pañuelo de batista fina que le pasó Paqui, se arrojó, más que se acercó, sobre el armario para abrirlo y arrancarle su vieja maleta, las tres mujeres le rodearon y contemplaron con asentimiento íntimo sus enérgicos gestos de recuperación de ropas, introducción en la maleta y cierre sepultador de un pasado tan corto como doloroso.

—¿Dónde vas a ir a estas horas?

—No sé.

Brotaron tres proposiciones de asilo, pero la Sanglas se impuso físicamente arrastrando por un brazo al enmaletado muchacho y tratando de cubrir con su poderoso cuerpo la evidencia de que Pruden y Rafa volvían a arrullarse ante un fondo orgiástico de sultanes trotones sobre volúmenes confusos, como si domaran cuerpos rebeldes. No pudo evitar Vicente una última mirada a Rafa aunque la Sanglas tiraba de él para evitarlo, ni se quiso reprimir la Sanglas una despectiva ojeada sobre la pareja, que algunos testigos presenciales posteriormente aseguraron haber ido acompañada de un conato de salivazo. Casi sin transición, Vicente, de nuevo entre sollozos, llegó a la calzada rodeado por las mujeres y apenas si tuvo conciencia para entender qué quería decir la Sanglas abierta de piernas, los brazos en jarras, mirando hacia las ventanas iluminadas y gritando insultos *urbi et orbi*.

Tiraron Paqui Sans y Ariadna de la enfurecida Luisa y del destruido Vicente, recorrieron el túnel de la noche y amarillas luces eléctricas neogóticas para llegar a casa de Luisa donde se sentaron y enmudecieron todos, menos la Sanglas, que repetía como en un estribillo: «Eso no se hace». De la tristeza al llanto, Vicente reunía de vez en cuando algunas palabras para decir: «Me lo veía venir» o «¡Estábamos tan bien!», algunas veces «Le había cogido tanto cariño...». El torrente de lágrimas brotaba especialmente cuando recordaba algún proyecto: ir a Grecia el próximo verano o a Tailandia en Navidad. Con los ojos como botones de un cerebro caliente, Vicente se fue tranquilizando y acabó dormido sobre el sofá de la Sanglas. Ella siguió empapándose en alcohol y no se dio cuenta de la retirada estratégica de Paqui Sans y Ariadna. Proseguía un entrecortado monólogo dirigido a un Vicente derrengado y casi roncante.

—¿Qué quieren? ¿Respetabilidad? A la vejez viruelas. Eso es lo que les da miedo. El qué dirán. Ahora quieren recuperar la dignidad de la parejita y te sacrifican a ti, ¡qué les importa! Montarán un pisito. Recibirán. ¡Qué tal, señora Ciurana! ¡Señora Ciurana!

Cerraba los ojos y escupía insultos con alcohólica energía.

Se le escapó la risa y medio trago de whisky salió de sus labios convertido en una explosión de salpicaduras.

—¡La señora Ciurana! ¿Y tú, Rafa? ¿A qué juegas, Rafa?

Se había puesto en pie la Sanglas y apostrofaba a un Rafa ausente, sin respetar que cada desafío verbal excitaba la lagrimosidad de Vicente, aunque aparentemente dormía. Cuando los ojos de Luisa apenas si podían ver claramente por el alcohol, los ojos de Vicente tampoco podían abrirse hormigueantes por la acidez de las lágrimas. Quedaron los dos dormidos, cada cual en su banco tapizado y al despertarse, Vicente tuvo que hacer un esfuerzo de recomposición de lugar, tiempo y personas. Para entrar en el baño hubo de pasar por encima de la Sanglas y la despertó.

—¿Te vas?

—Sí.

—¿Tienes coche?

Dijo que no Vicente con la cabeza y se metió en el cuarto

de baño. Al salir ya estaba vestida Luisa. «Te acompaño.» Protestó Vicente, siempre tan considerado. «Sólo hasta el autobús.» El resto de la casa dormía y Atzavara también parecía dormir como negándose a aceptar la evidencia de las primeras luces. Los músculos ya morenos de Vicente se tensaban al peso de la maleta y apenas si volvió la cabeza para mirar en dirección a los intuidos tejados de la intuida casa de Rafa. Luego el muchacho se metió en el coche y Luisa arrancó manteniendo el silencio mientras pensaba en cumplir el impulso inicial de acompañar a Vicente hasta Barcelona, pero aún no había terminado de ajustar las cuentas en Atzavara y se limitó a dejarle al pie del autocar de línea. Le preguntó si tenía dinero y como el otro no le contestara, le metió cinco mil pesetas en el bolsillo del pantalón.

—¿Tú lo entiendes, Luisa? ¿Qué he hecho mal?

—Nada, Vicente.

—Teníamos planes maravillosos. Vivir parte del año en Nueva York. Me llevó a Nueva York poco después de habernos conocido y estuvimos viendo *lofts*, viejos almacenes que la gente de allí alquila, decora y salen viviendas preciosas. Yo llevaría las relaciones públicas del negocio. Luego viajaríamos a países cálidos en Navidad y a Grecia y Turquía en verano... Y así hablábamos y planeábamos hasta como quien dice ayer... ayer mismo hablamos del verano próximo y yo tenía folletos de viajes a Turquía. Mira. Mira. Los tengo en el bolso.

En vano Luisa se opuso. Sacó los folletos de viaje y se los estuvo enseñando, desplegando, comentando incluso los precios hasta que el autocar resopló y tuvo que subirse a él. Le vio con la frente apoyada en el cristal de la ventanilla, como un novillo malhumorado que comprueba con los cuernos la resistencia del cristal. En parte motivada por la tristeza de la despedida, en parte cumpliendo un ya antiguo designio, Luisa volvió rauda para coger por su cuenta a Pruden. No había regresado todavía a casa y supuso que aún permanecía en la de Rafa. La esperó pacientemente en la puerta y cuando la vio salir le ofreció acompañarla. Era una Pruden cansada pero quizá tenía el mejor aspecto que había exhibido aquel verano.

Nadie sabe de qué hablaron durante el breve recorrido, pero al atardecer Rafa iba por todo Atzavara buscando inútilmente a Pruden. Se había marchado con todo su equipaje. Indagó explicación y cobijo en casa de Luisa y salió de allí tan descorazonado como consolado. Durante días, Luisa desarrolló la doble tarea de consolar a Rafa por la pérdida de Vicente y la de Pruden. Rafa no bajaba a la playa y se notaban tanto todas las ausencias que no había otro tema de conversación.

—Montse se ha ido de viaje. Se ha despedido a la francesa.

—¿Y Pruden?

—Otro misterio.

Las ausencias presagiaban el final del verano tanto como fríos transitorios que se instalaron después de las primeras lluvias. La melancolía meteorológica se sumaba a la melancolía por una resaca que no había sido como ninguna otra resaca de nuestra vida. Sólo los sultanes trotaban por Atzavara y por la playa como si nada hubiera ocurrido y como, en nuestros escasísimos encuentros, todos fortuitos, notaran mi animosidad fueron al choque y me encontraron, precisamente una mañana en el supermercado. Estaba yo con los niños y el carrito ultimando el encargo de Irene y me cortaron el paso con aparente alegría.

—Hola, Proust, ¿has venido a comprar magdalenas?

Primero les sonreí lo más amablemente posible y di algunas explicaciones, que no tenía por qué haberlas dado. Paolo en un momento de la conversación dijo como si tal cosa:

—Y es que son comodísimos. En estos supermercados hay de todo. Incluso deben de vender obras tuyas, ¿no?

Y al otro se le escapaba la risa y a mí la mala leche.

—Las mías no lo sé. Pero tus obras completas me parece haberlas visto en la sección de comidas para perros. Me han dicho que eres uno de los quince mil peores poetas de Barbastro.

No sabía si él era de Barbastro o de Chiclana de la Frontera, pero allí estaba, más desconcertado que un buzo en el mar Rojo en el momento en que Moisés le hizo el milagrito. Y me fui con los chicos y el carrito, radiante, una de las pocas alegrías totales de aquel verano, pensando que entre los géneros literarios homólogos falta el del chasco, un género al que a la fuerza te obligan a ser un experto en esta sociedad cultural nuestra, tan llena de envidiosos caníbales. Afortunadamente no volví a verles. Ariadna levantó la casa y se llevó con ella a los sultanes. Nosotros y los Postius no tardamos mucho en secundarla. Quedaron en Atzavara el desolado Rafa y sus amigos, Luisa y Paqui Sans, que parecía no haberse enterado de nada. Pero antes de marcharnos aún pude hablar con Luisa y sonsacarle sobre el auténtico final de aquella noche. ¿Por qué habían desaparecido Montse y Pruden?

—Con Montse no pude hablar. Se marchó por su cuenta y riesgo. En cuanto a Pruden, le recité la cartilla. No se puede jugar así con los sentimientos de la gente, especialmente este año en el que Rafa quería probarse a sí mismo que era capaz de asumir su condición.

Era tan vehemente su pasión por la injusticia cometida en la persona de Vicente que la creí y la seguí creyendo hasta que aproximadamente un año después nos llegó la participación de su boda con Rafa. Fue desconcierto lo primero que sentimos. Luego una decidida voluntad de recordar punto por punto todo lo sucedido en aquellos días para descubrir el talento del cazador acercándose a su presa, a pesar de toda clase de competencias. La boda se celebraba en Nueva York y era por lo tanto una invitación a no presenciarla. La participación llegaba al borde del verano del 75 y tenía interés comprobar quién iba y quién no iba a ir a Atzavara aquel año. Ni Pruden. Ni Luisa. Ni Rafa. Ariadna trajo acompañantes más digeribles. Hubo algún conato de cena colectiva, arrastramos los corros por la arena en un intento de Sau de sustituir a Rafa en su papel de palo de pajar de nuestra coexistencia. Pero no era lo mismo. Pensamos que era lógico que aquello ocurriera porque al fin y al cabo los acontecimientos estaban recientes y la propia boda anunciada de Luisa y Rafa obligaba a una razonable moratoria. Así como entre nosotros comentamos abundantemente la boda durante el verano del 75, ni Sau ni sus alegres muchachos la mencionaron. Como si no existiera.

Sólo dos años después, ya casados Rafa y Luisa, ya muerto Franco, sabríamos que aquella noche fue el final de una fraternal coexistencia y el principio de una paulatina separación y diáspora final que privó a Atzavara de los ingenuos escándalos de sus veraneantes. Se espaciaron los encuentros, se diluyó la coherencia de los muchachos, como si la deserción de Rafa les hubiera descubierto la precaria esperanza de la aventura de la anormalidad y hubieran amanecido al día siguiente más viejos y sobre todo, más solos. Vivimos años de una transición declarada que ya había comenzado muchos años antes, aunque quizá no habíamos detectado toda su extensión y profundidad. La transición nos alcanzó incluso a las personas normales. Yo me separé de Irene, poco después de que Postius lo hiciera de su galleta María y la propia casa de Atzavara fue motivo de breve litigio. Terminé por cedérsela a mi mujer porque yo no podía soportar tensiones que perjudicaban el tiempo especial que un escritor necesita para urdir, acumular y finalmente escribir. Conseguí una prolongación de contrato y fueron veinte las biografías noveladas que escribí. Ahora tengo asegurado trabajo hasta el año 2000, porque de eso se trata: dirigir, y redactar en gran parte, veinte tomos, uno por siglo, que den referencia del acontecer y el saber de la humanidad desde el año de nuestra era hasta el 2000, siglo por siglo.

Más de una vez he caído en la cuenta de que los amigos de Rafa que continuaron viviendo una doble vida habían tenido ocasión de salir a la calle cuando, como una de las secuelas de la democracia, tomaron especial relevancia los movimientos en pro de la revolución sexual, bien fuera el feminismo o la reivindicación del homosexualismo. Pero jamás vi uno de sus nombres al pie de una proclama, ni a ellos mismos en las manifestaciones gay, ni alteraron su discreción pública, tan extremada, que incluso había hecho a Sau primo de Gratacós durante tantos años. Tampoco los nuevos tiempos consolidaron la supuesta genialidad de los sultanes, ausentes de tanto autobombo posmoderno que ha consagrado a tantas mediocridades, aplazando, ya creo que desgraciadamente para siempre, el reconocimiento de los que tratamos de salvar la literatura en los tiempos difíciles. Ariadna me dijo, hace algún tiempo, que los dos sultanes han tenido un prefinal feliz o un final prefeliz, no es lo mismo. El poeta, Paolo, es ponente de cultura de un ayuntamiento socialista de Valencia, concretamente del ayuntamiento de su pueblo natal. Se ve que le gustaban las dificultades. En cuanto al pintor, ha conseguido establecerse como grafista municipal en un pueblo de las afueras de Barcelona y se casó fugazmente con una chica de la localidad alumna suya, demasiado joven al parecer para distinguir la carne del pescado.

Montse Graupera, ignoro en qué medida sigue siendo Basté de Linyola, aunque no la veo nunca en la corte que sigue a aquel chico tan prometedor, que sigue siendo prometedor pero ya no es un chico. En un momento determinado, habida cuenta además de que ya tenía encima el ultimátum de Irene porque nos habíamos separado, retomé el relato iniciado sobre los alegres muchachos de Atzavara. Tampoco Atzavara es lo que era, vendidas a otros la mitad de las casas de sus fundadores y en trance de construirse una urbanización complementaria que el ayuntamiento democrático ha tenido a bien someter a la asesoría de Sau, recientemente nombrado hijo adoptivo de Atzavara. Rehice lo escrito, lo continué y llegué al final de un texto corto pero denso y descubrí que el detonador del relato había sido Vicente, mucho más que los sultanes o que el correlato objetivo de la agonía del franquismo. No sé que fue de él pero cito el final literario que yo le atribuía en el relato, por si ha coincidido, coincide o algún día puede coincidir con la realidad. Decía así: «... en cuanto a Vicente, alguien y no recuerdo quién, me dijo que fue visto por las Ramblas, con un fular reventón, una chaquetilla de seda, ceñidos pantalones de cuero, zapatos de gamuza, del brazo de un señor de más de sesenta, que dicen es magistrado».

IV

SUEÑOS DE MACRAMÉ

En cuanto he entregado mi informe sobre las posibilidades de adopción del niño Pedro Martos Verdel mi cabeza se ha quedado en blanco, y he tenido necesidad de volver a casa corriendo y de meterme en mi habitación a recuperar una patria propicia con los cuatro puntos cardinales cerrados. Como cuando era pequeña y me refugiaba bajo los faldones de terciopelo de la mesa camilla del saloncito azul. He gritado un saludo a mi madre, presentida en la otra punta de la casa, en su silla de ruedas, en una habitación llena de reliquias y pequeñas riquezas, cada una de ellas un factor de conservación y satisfacción de lo único que le queda, la memoria. Y una vez en mi habitación, he cumplido el propósito que me he hecho durante todo el regreso: abrir el arca de mimbre que traje de Estambul hace ya tantos años, cuando empecé la vuelta al mundo con Mez Figuerola y los otros. Dentro del arca me espera *Sueños de macramé*, desarticulada quimera, pieza por pieza y pieza por pieza la saco y primero la monto sobre la moqueta de la habitación antes de decidir si le concedo la recuperación de su destino de pared. He ignorado aposta la presencia claroscura y algo amarillenta de la fotografía. Pero cuando las piezas de tejido, afectadas en sus espumas por un polvo añejo que las sutiles paredes del arca no han podido evitar, están en su correcta situación, contemplar la fotografía es inevitable antes de situarla en el centro de una tela de araña de cordeles trenzados en la composición. Y allí está papá, en su landó de cuatro caballos, los caballos contenidos por las riendas y él como único cochero retenedor, el brazo tenso por el esfuerzo, en el otro un látigo de adorno y la sonrisa gruesa y pícara vuelta hacia mí, bajo la sombra de un sombrero de fieltro del sombrerero Arnau, su sombrerero de toda la vida. Mi padre era famoso en todo Barcelona por sus cabalgadas en el landó por una ciudad todavía con pocos coches y muchos paseantes. A veces imagino que su larga ausencia se debe a que el coche de caballos ha quedado bloqueado en algún cruce por dentadas masas de coches ladradores que le impiden el regreso desde aquella tarde de marzo de 1958. Precisamente yo iniciaba por entonces mis experiencias con el macramé, Carlota estaba tan bien casada como ahora y mis hermanos trabajaban en los negocios de mi padre. Él había sido muy exigente con todos ellos y muy poco conmigo. Decía que yo tenía un algo, un algo especial que me daría el don de la felicidad y del éxito hiciera lo que hiciera. Que él también tenía ese don, que lo había tenido siempre, pero orientado hacia el mundo de los negocios. A veces me recibía a mí sola en su despacho lleno de librerías acristaladas y de una mesa maravillosa de madera de teca construida para sostener el trabajo del hombre más poderoso y sabio del mundo. Mi padre se ponía a hablar y a hablar, en la confianza de que yo le escuchaba sentada en una butaca, de que nunca le interrumpiría, no porque me interesara todo lo que me decía, sino porque mientras tanto yo podía pensar en mis cosas, en mí misma, a partir incluso de lo que mi padre me estaba desvelando.

—Yo hubiera querido ser un gran artista, Sisqueta. Una vez vi una película sobre Gauguin que me impresionó. La interpretaba George Sanders y cuenta la historia de un hombre que renuncia a todo y sigue el impulso de dedicarse a la pintura. Lo deja todo. Todo. Los negocios. La familia...

Entonces se interrumpía conmovido, salía de detrás de la mesa, me cogía entre sus brazos y me mecía.

—¡Cómo iba a dejarte a ti, Sisqueta! Tú eres como yo.

Pero yo sí podía imaginar que mi padre nos abandonaba y yo tenía que ganarme la vida. Cantando, bailando, hija adoptiva de un gángster norteamericano o de un príncipe centroeuropeo de un país de nombre inventado, de los que salían tanto en las películas de los años treinta y cuarenta. Años después volvía a encontrarme a mi padre, viejo, destruido, pobre y yo no le decía nada, pero horas después aparecía ante él llevando en mis manos las riendas de un landó de cuatro caballos. Al pasar los años fui reconstruyendo aquellas escenas en el despacho de mi padre, mi condición de confesor propicio de sus vencimientos y he comprendido que aquella disposición generó en mí una actitud propensa a merecer la confianza de los demás. Los demás, esa inmensa mayoría que forman los demás, siempre me han considerado extraña pero amistosa, inofensiva y comprensiva. Menos mi madre, empeñada en que yo fuera como ella, como las personas normales de nuestra clase, decía, temerosa de que en mí saliera un ramalazo de los orígenes proletarios de mi padre. Y también con los años he reconstruido una posible confesión de mi padre a fines de 1957. Una confesión de su fracaso, de su ruina.

—¿Qué será de ti, Sisqueta? No te preocupes. Ya lo he dispuesto todo para que al menos vosotros os salvéis del naufragio.

Yo ya tenía entonces treinta años o casi y mi madre insistía en que hiciera por fin caso al chico de los Vayreda, tanto como él me hizo a mí a lo largo de muchos años, incluso después de casado y aún ahora me lo encuentro a veces y noto cómo se derrite el muchacho aquel que lleva dentro, disimulado detrás de su coraza de hombre de negocios gordo y relativamente famoso. No me di cuenta de lo que mi padre me estaba anunciando, pero no me lo reprocho. Tal vez yo estuviera con el espíritu en otra parte, pero le escuchaba con buena intención, sabedora de que le hacía un favor. Además, de haber comprendido lo que anunciaba ¿hubiera podido evitarlo? Lo debió madurar durante mucho tiempo porque no se le escapó un detalle. Eligió un día de llovizna, en casa sólo estaban mamá y el servicio, cuatro chicas y el chófer de papá que también nos servía en ocasiones de mayordomo. Mi padre se puso el traje nuevo que acababa de enviarle la sastrería Pellicer, la medalla al mérito del trabajo que le había puesto un ministro hacía dos años y le habían costeado sus propios obreros y se pegó un tiro con una pistola muy bonita, con empuñadura de nácar, que él mismo le había comprado a mi madre en un viaje de placer por las Antillas. Mamá estaba dirigiendo el inventario del cambio de ropas de verano por las de invierno, oyó el disparo, ordenó al servicio que siguiera trabajando y se fue al despacho de mi padre, donde le parecía había sonado el tiro. Vio el cadáver, le besó en la frente y antes de decirnos nada a nosotros, reunió al servicio y le dijo con esa autoridad tranquila pero incontestable, tan de mamá, que el señor había muerto víctima de un lamentable accidente mientras jugueteaba con aquella pistola pequeña y bonita que ella mimaba y hacía limpiar una y otra vez como si se tratara de una joya de la familia. Luego nos lo hizo saber a nosotros, no de uno en uno, a medida que volvíamos a casa, sino haciéndonos pasar a la biblioteca y hasta que estuvimos los cinco hermanos ante su presencia, nada supimos del motivo de la convocatoria. Me sorprendió que mis hermanos aceptaran el hecho con tristeza pero sin rebeldía. Yo en cambio me encaré con mi madre y le dije:

—¿Estás segura, mamá?

—¿Segura de qué, Chesca?

—Segura de que papá ha muerto.

—Chesca, hija, vuelve a la tierra. ¿Tú crees que yo os he reunido aquí para gastaros una broma a costa del cadáver de tu padre?

—Tú no. Pero papá... Papá es tan bromista...

—Chesca, Chesca... vuelve a la tierra.

Sólo mi madre me llama Chesca, rebelde desde el momento de mi inscripción en el registro a que me llamara Francisca como mi abuela materna, empeñada por vida en llamarme Francesca, para dignificar, decía, un nombre que en español es horrible y en cambio es maravilloso en italiano o en francés. Si le molestaba Francisca, le irritaba que mi padre me llamara Sisqueta y mis hermanos y amigos Paqui. Mi madre estaba tan empeñada en llamarme Chesca como en que volviera a la tierra, porque a su pensar y decir yo siempre estaba cazando musarañas y ni siquiera sabía que las mesas se aguantan porque tienen patas o que después del 14 de marzo, por ejemplo, con toda seguridad llegará el 15. No niego que soy bastante despistada, pero no hasta los extremos que desde niña ha supuesto e impuesto mi madre, obligándome a aceptar el papel de la incoherente y atolondrada de una familia muy cabezuda y muy cabezona. Desde siempre me he acostumbrado a saber los planes de la familia cuando ya estaban discutidos y yo he pagado con la misma moneda, viviendo mi vida ante sus miradas tristes pero cariñosas: Chesca o Paqui o Sisqueta, nunca llegarás a nada.

Ante el cadáver de mi padre, muerto en accidente según acordada constancia oficial para que pudiera recibir cristiana sepultura y los honores merecidos por un prócer de la renacida industria catalana de la posguerra, sentía que perdía a un abuelo, porque mi padre, aunque me había tenido en plena juventud, siempre me había dispensado el trato blando y condescendiente que se dispensa a una nieta. Pocas cosas me había pedido a cambio de sus mimos y constante asistencia, aunque aparentemente fuera un hombre desbordado por los negocios y la relación social. Tal vez el único pago que exigía eran aquellas sesiones de confraternización con sus empleados, el día de su santo, cuando les invitaba a un refresco con toda su familia y a mi hermana Carlota y a mí nos hacía servir la chocolatada a los niños. Para Carlota era su oportunidad anual de lavar los pies a Jesucristo, para mí en cambio era una lata y lo ponía todo perdido de chocolate y nata y en cambio me gustaba sentarme en el suelo del salón rodeada de todos los hijos de nuestros obreros, les contaba cuentos y mi padre hacía entrar entonces a sus trabajadores para que me vieran y les decía siempre lo mismo.

—Sisqueta será una madraza. ¡Tiene una mano para las criaturas!

A papá le gustaba alternar con sus trabajadores y mi madre decía que se pasaba, que no tenía sentido del límite y le reprochaba que él quisiera así volver a sus orígenes, cuando era un hijo de viuda, aprendiz de pulidor, anarquista en sus ratos libres. De sus años de anarquista había conservado anécdotas e historias fascinantes, como aquella del baile, aquellos bailes de los barrios barceloneses proletarios que organizaban los jóvenes anarquistas y al final pasaban la gorra o la boina pidiendo: *Cinc centimets per la dinamita!* Cuando éramos pequeñas, Carlota y yo, a veces íbamos por la calle pidiendo *cinc centimets per la dinamita* y a mi madre le dio un sofoco el día en que nos llevaron a casa dos guardias porque nos habían encontrado en el paseo de la Bonanova recolectando dinero para la dinamita, nosotras, las niñas del fabricante señor Sans y en aquellos peligrosos meses que preparaban la guerra civil. Pero tal vez gracias al populismo de mi padre, al esmero de Carlota al servir el chocolate y a mis cuentos siempre contados al revés, es decir, Blancanieves era la mala y la madrastra la buena, Caperucita perversa y el lobo un bonachón, algunos obreros hicieron lo que pudieron durante la guerra para que mi padre recuperara la fábrica en buenas condiciones cuando volvimos del exilio. Para entonces, Carlota ya era una presunta debutante en el Liceo y yo empezaba a llevar zapatos con algo de tacón, mientras mi padre iniciaba una carrera hacia riquezas que le permitieron abrir una casa en Pedralbes con un salón en el que cabían cómodamente doscientos invitados y poner a disposición de mi madre los más hermosos lápices de colores para dibujar con ellos nuestro futuro. El de mis hermanos varones estaba ligado a la expansión del negocio familiar, el de Carlota a casarse con Grau Torra, hijo y heredero de una industria complementaria de la nuestra, y el mío a dejarme hacer, dejarme hacer hasta que algún pretendiente descubriera en mí cualidades que ellos no veían. Al decir de mi madre, así como Carlota tuvo tiempo de aprovechar su oportunidad y todavía hoy es la señora Grau Torra, madre de seis hijos y una mujer que cuenta en la vida social de la ciudad, sobre todo en la vida social anterior a la democracia, la que tenía gacetillas fijas en los periódicos y nombres y apellidos insustituibles, yo en cambio, cuando estaba ya abocada peligrosamente a la treintena, tuve en el suicidio de mi padre y en la relativa ruina de la familia la coartada de mi soltería y de una constante indefinición. Todavía cuando tenía cincuenta años, sorprendía a mi madre mirándome y pensando: ¿qué será de esta desgraciada cuando sea mayor?

Vayreda, Vayreda. Aquélla había sido la oportunidad perdida.

—Como sigas jugando con Tono Vayreda, un día perderá la paciencia y no volverá a aparecer por casa. Es uno de los solteros más cotizados de Barcelona.

Me lo decía mi madre dramáticamente y Carlota burlonamente. Tiempo atrás, cuando más convencidos estaban de que lo mío con Tono Vayreda iba por buen camino, una noche, bailando en Bikini con Mez Figuerola, se llamaba Pancho Martínez Figuerola pero el prefería que le llamáramos Mez Figuerola, me dijo que estaba a punto de salir a dar la vuelta al mundo.

—¿En un velero?

—No. En lo primero que encontremos. Vamos Cuca Tous y su novio Sito Palans, Nacho Pamies, yo, un primo de Nacho. ¿Te apuntas? Si quieres podéis venir tú y Tono.

Tono estaba a punto de marchar a Estados Unidos para sacarse un master en Administración de empresas y cuando volvíamos a casa le puse ante el dilema.

—Si tú te vas a Estados Unidos a sacarte ese horrible título, yo me voy a dar la vuelta al mundo con Mez Figuerola.

No pensaba hacerlo pero quería probarle. Al día siguiente vino a casa a decirme que había renunciado a ir a Estados Unidos y yo me indigné.

—Eres un frívolo. Sacrificas tu porvenir por el ultimátum de una chica caprichosa. Tú me haces caprichosa. Tomándote al pie de la letra mi ultimátum me das el papel de una niña frívola y caprichosa. Hemos terminado.

—¿Tú irás a dar la vuelta al mundo?

Era lo único que le preocupaba. Todos los hombres son iguales, pensé, pienso, pensaré. Y en efecto, él se marchó a Estados Unidos y yo empecé la vuelta al mundo con Mez y sus amigos, primero en una furgoneta hasta la frontera de Afganistán y luego en autobús, decían, o lo primero que encontráramos. Mi madre trató de disuadirme utilizando el disgusto que le daría a mi padre y un destino de mujer marcada ante la buena sociedad de Barcelona por haberme ido soltera con una pandilla de desocupados. De mis padres no recibiría ni un céntimo. Yo contaba entonces con más dinero personal del que nunca había dispuesto, del que nunca dispondré y empecé a viajar hasta que en Estambul me cansé de la compañía. Mez me había tomado por una fulana de lujo que iba a llenarle las noches y las camas durante meses y meses y primero le toleré sus escenas de irónico despecho ante mis negativas, pero luego tuve que darle un corte en público y aquello creó un ambiente enrarecido. Todos sabían lo que él pretendía, pero les molestaba que yo lo hiciera público. Me quedé sola en Estambul, en un Estambul de hace más de treinta años, sucio, primitivo, maravilloso y maravillado ante las mujeres rubias que como yo llegaban de países ignorados situados más allá de los mares. Recuerdo que realicé una excursión de ensueño a lo largo de la orilla del Bósforo hasta avistar el mar Negro y me impresionó mucho ver barcos rusos que navegaban por el canal saliendo de o volviendo a sus oscuros mares. Me acompañaba en la excursión un diplomático inglés que quería casarse conmigo cada vez que se tomaba tres whiskies de malta, siempre sin hielo. A pesar de que era muy gordo y muy alto, bailaba el fox trot como un campeón de baile, aunque luego había que sacarlo de los locales entre cuatro o cinco porque acababa con el esqueleto deshecho y no podía tenerse de pie. Intentó violarme una noche en un hotel cercano a la Torre Galatea y tuve que pegarle con un maletín de viaje en la cabeza hasta dejarle casi sin sentido, o al menos tan desconcertado primero y tan autocompadecido después, que se echó a llorar y dijo que quería casarse conmigo. Debía de estar muy borracho porque me constaba que ya estaba casado e incluso había visto una fotografía familiar con su mujer y tres chicos colorados y pecosos.

Telefoneé a casa. Fue fácil reconciliarme con mi padre y planeamos un encuentro en Roma adonde él tenía que ir en viaje de negocios un mes después y así me permitía un lento regreso a través de Grecia e Italia, aunque Grecia era entonces un país peligroso porque aún coleaba una guerra civil provocada por las guerrillas comunistas. Por todas partes paseé como una extranjera y lo era, pero no una turista, sino una extranjera, es decir, una persona desasida de lo inmediato, capaz de distanciar lo que estaba gozando, incluso amando, como me ocurrió ante el Partenón o ante las impresionantes ruinas de Delfos u Olimpia. Si en Delfos sentí deseos de ser Ícaro y descender volando sobre las laderas tapizadas de olivos que conducen al mar, en Olimpia me puse a bailar entre las ruinas, con los pies descalzos y un pañuelo de gasa en una mano, entre aplausos de turistas norteamericanos que me creían una bailarina perteneciente a la plantilla del museo arqueológico. Mi padre sostenía que los viajes forman tanto como los libros o los estudios más tenaces y yo trataba de ser consciente de ello, he tratado de ser consciente siempre que he viajado. Pero cuando he querido aprehender el momento justo en el que un viaje te alimenta, te nutre de algo nuevo, me ha costado mucho centrarlo y lo más que llego a vislumbrar es como si los ojos fueran una cámara perpetuamente accionada que grabara en la memoria millones, billones de fotos fijas que permanecen sólo si van ligadas a sensaciones. Por ejemplo, de Olimpia recuerdo más el movimiento del aire desplazado por mi cuerpo bailarín y la escenografía, en tanto que escenografía, que las ruinas con entidad propia o una emoción histórica como me consta han tenido otras personas, la propia Montse Graupera, que cuando viaja a Grecia la ve aún llena de Pericles, Praxíteles, Aristóteles, Alejandro o el mensajero de Maratón. Sin ir más lejos, Maratón, por ejemplo, me parece un paisaje poco épico, más propicio a tomarse una tortilla de patatas que a sentir una emoción histórica.

El encuentro con mi padre en Roma fue emocionante. Él se hospedaba en casa de los Calamai, patricios de pasada vinculación mussoliniana que nos habían atendido en nuestro exilio durante la guerra civil, cuando los rojos vinieron a casa a buscar a mi padre y él se presentó como si fuera el mayordomo y les dio el pego. Yo nunca he podido sufrir a los Calamai y procuré hacer mi vida con mi padre, emocionado el pobre hombre por recuperar a la oveja negra de la familia y por volver a recorrer las calles romanas con su hija evidentemente preferida. Roma le entusiasmaba y a las pocas horas de estar en la ciudad hablaba y gesticulaba como un romano, sobre todo cuando hablaba en catalán conmigo, lengua que mi madre nos tenía prohibida porque estaba en el origen de tanto separatismo y tanto comunismo que habían podido destruir nuestra vida. Hablando de política, viví en Roma una experiencia junto a mi padre que tardé en digerir, pero que vuelvo constantemente a reproducir en mi imaginación más que en mi memoria y siempre tiene un detalle diferente. Aquel viaje de reencuentro, de recuperación de lazos tras mi huida con Mez Figuerola, se produjo en los años cincuenta e Italia vivía muchas luchas sociales entre el gobierno que tenían los cristianos y la oposición en la que mandaban los comunistas. Si entrabas en una iglesia a ver las esculturas de Borromini o los cuadros de Rafael, te encontrabas siempre con un cura en el púlpito predicando una cruzada anticomunista y si salías a la calle lo más probable es que te vieras envuelta en una manifestación comunista contra la fascistización del poder del Vaticano y los yanquis, como ellos lo llamaban. Pues bien, una tarde en que habíamos salido de compras mi padre y yo, fuimos por viale del Corso en dirección a piazza del Popolo y nos encontramos de pronto rodeados por una manifestación comunista. Yo tenía mucho miedo, pensando, tonta de mí, que los comunistas podían reconocer a mi padre y empezar a gritar:

—¡Es Floreal Sans, un plutócrata catalán, a por él!

Me empequeñecía al lado de mi padre y alcé el rostro para ver qué cara ponía. Ante mi sorpresa sonreía, le brillaban los ojos como en los mejores días de las mejores fiestas e incluso cantaba una canción, la misma que cantaban los manifestantes, *La Internacional* o *Bandiera Rossa*, no recuerdo bien. No la cantaba por disimular, la cantaba con entusiasmo, gozosamente y minutos después estábamos en el meollo de la manifestación agitándonos como si el comunismo italiano fuera la causa de nuestras vidas. Horas después, cuando volvíamos a casa contentos y cansados, mi padre me explicaba lo mucho que le emocionaban las masas en la calle, las masas reivindicando cosas.

—Yo he vivido la Semana Trágica, Sisqueta, detrás de las barricadas, disparando contra los guardias. Y todavía cuando la huelga de la Fábrica de Gas de Barcelona, yo ayudaba a construir barricadas. Tenía el vigor del pueblo soberano.

—Pero tus compañeros de entonces eran los mismos que querían quitarte las fábricas en mil novecientos treinta y seis.

—Eso sí, desde luego, los muy canallas.

Se iba indignando por momentos.

—No había que dejar ni a uno vivo.

Luego se dio cuenta de que estaba contradiciéndose, se echó a reír, me cogió por la cintura atrayéndome hacia sí y dijo:

—En toda persona hay más de una persona, Sisqueta. Yo con una mano pondría una bomba bajo el culo del capitalismo universal y con la otra dispararía hasta la última bala defendiendo mis propiedades.

No siempre tuvimos una relación tan directa y abierta. Mi padre traía consignas estrictas de mi madre y debía aprovechar el viaje para aleccionarme.

—Ya no eres ninguna niña, Sisqueta. Has de elegir y no hay mucho donde elegir: o casarte bien o estudiar algo que te sirva para el día de mañana o te pongo una tienda, la mejor tienda, en el mejor lugar de Barcelona.

No quería casarme. No quería una tienda. Quería estudiar.

—¿Qué, Sisqueta?

—Todo.

—Eso es lo mismo que decir nada.

—Me gustaría saberlo todo.

—Una cultura general ya la tienes.

—Es poco general. Me gustaría saberlo todo.

—¿Y dónde se estudia eso?

Traté de adivinarlo y para empezar, mientras volvíamos a

Barcelona en un coche cama que habíamos tomado en Ginebra, me hice un plano de saberes universales que le expuse a mi padre en el mismo tren: estudios sobre el orden del universo: cosmología, astrofísica, astrología; estudios sobre el orden de la vida: biología, botánica, zoología, psicología animal y humana; estudios sobre el orden de la organización social: historia, política, derecho; estudios sobre el orden del horizonte: geografía, urbanismo, arquitectura.

—Pero Sisqueta, si estudias todo esto puedes pasarte toda la vida. ¿Por qué no estudias farmacia y te pongo la mejor farmacia de Barcelona?

Mi padre tenía razón, pero yo se la quité, tanto como la esperanza de sacar provecho de mí. Me di cuenta de que tenía razón cuando ya no podía dársela, después de muerto, cuando me vi obligada a hacer balance de lo que podía esperar de mí misma, las cuentas claras sobre lo que mi padre había dejado y lo que podíamos esperar de la herencia proveniente de la familia de mi madre.

—Podrás vivir hasta el final de tus días, pero sin alegrías, contando el céntimo. Ninguno de tus hermanos está preparado para vivir contando lo que se gasta, pero tú menos que ellos. Has de pensar en trabajar.

Aunque ante los autoritarios ultimátums de mi madre reaccionaba con arrogancia, luego en mi habitación me ahogaba, materialmente me ahogaba de miedo y me hubiera metido debajo de la mesa camilla de mi infancia, buscando la tibia seguridad de aquella melosa oscuridad. Pero luego los días sucesivos tampoco fueron tan diferentes a los anteriores y digería la nueva situación sin apenas sobresaltos. Éste era mi balance: había empezado pues dos o tres carreras, sin voluntad y sin convencimiento. Había trabajado en el negocio familiar hasta que el inicio de quiebra y la depresión mortal de mi padre nos convirtieron en una familia venida a menos, que iba pagando escrupulosamente sus deudas y aún mantenía una relativamente modesta reserva para seguir viviendo con dignidad dentro de su ambiente. Tal vez fueran los chicos los que padecieron más, obligados a tomar caminos por su cuenta, abrumados por la nostalgia del imperio construido por papá, imposible de resucitar. Carlota en cambio había triunfado y yo vivía como si nada hubiera ocurrido, sin sentir otras diferencias que la de renovar el vestuario de tarde en tarde, buscar trabajos ocasionales según aficiones ocasionales y viajar siempre con alguna coartada utilitaria, como ir a Londres a aprender macramé o a Montpellier a un curso de sociología o a Nueva York a intentar abrirme camino como diseñadora de estampados con unas cartas de recomendación de industriales y diseñadores que guardaban un gran afecto a mi padre. Como me dijo el empresario Banyuls en el momento de darme su carta y sus consejos:

—Pocos hombres hubieran hecho lo que hizo tu padre. Pagar hasta el último céntimo de las deudas, dejar vuestro futuro más o menos arreglado y luego pegarse un tiro.

Tenía razón. La quiebra de mi padre fue la precursora de tantas quiebras posteriores y pocas he visto que tuvieran la dignidad de Floreal Sans e Hijos y a veces cuando convoco a mi padre para hacerle compañía o para que me la haga él a mí, se lo digo:

—Papá, estoy orgullosa de ti.

Y él se encoge de hombros y cierra los ojillos, pero es evidente que está satisfecho por mi satisfacción y porque le saque del olvido y de la soledad de la muerte. Al principio yo informaba a mi madre de estas conversaciones y ella reaccionaba con ese exceso de racionalidad y sentido del ridículo que siempre le han caracterizado, pero a medida que sus reacciones se fueron haciendo menos tolerantes, más agrias, incluso exageradas —mamá llegó a insultarme con un vocabulario impropio de su serenidad mental—, dejé de participarle mis encuentros con papá y el propio papá me dio la razón.

—Tu madre es muy suya y no tolera nada que pueda conmoverla.

—Pues cuando te encontró muerto te dio un beso en la frente.

—Debió de ser tan suave que ni me di cuenta.

Mi madre es el único ser al que quiero que no puedo representarme en sueños haciendo algo diferente de lo que hace en la vida real. En mis sueños mi madre sigue siendo un monumento a la coherencia y en cambio ni mis hermanos, ni Carlota, ni mis amigos escapan a mi capacidad de modificación. Mi primer y constante pretendiente, el hijo de los Vayreda, de rodamientos industriales, pareció entender la especial relación que había entre mi realidad y mis ensoñaciones y en esa confianza un día le conté que me lo había imaginado desnudo y con alas y que en un momento de nuestra charla, yo le había pedido que se inclinara ante mí y le había arrancado las alas, desprendidas fácilmente, como si tuvieran las junturas podridas por un óxido blanco, muy blanco. El chico Vayreda se había puesto rojo, rojísimo, porque en los años cincuenta no era normal que una chica bien hablara con naturalidad de la desnudez de un hombre, pero quiso ponerse a la altura de mi naturalidad y me preguntó:

—Eso lo has soñado y uno no puede controlar sus sueños.

—No. No lo he soñado. Distingo muy bien el soñar del ensoñar. Lo he ensoñado, es decir, lo he imaginado mientras venía hacia aquí, a tu encuentro.

La sutil diferencia entre soñar y ensoñar me costó el que Tono Vayreda no volviera a hacer el menor esfuerzo por verme y cuando le expuse a mi madre mi fundamentada sospecha sobre cuál había sido el motivo de su fuga fue cuando ella perdió la compostura y llegó al insulto, pintándome a continuación el cuadro poco estimulante de mi futuro de solterona viviendo en el mundo intransferible de mis propias estupideces. Tan indignada estaba que me insultó en catalán, a pesar de su consigna, respetada en casa desde siempre, de que sólo se hablara en catalán con el personal de servicio cuando fuera catalán. Y como nunca lo había sido...

Yo le dije que ella me parecía la dueña de un castillo viejo, vacío e inútil sin otro consuelo que las tertulias en el Salón Rosa con otras viudas largamente agonizantes como ella y mis consideraciones provocaron el que me retirara la palabra durante dos meses, hasta que en vísperas de uno de mis viajes, a Venecia creo, a fotografiar fachadas de palacios abandonados, se interesó por mis proyectos y me encareció que si pasaba por Roma saludara a la familia Calamai, que tan bien se habían portado con nosotros cuando huimos a Roma al estallar la guerra. Los Calamai son simpáticos hasta lo inaguantable porque no te dejan desconectar, están continuamente encima tuyo tratando de no dejarte ni un segundo sin su pegajosa amabilidad, como si temieran que en ese segundo les traicionaras. Eran como esas personas que llegan a ser odiosas porque se empeñan en no ser odiadas, sin desdeñar el procedimiento que sea para conseguirlo, incluso el asesinato. Una tarde, en Roma, cerca del Panteón, en una cafetería romana famosa por la calidad de su café, desconecté mi capacidad de oír a la señora Calamai, flanqueada por dos de sus hijas, y al poco rato noté que seis ojos enrojecían y seis manos se volvían dentadas, llenas de dientes sanguinolentos que se cernían contra los muros de mi ensimismamiento. Si yo salía de mi castillo interior un instante, las veía sonrientemente preocupadas e interrogantes.

—¿Pero, qué te pasa, *carina*? ¿Estás en la luna?

Y en cuanto volvía a encerrarme ellas recuperaban el aspecto amenazador de locas enfurecidas por mi despegue. Aquella tarde las Calamai me asesinaron y en consecuencia jamás volví a hacer el menor esfuerzo por encontrarme con ellas y si alguna vez posteriormente pasaron por Barcelona, huéspedes de mi madre, yo evité los encuentros dentro de lo posible y si me topaba con ellas fingía no verlas, aunque estuvieran en el salón con mamá y ella insistiera en que estaban las Calamai y la Calamai se levantara con una sospechosa ligereza de asesino fugitivo para darme dos besos fríos en las mejillas. Puedo decir que este tipo de relaciones con las personas caracterizan los años de mi juventud. El doble juego de entrar y salir de mi fortaleza era entonces excitante y cargado de apuesta entre la vida y la muerte. Es decir, me metía en la fortaleza cuando estaba en peligro. En peligro grave. En cambio con los años he desdramatizado esta relación y entro y salgo de la realidad convencional como entro y salgo de una mancha de sol o de sombra filtrada por las persianas de mi estudio. Cuando me desconecto escucho sus comentarios.

—Paqui ya vuelve a estar en Babia.
—Paqui Sans está en la luna de Valencia.
—Paqui Sans está en pleno vacile.

Alucinas cantidad, tía. Me dijo el otro día uno de los chicos a los que recogí en una esquina cuando me ofrecieron limpiarme el parabrisas. Me interesó tanto su amabilidad, en contraste con lo roñoso de su aspecto, que acerqué el coche a la acera para no entorpecer el tráfico y empecé a hacerles preguntas: dónde vivían, por qué se dedicaban a limpiarles los coches a los demás, si se ganaban la vida, qué querían ser el día de mañana. Fueron tan interesantes sus respuestas que les ofrecí pasar un fin de semana en mi casa de Atzavara, en la seguridad de que a pesar de lo abandonada que la tengo, peores son las casas en las que ellos viven y era indispensable una convivencia estable para intercambiar impresiones y llegar a una comprensión mutua. La verdad, yo durante los días que mediaron entre la adquisición del compromiso y el momento en que debía recogerles con mi coche en la plaza de España, pensé que se echarían atrás, ni siquiera interesados por las posibles fantasías eróticas de una vieja de cincuenta y algunos años. Además, Atzavara en invierno vuelve a ser la misma aldea muerta que encontramos los colonos que empezamos a comprar y restaurar sus casas a fines de los años sesenta y apenas si había riesgo de que los escasos supervivientes de nuestra antigua pandilla se entrometieran en una experiencia para mí fascinante. Pero me equivocaba en mis temores. Allí estaban los tres muchachos, con sus bolsas de plástico, como recién lavados, los zapatos deportivos pulcros y una sonrisilla socarrona en la cara. Me los llevé a Atzavara y el primer problema fue qué darles de comer porque yo no sé distinguir una sartén de una computadora, pero ellos sí sabían algo de estos menesteres y con lo que compramos en el supermercado de la playa guisaron lo suficiente y bien como para que pasáramos dos días deliciosos entre desvelamientos de nuestros mundos tan diferentes. Uno de ellos, el mayor, veintidós años, estaba casado y tenía dos hijos, vivían en el barrio de La Mina, como los otros dos, y se defendía o limpiando parabrisas o vendiendo paquetitos de kleenex a los automovilistas. Se llamaba Pascual González Sánchez, pero los otros siempre se dirigían a él llamándole el Hernias, porque tenía dos o tres hernias por el cuerpo que no quiso enseñar, aunque los otros casi lo desnudaron a la fuerza y yo traté de convencerle con buenas palabras para que me las mostrara. El más jovencillo, Paco González, era primo del Hernias y aunque parecía muy chulito y caminaba como si fuera a comerse el mundo, estuvo los dos días más quieto que un mueble y pidiendo permiso y perdón por todo. El tercero era una espléndida criatura de dieciocho años, listo y libre como los mejores vientos, como esos soplos de vientos rosas y azul claro que yo puedo imaginar como presagios de ensoñaciones de felicidad. Se llama el Julai y no quiere ser conocido por otro nombre, aunque me dijera que no es un apodo muy amable y que el lo soportaba por recochineo y porque le va la marcha, si la marcha es coña.

—No te creas, tía, que me como el rótulo como si fuera mierda. Me lo han puesto y los que me lo han puesto que me lo quiten.

El Julai quiere ser capitán de yate, como el protagonista de *Hombre rico, hombre pobre*, uno de esos yates pequeños que van por las islas con unos cuantos turistas y un día están en Castelldefels, decía, otro en Ibiza y como te descuides llegas hasta donde los moros. Primero estaban muy recelosos porque no sabían muy bien qué era lo que yo quería, pero cuando comprobaron que mi interés era alimentarme con sus vidas, saber cómo se llamaban sus mujeres y sus sueños, sus hijos y sus deseos, de qué memoria venían y a qué esperanza iban, se confiaron y el domingo, el segundo día estalló la alegría y el Julai demostró que era un fenómeno del rock, de tanto como lo cantó y bailó conmigo, que se quedaron traspuestos cuando vieron que en mí el baile es un don natural. Yo fui inmensamente feliz viendo cómo bastaba romper las barreras que incomunican a las personas como si fueran islas para llegar a un contacto profundo que nos iguala en la misma condición de personas soñadoras para superar el miedo al olvido y la muerte. No era la primera vez que afrontaba una experiencia similar, pero esta vez los muchachos tuvieron niveles de dignidad por encima de lo ya experimentado y aporto como prueba el que, consciente del equívoco que podía establecerse si yo me quedaba la noche del sábado a dormir bajo el mismo techo que ellos, me fui a dormir a casa de Ariadna y al día siguiente cuando volví todo estaba en su sitio y es más, me habían limpiado la casa y rivalizaban en demostraciones sobre el buen uso que habían hecho de mi confianza. Luego, mientras les devolvía a la ciudad y a su destino pensaba, con temor, en que podría producirse un error del sentimiento o de la inteligencia, ese momento en el que ellos o yo podríamos caer en la dejación de pedir la continuidad de la experiencia, volver a vernos, mantener lazos estables... No. Yo vencí una cierta nostalgia anunciada y temida y ellos no pidieron lo que yo no ofrecía, demostración misma de la delicadeza de su espíritu. Pero yo recordaré siempre la responsabilidad heroica y disminuida del Hernias, padre de dos hijos, la timidez exquisita y tierna de su primo y la ambición de capitán de mares del Julai y además, el encuentro con los limpiaparabrisas fue el desencadenante de un doble proceso, hacia la memoria y hacia la realidad, en un encuentro mágico que ha sumido mis últimas noches en continuidades soñadoras de días ensoñados.

A veces, mientras dialogaba con mis invitados en el marco recoleto de Atzavara, me parecía retomar la historia del verano del 74 cuando Rafa se presentó con un amante joven, Vicente se llamaba, y alrededor de ellos se estableció una malla de rumores, profecías, especulaciones que no sólo salían de las personas supuestamente normales, sino incluso de los amigos homosexuales de Rafa, sorprendidos de que hubiera dado un paso tan arriesgado para el desvelamiento de su conducta. Me pasé todo el verano conectando y desconectando con el tema, refugiada en mi papel de dama de compañía sin criterios estables sobre lo que estaba ocurriendo a mi alrededor y en cambio yo tenía el más estable de los criterios: dejar que las cosas pasaron como tenían que pasar, sin poner obstáculos o enmiendas al proceso del destino. Por entonces estaba yo en una de mis peores épocas económicas y ni siquiera tenía coche para mantener la independencia de mis idas y venidas a Atzavara, por lo que debía contar con la voluntad de llevarme que tuvieran Pruden o Luisa, las más predispuestas a utilizarme como receptor de sus soliloquios de carretera o como fantasma rubio para sus fiestas tediosamente alargadas. Lo de que yo era un fantasma rubio se me ocurrió en uno de mis ensueños, cuando me vi a mí misma rubia como las espigas de trigo, tan rubia que salían de mis ojos, de mis poros, polvaredas de oro que me precedían y me seguían como las chispas a la Campanilla de Peter Pan. Yo a veces me desdoblaba y escuchaba sus conversaciones u observaba sus idas y venidas mientras seguía mis vivencias interiores, en las que, en muchas ocasiones, ellos mismos eran protagonistas pero de unos papeles muy diferentes a los que representaban en la realidad. Y a cambio recibía la compensación de que a lo que llamamos conducta real, ellos y ellas se comportaban frecuentemente como en mis ensoñaciones. Puedo aportar dos ejemplos representativos. Repito que en aquel verano del 74, Rafa se presentó con un joven amante, lo que no fue piedra de relativo escándalo porque la comunidad veraneante estaba obligada a admitir que hay muchas más pirámides en el mundo que las de Keops, Kefrén y Mikerinos. Pero es cierto que aquel verano había un ambiente especial que erróneamente algunos de nosotros hemos atribuido sólo a que había empezado la larga agonía de Franco y parecía como si cuarenta años de prohibiciones, de telón caqui, para darle el color del golpe militar, se disiparan poco a poco, como un cielo largamente encapotado y todo el mundo tratara de vivir según su deseo y voluntad. Pero creo que fue al revés, que la muerte de Franco y la desaforada conducta de aquel verano se integran dentro de una conjunción astral traumática, un choque de intenciones astrales contradictorias que conmueve la tierra y todo lo que la puebla. Si observamos los hechos históricos, ahí está el golpe revolucionario de Portugal, el de Grecia, la dimisión de Nixon, la enfermedad de Franco, su muerte... ¿Hacen falta más pruebas? Fue bajo esa enfrentada disposición de los astros cuando se desarrollaron aquellos acontecimientos que yo pude gozar, degustar mejor dicho, mejor que nadie porque todos estaban demasiado implicados y a mí en cambio me bastaba cerrar los ojos para dejarles a su suerte y yo con la mía. Pero a lo que iba, tan débil era la frontera que separaba lo real de lo ensoñado que yo supe el secreto deseo de Luisa de hacerse con el espíritu masculino virgen de Rafa, aunque aparentemente fuera Pruden la que lo perseguía desde hacía más de veinte años. Me lo dijo o lo imaginé, en una situación difícil de predecir como era que Luisa llorase contra mi pecho, haciéndome confidencias, abatido aquel monumento de granito que aparentemente toleraba toda la capacidad de dureza y sarcasmo de los demás.

—Has de decírselo. Un día has de coger a Rafa por tu cuenta y has de decirle: mírame, pero mírame a mí sola y como si me vieras por primera vez. Descúbreme.

Luisa interrumpía su estancia en la zona del llanto para pasar a la de la risa. Un arco iris compuesto por la risa y las lágrimas iba de su cabeza a la mía.

—Y entonces él descubrirá que te estaba aguardando, te abrazará y se quedará para siempre contigo.

La verdad, yo no acababa de creer en lo que salía de mi boca, pero era coherente con lo que en aquel momento imaginaba se podía producir en un encuentro entre Rafa y Luisa cara a cara, si conseguían establecer alrededor una ausencia total de memoria, de aquella memoria que les condenaba a desempeñar el papel de siempre: ella, la despechada y sarcástica divorciada y él, un homosexual entre la vergüenza y la desvergüenza. ¿Acaso los hechos ocurrieron de manera diferente? Cuando casi vencido el verano, Rafa utilizó a Pruden para descubrir su propia heterosexualidad y alejó de su vida a Vicente, era como si renaciera y allí estaba Luisa, más fuerte y sin duda más enamorada que Pruden, para proponerle un pacto de desmemoria. Por eso rompieron con todo el mundo, se fueron a Nueva York y llenaron Tiffany's de joyas que han sido calificadas por el crítico del *New York Times* como «... caracolas de un Mediterráneo a la vez clásico y posmoderno», según consta en los recortes de prensa que periódicamente me ha enviado Luisa a lo largo de los últimos diez años. En esas cartas, así como en los breves encuentros que hemos tenido con motivo de sus escasos viajes de ida y vuelta a España, nunca me había planteado Luisa el tema de aquel verano hasta nuestra última entrevista. Siempre me preguntaba por amigos y amigas que al parecer no ha recuperado, especialmente por Pruden, hacia la que siente un ocultado complejo de culpa del que yo no he conseguido sacarla. Cada vez veo más claro el papel cumplido por Pruden: quitar el penúltimo velo de la verdad, para que Luisa lo desvelara totalmente.

—Tal vez tengas razón, pero está dolida, lo sé porque no ha vuelto a dar señales de vida y si era amiga mía, más lo era de Rafa. Incluso en esa decisión suya de volver a la meseta, recuperar el marido y aquel mundo que tanto la desazonaba, hay algo de autocastigo.

—Y de castigaros a vosotros también.

Lo admite Luisa porque necesita admitirlo. Pruden sigue presente en nuestro recuerdo mejor o peor falsificado, en cambio, en el último encuentro, trajo a cuento una mención de Vicente, como si fuera un aparecido imprevisto en su propia, mala memoria.

—Por cierto, ¿qué se hizo de aquel chico, aquel ayudante de Rafa? Sí, mujer, el que estuvo en Atzavara aquel verano y de pronto desapareció. Le dio un disgusto a Rafa porque confiaba mucho en él para sus planes de trabajo. Lo había recogido en la calle y lo había convertido en una persona amable, un trabajo como el de Pigmalión. ¿Lo recuerdas?

Interpretó mi cara de perplejidad como la expresión de la dificultad para recordar a Vicente.

—Sí, mujer... aquel chico tan simpático que siempre jugaba con los niños y hacía de ayudante de Rafa, incluso en cierto sentido era algo así como su criado.

—Voy recordando. Es cierto. Y desapareció así, por las buenas.

—Por las buenas. Y es que aquel verano todos estábamos muy chalados, hay que reconocerlo. Pero la suya fue una salida un poco extemporánea.

—Rafa debió de disgustarse mucho.

—Mucho, porque tenía una confianza ciega en el porvenir de aquel chico. Incluso se planteaba darle estudios y promocionarlo, porque él quería ser bailarín, pero imagínate tú el porvenir que podía tener como bailarín. ¿Dónde habrá ido a parar?

La zozobra por el destino de Vicente le duró un abrir y cerrar de ojos y un suspiro. Por un momento me había parecido que sus párpados eran como esas palas mecánicas que pueden remover la tierra, levantar toneladas de piedra, sepultar el horizonte en pocos segundos. Esos párpados eran como palas que enterraban para siempre el cadáver de Vicente, especialmente convocado para ser definitivamente enterrado entre ella y yo, con mi complicidad. El cadáver de Vicente ya reposa en tierra santa, el cadáver de Pruden es más difícil de enterrar que el de Vicente y ya no es la misma Luisa arrolladora y prepotente de hace diez o doce años, sino una mujer más estilizada, maquillada con las suavidades de las señoras bien de Nueva York y la cabeza canosa matizada por un azulado de fin de fiesta. La cabeza de la Luisa actual es una cabeza de tecnicolor, es una cabeza teñida por Walt Disney. Hay un cierto desencanto en su rostro, pero lo atribuyo a las arrugas que dibujan los senderos por donde se ha ido la juventud que aún le quedaba hace once años. Otros motivos para la tristeza no los adivino. Rafa expone junto a la Peretti y los mejores diseñadores del mundo y acaban de inaugurar una casa en Connecticut, en un lugar privilegiado donde habitan los profesionales liberales que tienen en Nueva York su escaparate y su coliseo y además han adoptado dos niños: un huérfano de la guerra del Vietnam y un portorriqueño que se salvó de un incendio en el West Side, un incendio provocado por el choque entre dos bandas rivales. Me enseñó las fotografías y se me ocurrió decirle que el portorriqueño se parecía a Rafa y el vietnamita a ella. Abrió los ojos hasta sus límites y exclamó asombrada:

—Sé que no me lo dices en broma, porque no es la primera vez que me lo dicen. Y coincide con unas ciertas preferencias. No es que no les queramos a los dos por igual, pero sin duda Rafa tiende más a Ramiro, el portorriqueño y yo a François, el vietnamita. Es posible que el afecto acabe provocando el que las personas que se lo dispensan se parezcan. Fíjate tú que hay matrimonios que acaban pareciéndose.

Luisa vendió su casa de Atzavara a unos amigos y Rafa a un pariente lejano de Sau, un jubilado irascible y poco sociable que ha convertido la en otro tiempo torre de babel de Rafa en un panteón de su propio presunto cadáver.

—Si ves a Pruden dile que pienso mucho en ella y que si va a Nueva York venga a vernos.

Mientras Luisa busca mi compañía, no la de Montse ni la de Ariadna en sus viajes a Barcelona, Rafa es más esquivo y me lo encuentro como por casualidad, cuando va a acompañar a Luisa a la cita o cuando viene a buscarla y aun siendo el caballeroso Rafa de siempre, no hay en él la antigua cordialidad, parece quedar a la defensiva y proponer la sensación de que está de paso. Nunca me ha preguntado por nadie en concreto y cuando algún nombre del pasado se filtra en los restos de mi conversación con Luisa, él pone una sonrisa neutra, como admitiendo el recuerdo pero sin pronunciarse. En nuestro último encuentro Luisa me obligó a aceptar un regalo, un *pendentif* diseñado por Rafa que ha tenido un gran éxito en las casas de bisutería selecta de Nueva York. Reproduce una flor extraña, tan extraña que no existe.

Cada vez que veo a Luisa no me planteo que vuelvan de nuestras repetidas vivencias comunes de Atzavara sino de una antigua situación en la que fuimos muy amigos y que no es necesario precisar. Incluso cuando hacemos referencia al origen de nuestro conocimiento, se mezclan las situaciones y las personas y a veces Luisa me está contando realmente cómo conoció a otra persona y no a mí y a la inversa. Cumplimos cada una nuestro papel. Ella el de la mujer cosmopolita y realizada que viene a darme noticia de la capital del mundo y yo el de la antigua amiga de provincias depositaria de parte de la memoria que no ha querido o podido olvidar. Luisa y Rafa me parecen reales como pobladores de mi memoria e irreales como un anuncio. Sueño con ellos y les veo siempre en la borda de un gran transatlántico, vestidos de verano años veinte, diciéndome adiós de despedida o saludos de reencuentro, pero cuando empiezan a descender por la pasarela del transatlántico y estamos a punto de tener contacto físico, un abrazo por ejemplo, ellos se borran, se rompe el sueño y divago hacia otros decorados en los que ellos ya no aparecen.

Ariadna ha planteado varias veces montar una fiesta de reencuentro, un final feliz civilizado, incluida Pruden. Pero yo nunca la he animado a hacerlo. Hay conversaciones que no pueden reanudarse, sufrimientos inútiles que no deben provocarse.

—Pero ¿te imaginas? Tenemos por delante veinte años de tiempo como seres humanos más o menos autosuficientes, si nos respetan las enfermedades, y nuestro grupo se ha reducido. Acabaremos charlando tú y yo, siempre de lo mismo.

Y eso me lo dice ella, que aún consigue excitarse los veranos invitando a amigos, eso sí, cada vez menos extraños, menos sorprendentes, más previsibles, tal vez porque la gente es cada vez más parecida, como las ideas, las ciudades y los paisajes. De todo el muestrario de amigos singulares que Ariadna aportó a los veranos de Atzavara, destacan los dos sultanes, como les llamaba Montse Graupera, reales e irreales a un tiempo, obligados a ser como eran debido a nuestra propia conducta, a la vez recelosa y encantada. Eran simplemente más jóvenes y más inocentes que nosotros, educados más libremente y acomplejados por el poder inicial que nos otorgaba nuestra veteranía y nuestra antigua amistad. Parecían agresivos, pero su agresividad era pura fantasmagoría. Estaban asustados de su propia audacia, sabiendo o intuyendo que algo tendrían que pagar por ella, tal vez el reconocimiento de la desmesura entre lo que querían y lo que conseguirían. Para mí es difícil deslindar realidad y ensueño en el caso de aquellos amigos de Ariadna... Paolo y... No recuerdo el nombre del otro, pero sí el de Paolo. En uno de aquellos repetidos encuentros nocturnos de aquel verano, de tantos veranos, hubo una discusión entre los dos sultanes y Luisa y Montse. Ariadna, que era en realidad la amiga, anfitriona y por lo tanto valedora de los dos muchachos, permanecía como distante espectadora y yo entraba y salía de la escena con las pestañas llenas de imágenes gratuitas que procuraba sacarme de encima, necesitada de asumir lo que estaba ocurriendo ante mis narices. Aquellos muchachos, invitados por Ariadna para que nos provocasen con su osadía, con su descaro, estaban muertos de prevención y de miedo ante ese poder psicológico que otorgan los años hasta que son demasiados. Casi todos y todas estábamos entonces en los cuarenta y pertenecíamos a una generación, tal vez la primera, que rechazaba la vejez como una fatalidad física y se inventaba la eterna juventud del espíritu si ponías a su servicio toda la expresividad de la juventud: desde el vestuario a la gesticulación. Salirse del papel traicionando toda la exteriorización del papel. A veces, viendo las obras de Tennessee Williams, mi escritor preferido, he descubierto que la ingravidez de sus personajes, especialmente de sus personajes femeninos, se debe a que se mueven como no deberían moverse, a que hablan como no deberían hablar. Para un espectador normal, esos personajes están en el límite de la locura, como la chica de *El zoo de cristal* o la Blanche Dubois de *Un tranvía llamado deseo*. Pero no es eso, no. Blanche Dubois habla como una joven aún pretendida por caballeros distinguidos, elegantes, cultos, ante la irritación de su brutal cuñado. Lamentablemente, el autor necesita el último acto, la conclusión, el desenlace y se ve obligado a internar a Blanche en un sanatorio mental, pero en la vida real esa concesión brutal, clarificadora, no sería necesaria. Bastaría que Blanche saliera y entrara de su ensueño, a repostar realidad y credibilidad ajena, para seguir viviendo en dos dimensiones.

Aquellos muchachos interpretaban un papel por encima de sus posibilidades. En ese sentido eran la antítesis de Vicente. Mientras el protegido de Rafa era un galán honesto y decente para homosexuales otoñales, los dos sultanes eran dos personajes de una obra que ellos mismos estaban escribiendo día a día, sin otros elementos de fuerza que su juventud y su belleza. Aquella noche, la noche en la que Montse y uno de ellos llegaron al insulto, luego hubo una conversación muy bonita en la que los dos sultanes resumieron su manera de ver y pensar aplicada a sus ambiciones artísticas. El uno quería ser poeta y el otro pintor. Parecía como si toda la literatura y pintura anterior a ellos hubiera sido un ejercicio inútil, una larga ausencia de ellos mismos y descalificaban todo lo que no fueran ellos mismos, sobre todo lo que ocupaba el lugar, inmenso, total, absoluto, que ellos necesitaban. Y de pronto me vi a mí misma en Londres, quince o veinte años atrás, cuando convencí a mamá de que mi verdadera vocación era el macramé y le enseñé una composición que había hecho con cordeles de colores, cordeles de los que se utilizan para envolver paquetes amables, aunque el trenzado final recordara una tela de araña, aunque también podía ser un sol policromo y deshilachado. Con aquellos elementos yo había creado en la pared de mi habitación una situación lúdica, como la propuesta de un doble fondo, el primero, la pared exacta de mi habitación, el segundo, la araña sol y en un punto concreto, muy concreto, casi un punto negro en la pared en contraste con la nerviosa efervescencia de los cordeles, una foto de papá conduciendo el landó de cuatro caballos.

—A ti qué te parece, mamá, tal como queda, ¿papá viene o se va?

Mi madre acercó sus ojos azules y serenos a la escasez de la fotografía.

—Yo diría que se va, pero hacia la derecha... es decir... en dirección al pasillo.

—No. No. Mira mejor. He utilizado la única foto de papá que tenía con el landó, pero en la composición papá no tiene puntos cardinales. No puedes decir que se halla al este, al oeste o al norte o al sur. Simplemente, se va o vuelve.

—Yo diría que se va.

—¿Lo ves?

Yo estaba entusiasmada. Mi madre no tanto. Aquélla era la intención de mi cuadro. Una memoria dulce y a la vez frágil, sobre la que se cierne la amenaza de destrucción que siempre gravita desde los cordeles deshabitados y en el ojo del temido huracán, aunque contenido o aplazado, la presencia ausencia de mi padre amenazado por todos los olvidos, menos el mío. No es que yo necesitara el visto bueno de mi madre para irme a Londres, porque disponía de algunas rentas, aunque escasas, directamente heredadas de mi padre y de mi madrina, pero prefería irme con la espalda protegida por una mirada benevolente de mi madre. De la mirada benevolente de mi madre a la terrible mirada despectiva de John Dagöre, profesor de macramé, mestizo de india e inglés, aunque había escogido a todos los efectos el apellido de su madre y por si no se notara suficientemente por el tizne de su piel que era indio, se ponía un turbante más blanco que el blanco, que destacaba sobre las cabezas de sus alumnos como una llama de sabiduría con la que quemaba la ilusión y la seguridad de nuestros trabajos. Cuando le veía avanzar entre nosotros e inclinar su cabeza iluminada sobre las largas y anchas mesas en las que los alumnos realizábamos los ejercicios, bastaba simplemente que ladeara la cabeza, se producía una llamarada de soplete y nuestras pobres obras ardían hasta adquirir la condición de ceniza. Al principio creí que me criticaba tanto, me fustigaba tanto por mis condiciones de fantasma rubio y procuré retener mis efluvios dorados, ese polvo de oro que antecede y me precede si yo quiero. Pero en una de nuestras primeras conversaciones extraescolares, John me propuso tímidamente que le acompañara a almorzar a un restaurante indio, donde me revelaría los secretos de los *currys* y los panes de espuma.

—La comida india es nerviosa como el macramé.

Para John todo lo existente o por existir debería ser de macramé, de cordeles que él pudiera trenzar y tenía una extraña filosofía sobre el cordel como preferente estructura muerta de la naturaleza, quintaesencia de fibras asesinadas y destinadas a la utilidad de envolver cosas y redimida de tan obvio encargo mediante el capricho lúdico del macramé, la más completa de las expresiones plásticas posibles.

—¿Qué te parecería un mundo enmendado por el macramé?

—O una trapería o una pastelería.

Se emocionó ante mi disyuntiva respuesta y desde entonces me miró con tanto respeto que me propuso secundarle en algunas de sus operaciones de castigo contra la estética filistea, la estética de los estuchadores del todo y la nada, como él les llamaba. Tuve bastante con una experiencia guerrillera, consistente en colocar sobre el *Niño azul* de Gainsborough un telón de cuerdas sucias y trenzadas que sólo respetaban su carita de descolorida ingenuidad. Cuando se nos echaron encima los vigilantes del museo y algunos visitantes indignados por aquel sacrilegio pasé tanto miedo a pesar de las osadas proclamas que John Dagöre gritaba por encima de la contenida indignación ajena, que a partir de entonces me negué a secundar cualquier cosa que me propusiera, incluso hacer el amor, propuesta a la que hice frente con un razonamiento que contuvo sus deseos para siempre.

—Si hacemos el amor por primera vez anularemos la posibilidad de volver a hacer el amor por primera vez.

Paolo era como John y su aparentemente decantada opción sexual se conmovió ante mí y, como John, me propuso hacer el amor en aquel verano del 74, cuando se ofreció a acompañarme en mi retirada de la reunión de la casa de Ariadna. Yo no podía soportar consumir la noche porque sí, a la espera del descubrimiento de su inutilidad o insuficiencia y en un momento determinado obedecía a una llamada interior de retirada, de recuperación de mi pobre y fea casa comparada con la de mis amigos y amigas de Atzavara, una casa que compré con una aportación inesperada de mi madre cuando cumplí cuarenta años y que invertí siguiendo el juego robinsoniano de mis amigos y amigas, no tan amigos y amigas por cierto. A Luisa la conocía de Juventudes Musicales y a Pruden la recordaba vagamente del colegio, uno o dos cursos por debajo del mío. Las monjas alemanas. Mi madre aplaudió mi decisión de comprarme la casa en Atzavara, aunque seguía considerando que nada que yo acometiera era realmente serio y algo de juego era convertir la antigua cartería de Atzavara en una casa confortable.

—Pero al menos tendrás algo para el día de mañana.

Volvía pues a mi casa, a mi patrimonio para el día de mañana, aquella noche acompañada por *mon chevalier servant* Paolo y cuando le oí proponerme que hiciéramos el amor sentí por una parte la curiosidad de comprobar cómo hace el amor con una mujer un homosexual pero había tanta desesperación en su propuesta, una desesperación que intuí inmediatamente como la tensión entre ser aceptado como homosexual, pero también ser aceptado por mí como hombre, que le opuse el mismo argumento que al indio.

—Si hacemos el amor por primera vez anularemos la posibilidad de volver a hacer el amor por primera vez.

Su reacción fue menos deportiva que la del profesor de macramé. Me obligó a repetir lo que había dicho. Así lo hice, sosteniéndole la mirada con mis ojos dorados, a los que había convocado mis mejores chispas interiores. Y él de pronto se echó a reír, casi doblado, apoyándose en la pared finalmente para contener las convulsiones. No quise aclarar el sentido de la risa y aproveché su conmoción para meterme en casa y subir corriendo las escaleras hacia mi habitación. Desde la ventana podía ver las acciones de Paolo, que seguía apoyado en el muro de la casa, solitario poblador de la calle principal que unía casi todas nuestras residencias de Atzavara. Luego hizo algo que jamás hubiera podido suponer en él: se bajó la cremallera de la bragueta y se puso a hacer aguas menores contra la puerta de mi casa. No fue lo peor que me ocurrió aquellos días, obligada a contemplar, alucinada y a la vez entregada, las locuras de verano de personas a las que yo presumía muy dedicadas a su papel habitual, equilibradamente resignadas a sus éxitos y a sus fracasos y que en cambio aprovecharon un extraño clima para hacer lo que nunca hubieran hecho en condiciones normales. Algo así como un tiempo especial entre dos tiempos normales. Un pedazo de tiempo en el que algunos creyeron que todo estaba permitido, incluso aquello que algo más tarde o más temprano les avergonzaría. Recuerdo una conversación que sostenía Dosrius, una auténtica eminencia capaz de hablar documentalmente de cualquier cosa, con unos amigos suyos que había conocido durante su exilio en Londres donde ejerció como locutor de la BBC en sus emisiones dedicadas a España. Dosrius no se daba cuenta de mi presencia, ni de que yo entendía el inglés.

—Estas gentes de Atzavara son personas muy normales, mucho más normales de lo que se creen o de lo que quisieran ser. Pero este verano parece como si fueran otros. Franco se está muriendo y eso impresiona mucho, sobre todo a esta gente fronteriza que no ha hecho gran cosa para demostrar que era antifranquista, pero que ahora descubre en sí misma un profundo antifranquismo que le excita. Gracias a la existencia de una amplia mesocracia catalana más o menos igual a la de estas gentes de Atzavara, el franquismo en Catalunya en estos últimos años apenas si se ha notado. Parecía como si Franco sólo gobernara en Madrid. Doble conciencia. Doble moral. Tal vez.

Me irritaba que se mostrara brillante a costa de nosotros y que simplificara una situación llena de fuerzas complejas y encontradas. Una noche me vi en la obligación de orientar a la austriaca decana de la breve colonia extranjera de Atzavara sobre quién era quién en el juego de relaciones cruzadas que se había establecido. Y en esta operación me di cuenta que salía una figura concéntrica, con Rafa en el centro y todos los demás personajes gravitando en torno a su peligroso equilibrio. Si todo el mundo, más o menos y en algún momento, hizo lo que no debiera, fue por la influencia positiva o negativa, según los gustos, de la posición adoptada por Rafa presumiendo de amante y además de un amante que no era de los nuestros, porque al fin y al cabo las otras parejas homosexuales estables se habían establecido dentro de una misma geografía social, cultural... es decir, todos nos conocíamos o nos suponíamos sin conocernos. La austriaca lo veía todo como una película de René Clair, decía, algo más morbosa de lo que suelen ser las películas de René Clair. Yo le dije que a mí me parecía una representación de *Els pastorets* interpretada por falsos locos y que cuando acabara el verano, todo volvería a su cauce.

Fue así y no fue así.

—Están más locas que nunca.

Comentó por su parte Millás, el escritor, y me dolió un

comentario dirigido contra nuestros amigos, me pareció que quería marcar distancias y al mismo tiempo hacer un chiste, incapaz de comprender el aspecto mágico de lo que estaba ocurriendo. ¿Por qué dar más importancia a la dimensión política, como Dosrius, o a la sexual, como Millás? Hay otras perspectivas en aquel verano, por ejemplo la mía, buscada por unos y por otros para darse otra versión de lo que pasaba, de lo que les pasaba, incluso de sí mismos. ¿Quién vio como yo a Luisa derrumbada primero porque Rafa atravesaba definitivamente el Rubicón y luego porque volvía a la orilla de la normalidad auxiliado por la mano de Pruden? Cuando todos atribuían a los dos sultanes un efecto nocivo y provocador, casi de excusa por todo lo que había pasado y se reprendía a Ariadna por su afán de meternos en el grupo elementos disgregadores, Ariadna sorprendió a todo el mundo menos a mí cuando, abriendo sus ojos que parecían dos arañas verdes, dijo: Yo siempre busco a gente que me ayuda a entenderme a mí misma y a cambiar algo el sentido de cada verano.

Con Ariadna sigo viéndome con mucha frecuencia y de sus «terribles» provocadores, Paolo me escribe con cierta regularidad, hasta me ha enviado un libro de poemas muy bonito que ha publicado la Dirección General de Cultura de su Comunidad Autónoma, para la que trabaja de funcionario. Es un libro con poemas dedicados a los dioses antiguos de aquel territorio, dioses autonómicos, anteriores a los dioses centralistas que impusieron los griegos y los romanos primero y luego los cristianos. Me hizo mucha ilusión el libro porque yo no sabía que también en el pueblo de Paolo tuvieran dioses propios.

Dioses caídos
chaparros mongólicos
enterrados en vida
por los dioses de Roma

... informa Paolo en uno de sus poemas más bonitos, aunque me dice en sus cartas que le queda poco tiempo para la poesía porque es mucho el trabajo que representa modernizar España desde las nuevas instituciones democráticas y que para él es más poético recuperar huellas culturales perdidas por las pedanías de su país que sentarse ante una mesa burguesa, poner sobre ella un papel blanco burgués y llenarlo con las obsesiones y fantasmas de un burgués. Paolo es concejal de algo, no sé muy bien de qué, aunque supongo que será de poesía o de cultura. En mi trabajo actual, informadora e inspectora de adopciones del Gobierno de la Generalitat de Catalunya, tengo ocasión de ver cómo el trabajo administrativo o político ocupa muchísimo tiempo y frustra la creatividad de personas como Paolo que soñaban ser príncipes de la poesía y han acabado sepultados bajo el peso de sus propias horas de trabajo normativo, rutinario. Pero yo creo que todo ser humano lleva dentro un *elán* y si ese *elán* es creativo, sale en la circunstancia que sea, aunque el poseedor de ese impulso sea responsable de Hacienda de un ayuntamiento o animador cultural de barrios poco animados.

Si alguna vez hablo con Montse o Ariadna de lo ocurrido aquel verano tiendo a frivolizar mis propias imágenes para compensar la visión de ellas, demasiado trascendente. Y puesta a frivolizar me veo bailando, bailando todo el mes de julio y de agosto, bien con Paolo o Vicente, bien con Sau, el arquitecto que presumía de ser un gran bailarín de sevillanas. Yo aprendí a bailar sevillanas en el palacio de los duques de Medina Sidonia, ligados con mi padre por asuntos de negocios y que insistieron muchas veces en que Carlota y yo fuéramos a Sevilla para la feria de abril. Así lo hicimos en 1946 y 1948 y los duques nos compraron unos trajes preciosos y nos pusieron un profesor durante quince días para que no desentonáramos con los bailarines nativos. Conservo el traje y me lo pruebo de vez en cuando, aunque me va algo estrecho de cintura y cuando me lo pongo es como si el traje tuviera autonomía y se pone a bailar él, por su cuenta, conmigo dentro y me viene un éxtasis, una entrega tan total al baile que diríase que soy sevillana de pura cepa. El otro día nos reíamos mi hermana Carlota y yo como unas locas, porque entre las muchachas de Barcelona se ha puesto de moda ir a bailar sevillanas en el Up and Down, una sala de fiestas en plan bien. Las hijas de Carlota fueron con los de Up and Down a un viaje en barco a Sevilla, Guadalquivir arriba, y desde entonces son como drogadictas de las sevillanas y según mi hermana bailan con mucho salero a pesar de que son rubias y tienen los brazos muy largos de tanto jugar al tenis.

La noche en que pasó lo que tenía que pasar, yo estaba bailando sevillanas con Sau y al comienzo lo hacía movida por la alegría misma del baile y el clima colectivo. Pero en cuanto vi la que se estaba armando en los distintos rincones de la casa bailé para no ver y para distraer a los mirones, porque me sabía mal que sacaran conclusiones equivocadas de lo que estaban viendo, desconociendo el profundo misterio que guía las conductas humanas. Luego, cuando Luisa, Ariadna y no recuerdo muy bien quién más, se dedicaron a consolar a Vicente, desairado por el apasionamiento que había brotado entre Rafa y Pruden, yo me negué a secundar aquel esfuerzo de inútil compasión. La suerte estaba echada, Vicente muerto, ¿para qué preocuparse de aquel muerto? Toda su espléndida aparición al comienzo del verano se había apagado y sin la luz que le prestaba la decisión de Rafa, Vicente dejaba de tener el menor interés. Luisa no reaccionaba en favor de la víctima sino en favor de sí misma y si no hubiéramos estado nosotras, en lugar de ocuparse del muchacho habría vuelto a casa de Rafa a quitárselo a Pruden. Me fui a mi casa y por el camino me encontré a Sebas desolado. Su historia con Pepe pasaba por una crisis agravada aquella noche por el flirteo y algo más que flirteo descarado entre Pepe y uno de los sultanes. Yo tenía ganas de volver a casa, a recuperar mi espacio y mi tiempo, una soledad desde la que poder recrear y si era necesario corregir lo que aparentemente había sucedido, lo que todos creían había sucedido. Pero tuve que soportar la llantina de Sebas, su depresión, su canto al amor perdido, el inventario de sus sacrificios para conservar el amor de Pepe.

—Si yo te dijera todo lo que he hecho por este hombre...

Le contesté que ningún hombre merece tanto sufrimiento, en parte porque me salió así, en parte porque quería colocarle ante el absurdo del espectáculo que me estaba dando.

—Yo en cambio creo que ha sido una noche maravillosa, Sebas.

—Ha sido una noche horrible, Paqui. No sé cómo puedes hablar así.

—Cada uno puede interpretarla a su manera. Mañana será otro día. Llegará septiembre. Los días normales. El verano en realidad no existe.

—No quiero ir a dormir a nuestra casa. No podría soportar una escena con Pepe.

—Vente a dormir a la mía.

No durmió en toda la noche. Lo supe porque de vez en cuando rompía mi sueño con sus idas y venidas, especialmente al váter, cuya puerta nunca ha cerrado bien porque tropieza con el embaldosado y hace un ruido que me pone los nervios de punta. Cuando me desperté definitivamente, Sebas ya se había ido y horas después me lo encontré en la playa, junto a Pepe. Los dos habían llorado mucho o dormido poco y nadie de los que habían sobrevivido al cansancio de la noche, al menos lo suficiente para bañarse, tenía ganas de comentar lo sucedido. Ni aquel día ni en los siguientes, en los que se mantuvieron algunas ausencias significativas. Así como en la playa nunca hablábamos de lo sucedido, luego en nuestros grupos más estrictos no había otro tema de conversación, aunque de hecho, el nuestro, el de las mujeres, se había reducido a Ariadna y a mí. Pruden se había marchado de Atzavara, Luisa no dejaba a Rafa ni a sol ni a sombra y Montse estaba camino de Grecia como supimos más tarde. La verdad es que el verano terminó plácidamente, sabedoras Ariadna y yo que la historia nos era ajena, que éramos las menos implicadas en aquel drama que parecía una comedia o en aquella comedia que era un drama. Y sin embargo todos me consideraban pendiente de sus crisis y primero me ofrecieron la evidencia de sus cicatrices y luego sus confidencias y despedidas, a medida que abandonaban Atzavara, aquel año prematuramente. Sau y su primo, el concertista, eran ya entonces dos viejos galápagos protegidos por poderosas conchas y aunque ponían cara de pésame para tanto entierro, en el fondo no estaban conmovidos. Los Millás se entregaron a una vida de familia unida, en torno a sus hijos. Luisa no se apartaba de la cabecera, es un decir, de Rafa. Tuve pues que dedicarme más a mí misma y lo empleé en hacer fotografías. Aún las conservo y al recuperarlas veo que detrás de cada fotografía, aparentemente dedicadas al paisaje y a escenas costumbristas de playa protagonizadas por veraneantes que no eran los nuestros, yo puse nombres de nuestros amigos, estableciendo alguna asociación, que en ocasiones ya he olvidado entre lo fotografiado y lo ocurrido. Por ejemplo, en una foto de peñascos diríase que troquelados sobre el horizonte marino, puse: Paolo y Donato. Puedo explicarme la asociación inventándola ahora, pero sospecho que no se parece en nada a la que establecía originalmente.

Luisa me contaba sus avances con Rafa como si no tuviera importancia lo que yo pudiera opinar, es decir, me utilizaba como un muro donde rebotaban sus reflexiones y sus deseos. No hacía más que confirmar lo que yo había imaginado y me parecía curiosa más que patética, la huida de Pruden, culpabilizada por Luisa por la supuesta humillación recibida por Vicente. Para mí el chico había pasado como una nube de verano, como había pasado semanas atrás un amigo suyo muy simpático y nadie había hecho un drama por ello. Farrerons aprovechaba los apartes para darme cuenta de su indignación moral por el trato recibido por Vicente, pero de hecho exteriorizaba su desacuerdo con las veleidades heterosexuales de Rafa, como si aquella decisión rompiera sus esquemas.

—Pobrecillo, se había hecho tantas ilusiones... Era como un pedazo de barro por moldear y en manos de Rafa y con nuestro ejemplo habría sido espléndido. Recuerdo como si lo estuviera viendo cuando volvieron de Nueva York, tan enamorados, tan deslumbrado Vicente por todo lo que había visto. Imagínate, Paqui, la obra de Pigmalión. Imagínate que de pronto el profesor coge a la florista y la devuelve violentamente al mundo del que la ha sacado para transformarla y la devuelve a medio hacer. Ya no podrá volver a ser florista, ni la señorita distinguida en la que trabajaba el profesor. ¿Comprendes? Cuando coges un muchacho así te has de responsabilizar de él. Yo me enamoré una vez... pero no, no vale la pena que te cuente mi historia, ¿no es cierto?

Le dije que sí, que no valía la pena que me contara su historia. Sólo me faltaban a mí las historias de Farrerons, cuando cada día tenía que asumir confidencias, reproches, profecías, y la última quincena de agosto fue desastrosa y apenas si pude tomar el sol. Luego, cuando volví definitivamente a casa, mi madre me dijo que no estaba tan morena como otros veranos y lo atribuyó a mi mala piel.

—Tienes la mala piel de los Sans, en cambio a Carlota le basta ponerse al sol un día para parecer una negrita. Y tus hermanos igual. Son como yo.

Tuve que reconocer, sobre todo a partir del siguiente verano, que aquellas vacaciones habían tenido una importancia no del todo evidente para mí misma. Me habían creado una dependencia de compañía a pesar de mis ausencias y añoré levemente aquellos tiempos en que éramos simplemente inocentes veraneantes arropando a Rafa y sus amigos... los alegres muchachos, como los llamaba Montse, con aquel aire de superioridad que nunca me la hizo simpática del todo. Una superioridad profesoral que disimulaba una superioridad social, porque era la más rica en muchos sentidos y no sabía cómo disimularlo sin dejar al mismo tiempo de dar constante muestra de ello. A mí me consideraba una loca de comedia francesa y me gustaba exagerar el número en su presencia, sobre todo el de las pamelas, porque sabía que las pamelas le molestaban como si fueran la imagen misma de la decadencia.

—Sólo te falta la sombrilla, Paqui.

Me decía tontamente, porque si se lleva pamela no es obligatorio llevar sombrilla. Yo pestañeaba especialmente para ella y la envolvía en tal nube de polvo de oro que la desorientaba y acababa por dejarme en paz. Es inevitable que en grupos humanos de tan largo y constante trato surjan problemas de intolerancia interpersonales, como pude aprender en un curso de sociología en Montpellier, sobre todo en las clases que nos dio un profesor mexicano de origen español que había atravesado el Atlántico en una balsa en compañía de un grupo de amigos. Cuando llegaron a puerto se odiaban o se amaban, según unas reglas de afinidad imprevisibles antes de la partida. Aquellas lecciones me sirvieron para clarificar sobre todo las relaciones con mi madre y cuando ella quedó inválida y yo estuve en condiciones de fijar las reglas de nuestra convivencia en el piso del Ensanche en el que vivimos juntas y solas desde la ruina y la muerte de papá, decidí que ella viviera siempre en la zona que da a la galería del patio interior y yo en el extremo opuesto. Sólo nos encontramos en la zona de la televisión o en mi habitación, cuando yo la llevo allí para hablarle, aunque dudo que ella me escuche, bien porque no quiera, bien porque no pueda.

No todo en aquel verano fue intranquilizador o sórdido. Recuerdo por ejemplo una conversación muy agradable con la austriaca sobre la razón de ser moreno o rubio en España. La austriaca había simplificado la relación causa efecto hasta el extremo de sostener la tesis de que los rubios éramos descendientes de razas europeas y los morenos de razas africanas, afirmación madre de la que derivan otras afirmaciones asociadas sobre la capacidad de los rubios y los morenos. Así como los primeros estábamos preparados para hacer lo mismo que cualquier europeo, los morenos eran molestos compañeros de aventura necesariamente programados para un futuro tercermundista. Yo estaba muy empollada sobre el asunto, porque un cursillo de sociología en Montpellier derivó hacia otro curso en la Sorbona sobre racismo e ideología y aunque la austriaca estaba poco predispuesta a aceptar mi autoridad científica a priori bastó que yo le enseñara un diploma de la Sorbona para que me mirara con respeto y a partir de entonces buscara mi compañía obsesivamente para comentarme la página de cultura de *Le Monde*.

Así como lo sucedido entonces ha cambiado fundamentalmente las vidas de Luisa y Rafa o resignado la de Pruden, yo no he cambiado en nada. Ariadna creo que tampoco. Ni Montse. Conseguí algunos encargos para exposiciones fotográficas que me entretuvieron dos o tres años e incluso hice de *baby-sitter* en Nueva York y San Francisco, movida por mi deseo de vivir un tiempo en América, incluso a cruzar el ecuador de los cincuenta años en un continente nuevo y vitalista. Creo que a los cincuenta años tuve la última conversación coherente con mi madre. Insistió en la incertidumbre de mi futuro y me propuso buscar un empleo mínimo, pero seguro, algo que pudiera garantizarme una pensión complementaria cuando ya no pudiera valerme por mí misma. Todo el mundo de relaciones de mis padres estaba jubilado y una nueva clase de empresarios, políticos, financieros ocupaba todos los poderes. El nombre de Floreal Sans ya no abría ninguna puerta, mis hermanos apenas si conseguían sobrevivir, con la dignidad de otro tiempo semidisminuida. ¿Qué sabes hacer, Paqui Sans? Me pregunté. Leer. Ver. Viajar. Escuchar. Nada que ofrecer en un mercado de trabajo cada vez más duro. Fue entonces cuando recurrí a Montse en la esperanza de que su marido, triunfador en los tiempos de transición, pudiera echarme una mano. Montse me dijo que ya no era su marido, que estaban en trámites de divorcio porque él quería casarse con su amante más constante en los últimos años. Pero que haría alguna gestión y no dudaba que Carlos haría lo imposible si estaba en su mano. Consiguió que Carlos me citara con veinte días de plazo y el día convenido me presenté en su despacho rutilante, con un vestido de Asunción Bastida que me había arreglado la costurera que mi madre se empeñaba en mantener al servicio de arreglos imposibles o inexistentes. Era un vestido blanco y escotado en uve, con un fular rojo corinto y una pamela de piqué blanca y roja. Convoqué aquel día los mejores reflejos dorados de mi cabellos y la nube de oro que sale de mi mirada cuando pestañeo, empolvando de riquezas y gloria las situaciones más banales. No permaneció Carlos ajeno a este despliegue. Estuvo caballeroso, amable, casi tierno y me habló con una blandura especial, la que se emplea con la gente frágil e inofensiva. Le expuse la modestia de mis ambiciones y la delicada función intermediaria de Montse. Me elogió a Montse, la mujer de una de sus vidas, la más intensa sin duda, pero al fin y al cabo una vida en un hombre nacido para tener varias. Y luego ya se metió en el tema preguntándome qué sabía hacer.

—Leer, ver, mirar.

—¿No puedes concretar un poco más?

—Viajar, sonreír, infundir confianza.

—Me estás describiendo a una señorita de compañía de novela de Daphne du Maurier.

—Las señoritas de compañía suelen ser más jóvenes. Yo sería la perfecta ex señorita de compañía.

—No existe ese oficio, Paqui.

Me sonreía como si la conversación pasara por el aperitivo, juego introductor a la propuesta real y como hombre ocupado, llegó un momento en el que empleó la buena educación del silencio para presionar la definitiva entrada en el tema. Yo también callé.

—¿Eso es todo?

—Por mi parte sí.

Estaba desconcertado y no sabía si inventarse él la contestación y la propuesta o despedirme con tanta amabilidad como contundencia.

—A ver qué podemos hacer. Algo de relaciones públicas, desde luego. Estás muy dotada para las relaciones públicas. No te apures, ni te desesperes si tardo en dar señales de vida, pero espero encontrarte algo.

Dos meses después me llamó su secretaria y me puso en contacto con un juzgado encargado de examinar los casos de demanda de adopciones. Allí estaba un juez con la camisa sucia y la corbata mal anudada que apenas si me miró mientras me recitaba rutinariamente la lista de mis obligaciones. Rellenar encuestas muy sencillas sobre las condiciones de los adoptantes y hacer observaciones mínimas sobre el posible éxito o fracaso de la adopción.

—De todas maneras no se piense que es usted la que va a decidir. Hay factores objetivos más determinantes.

No me dijo de qué factores se trataba, pero con el tiempo los he aprendido. La solvencia económica y social de los adoptadores el más determinante. El trabajo me permitía moverme fuera de un despacho, organizar mi tiempo, no ser demasiado exigente conmigo misma y por lo tanto no debería serlo con los demás. Todas mis observaciones estaban siempre a favor de los adoptantes y en más de una ocasión, tanto el juez, como su secretario, el primero con la mala sombra habitual y el segundo con una cierta simpatía algo burda, han comentado que si de mí dependiera desaparecería en veinticuatro horas el problema de los niños sin hogar.

—Paqui monta un servicio de envío de niños por correo, con cobros revertidos, y se acabó el problema.

¿Y por qué no?

Hay que satisfacer los deseos de la gente si no menoscaban los deseos de los demás y no se oponen a principios éticos de situación y estéticos elementales. La moral siempre es de situación, pero la estética es elemental, se basa en límites precisos que varían según los códigos, según las personas, según las clases, no clases estrictamente económicas, sino clases culturales. Ésta es una de las pocas convicciones firmes que aplico en mi existencia cotidiana, cuando me veo obligada a actuar según las convenciones de la realidad. Procuro evitarlas pero a veces no tengo más remedio que afrontarlas aplicando eso que llaman experiencia, la mía y la de los demás, aunque a veces, muchas veces, la una y la otra sean antagónicas. Pero la fuerza vital más contundente, la que pasa por encima de las falsificaciones benévolas de la memoria o de frías consecuencias de la experiencia, es el destino. A estas alturas de mi vida, por ejemplo, yo creía que los hechos del verano de 1974 eran ya ni recuerdos, sombras, sombras de recuerdos.

Y tal vez esos fragmentos de recuerdos se habrían quedado en eso, sin ninguna relación con mi vida actual, de no haber querido el destino poner en mi camino la ficha del niño Pedro Martos, un retrasado mental de seis años al que quería adoptar en un pueblo del Vallés la dueña de un hostal y su marido, gentes declaradamente acomodadas y con deseos y esperanzas de cuidar a un hijo adoptivo tan difícil como Pedrito.

Cuando he salido del juzgado camino del Vallés me he hecho una composición de lugar, me he imaginado lo que iba a vivir, oír, decir, y llevaba ya la decisión tomada. Me recibiría la presunta madre adoptiva en un saloncito recién limpio y ordenado. Me diría que el amor de madre se prueba precisamente ante casos como el de Pedro Martos y yo, que no sé lo que es el amor de madre, iría tomando apuntes, aparentemente distanciada y desganada, pero con intención de ponerme de su parte, no porque me conmoviera el hecho, sino por comodidad moral. Es decir. Lo más cómodo moralmente era darle el niño y en paz.

No me conmueven las cosas conmovedoras. Me pongo a la defensiva ante las cosas conmovedoras, porque algo me avisa de que pueden ser destructoras y tal vez conserve esta predisposición desde que leí *La piedad peligrosa* de Stefan Zweig en el colegio, uno de los pocos libros modernos autorizados, más aún, uno de los pocos libros de Zweig autorizados por la monja bibliotecaria. Así que yo concebía mi encuentro con doña Esperanza García como un tributo obligatorio de tiempo y amabilidad del que debía salirme lo antes posible. Pero ya al llegar a lo que constaba como hostal me di cuenta de que la realidad superaba a mi capacidad de ensoñarla. Era más una venta a la andaluza que un hostal a la catalana, encalada y enrejada, llena de geranios por fuera y de jamones colgados del techo por dentro, esos jamones tan graciosos que tienen clavado un platito de latón en la punta para contener el goteo del aceite. Y en una penumbra agradable por contraste a la crudeza del sol reverberante en las paredes encaladas, estaba esperándome doña Esperanza García, distinta, muy distinta a como yo la había imaginado. Era alta y aún más lo era porque se había subido a zapatos de tacón muy empinados y se peinaba con un moño sostenido en la coronilla. También el maquillaje del rostro, subrayando una cara larga y a la vez angulosa, acentuaba la impresión de altura y de distinción copiada de las modelos de *Vogue*. Además se movía como una modelo o, mejor dicho, como una aprendiz de modelo de aquellas que salían en las películas caminando sobre tacones muy altos en la obligación de mantener en su sitio el montón de libros sostenido en la cabeza y aquellos cuellos de cisnes. También hablaba como si temiera escoger palabras inadecuadas, o como si buscara las palabras siempre más precisas, en un tono de voz de satén algo ronco en los arranques y deslizante en las eses y las ces, casi eses, denunciadoras de un origen canario, aunque quizá fuera simplemente andaluz.

—No sabe usted el bien que me hace su visita.

No es una manera habitual de empezar la conversación con una inspectora. Normalmente el interrogado o investigado está nervioso y espera las preguntas, las contesta con una gran intención de sinceridad, para impresionar con su sinceridad, con su exagerada sinceridad. Yo suelo romperles el hilo yendo por aquí y por allí para desconcertarlos y hacer que olviden la lección aprendida durante días de espera.

—Es muy bonito su cortijo.

—Es un hostal.

—Pero parece un cortijo.

—Pues es un hostal.

Se le había encasquillado la sonrisa. No le gustaba que yo llamara cortijo a su hostal.

—¡Y cuántos jamones!

—¿Quiere unas lonchitas? ¡Está de requetebueno!

Se mordió los labios porque consideraba que había cometido un desliz, primero proponiéndome comer algo en acto de servicio y segundo comprometiéndose con un adjetivo tan popular como requetebueno. Incluso me pareció como si se le rebajara la estatura y el tono del maquillaje. De hecho, aquella mujer consideraba que toda persona capaz de hacerle preguntas era de la Guardia Civil. ¿Dónde empezaba para aquella mujer la Guardia Civil? Me ensimismé pensando en estas cosas y ella, a la espera de mis preguntas, tras mantener un educado silencio empezó a hablar, hablar, primero lentamente y luego agolpadamente, interpretando mi silencio como una invitación a la confesión. Se sopló un flequillo que no llevaba y me puso una mano sobre el brazo. El contacto de aquella mano grande y algo sudada me hizo volver a aquella caverna llena de estalactitas de jamón.

—Por fin empiezo a encontrarme a gusto, doña Francisca. No sabe el peso que me ha quitado de encima al encontrarme a una persona tan llana como usted.

—Llámeme Paqui.

Le dije para acentuar mi llaneza y propiciar su apertura de esfínteres. Le reían los ojos y las mejillas cubiertas por un rubor más poderoso que el maquillaje. Continuaba su mano sobre mi brazo, más que una mano era una pala ancha y larga terminada en unos dedos poderosos.

—Qué mano tan fuerte tiene usted.

La retiró como si se la hubiera pinchado con mis palabras.

—Toda mi familia es muy manazas. Mi madre decía: *Chiquilla, que no va a ganar tú pa guante.*

Lo había pronunciado de un tirón, en un andaluz que le salía del fondo de su alma, allí donde mantenía reprimida, encarcelada su real manera de hablar, para que yo no la descubriera. ¿Por qué?

—Me gustan las personas con las manos fuertes. Inspiran seguridad.

Cerró los ojos como si la hubiera piropeado y cuando volvió a abrirlos respaldó con el lago limpio de sus ojos inmensamente abiertos la sinceridad de su confesión.

—Sé luchar por lo que me interesa, pero me falta un hijo. Eso daría sentido a toda mi vida.

—¿A pesar de ser mongólico?

—¿Quién va a quererle si no le quiero yo?

—¿Y su marido?

—Vicente dice que sea lo que yo quiera. ¿Quiere una copita de algo? Tengo un jerez impresionante que se llama Sangre y Trabajadero, no se vende en el mercado.

—Me encanta el jerez, sobre todo el que no se vende en el mercado.

Estuvimos ante dos copas de jerez. Ella apuró la suya con una sed aplazada y yo pestañeé lanzando nubes de polvo dorado.

—A mí se me sube en seguida a la cabeza.

—Pues que se le suba cuanto antes, que el jerez quita las nubes que una lleva dentro.

Tres copas después había vuelto a poner su mano sobre mi brazo y acercaba su cara larga y retocada a la mía, hasta oler en su aliento el jerez que estábamos tomando.

—El señor párroco me invitó a que hiciera la solicitud de adopción. Mosén Xisquella es un santo y yo le dije: Padre, adoptar a un niño daría sentido a mi vida y ahora que puedo, ahora que me defiendo, es el momento. Y él me dijo una cosa, una cosa, mire usted, que me puso la carne de gallina. Me dijo: El amor que tú puedes dar es mucho, Manolo, pero ha de tener algo de expiación, para que lo goces más tú y tu hijo e incluso para que sea más hermoso a los ojos de Dios.

Había percibido un ruido en todo lo que le había dicho. Recompuse mentalmente. Recompuse mentalmente la aclamación del párroco hasta llegar a lo de «... el amor que tú puedes dar es mucho, Manolo». Aquel nombre no tenía nada que ver con nada ni con nadie de lo que estábamos hablando. Ella se llamaba Esperanza, su marido por lo que parecía, se llamaba Vicente, el niño Pedrito. Pero notaba que ella era consciente de mi desconcierto, es más, que lo había provocado y lo estaba analizando. De pronto musitó:

—El señor juez ya lo sabe, ¿no se lo ha dicho?

—¿El qué?

Hubo un silencio que ya era inútil cuando ella lo rompió para decírmelo. Yo mientras tanto había vuelto a mi despacho, había recuperado mi sitio ante la mesa, el expediente entre mis manos, recién recibido de las manos del secretario del juez y más que las manos veía su sonrisa.

—Anda, Paqui, lúcete, que este expediente se las trae.

Atribuí la sonrisa y la dificultad del expediente a la condición mongólica del niño, pero ahora todo estaba claro y mi brazo se puso nervioso, aferrado como estaba por la manaza de Esperanza García, más aferrado aún cuando de sus labios salió la revelación que ella y yo estábamos esperando.

—Yo antes era un hombre, ¿lo sabía usted, no?

Yo probablemente lo sabía, pero mi brazo no, porque empezó a temblar y se deshizo del anillo de sus dedos, mientras todo el cuerpo de la dueña de la venta se retiraba para dejarse caer en el respaldo de la silla.

—Es una historia muy triste, muy larga, muy sórdida a ratos, muy hermosa finalmente. ¿Quiere usted venir conmigo?

Asistí a partir del momento a una ceremonia de exhibición del reino de aquella mujer: el bar donde estábamos, el comedor con cuarenta mesas.

—Los domingos se pone así...

Las cocinas.

—Vicente y yo no hemos reparado en gastos. Es lo más nuevo que hay en tecnología culinaria.

Las habitaciones para treinta huéspedes, pulcras, blancas, con santos en las paredes y biblias en las mesillas de noche. Hasta una hectárea de terreno rodeaba el hostal y ella, al mismo tiempo que la solicitud de adopción del niño, había presentado una demanda de explotación de una gasolinera.

—Es por el niño. Cuando faltemos su padre y yo... bueno, si ustedes nos dejan ser sus padres... podrá vivir de la rentita de la gasolinera.

Me pasó el brazo por los hombros, como dejando caer sobre mí la responsabilidad de su vida y su estatura.

—Y todo lo he ganado cantando por esos *tablaos* de España. Nunca he sido una primera figura de esas que salen en las revistas y en la tele, pero tengo un nombre en mi profesión, primero como Manolo de Antequera y luego, después de operarme, como La Antequerana. De Ayamonte a Vera, de Puerto Lumbreras a Jabugo, no hay *tablao* que yo no haya conocido y siempre como una hormiguita guardando, guardando para el día de mañana, porque en lo mío lo peor que te puede ocurrir es llegar a vieja sin *na* por delante y *na* por detrás.

Ya no controlaba su idioma fingido. Sus gestos eran más abiertos y al caminar sobre los tacones ya no buscaba la vertical inmutable de una estilizada modelo de conjunto revival *art déco*.

—Yo me siento mujer y le diré algo aún más fuerte. Más que mujer me siento madre.

—¿Y su marido?

—Vive por mí y hace todo lo que yo quiero que haga. Es muy bueno. Muy persona. Pero también muy hombre, muy hombre, porque muchos hombres no son personas, son animales, precisamente porque consideran que ser muy hombre es ser muy animal. ¿Quiere usted ver mi santuario? Es una habitación que nunca enseño a nadie. Bueno, a casi nadie.

Tiró de mí escaleras arriba y llegué sin aliento a la entrada de una buhardilla. Nada más traspasado el umbral me pareció entrar en el camerino de una estrella del *music-hall*, con el espejo enmarcado por una batería de bombillitas, el biombo decorado con odaliscas *liberty*, las paredes forradas de terciopelo rosa, fotografías por doquier, de Manolo, de Esperanza, incluso alguna que representaba un momento de transición de la crisálida, a medias Manolo, a medias Esperanza. Se dio cuenta de que yo permanecía fascinada ante las muestras de aquella fase de su evolución y desenganchó la foto de la pared para ponerla en mis manos. Yo tenía las manos blandas y aquella foto me pareció de carne, de carne humana, ambigua, indecisa, como si dentro del rectángulo blando, de aquella fotografía blanda, se estuviera produciendo la metamorfosis de Manolo en Esperanza.

—A pesar de la vida que había llevado, fíjese si yo era inocente, Paqui, que cuando decidí operarme creí que saldría de la mesa de operaciones como una mujer completa, incluso capaz de tener hijos con mis propias entrañas. Luego, cuando me dijeron que eso llegará algún día, pero que aún estamos muy lejos, me pasé ocho días llorando, ocho días y ocho noches. Suerte tenía de mi madre, que no se apartó de mi lado ni un momento. Manolo, Manolillo, hijo, consuélate que has quedado muy bien y tienes toda la vida por delante. No sé qué hubiera sido sin mi madre. Tenía mucho carácter. Era una pobre ignorante, pero tenía un par de huevos así.

Incluso le había cambiado la voz al decir lo del par de huevos y sugerir la dimensión de aquellos atributos con las manos marcando un espacio vacío pero enorme, a todas luces inverosímil. Capté su pánico, su impotencia cuando trató de retener las palabras y el gesto, recién salidos de su cuerpo y me encontré a mí misma tratando de reproducir con mis manos aquel volumen de aire y diciendo:

—¿Los tenía así?

Se echó a reír y a darme golpes con la mano en el pecho, como alejándome o acercándome, pero sin duda liberada del miedo reciente.

—¡Pero qué salero tienes, Paqui! ¡Tienes un salero que no se *pué* aguantar!

—Sé de qué va porque mi madre también tiene muchos cojones.

Sin duda pronunciábamos la palabra cojones de manera bien diferente. Ella con mucha rapidez, casi sin jota, en su lugar una hache aspirada, lo que daba una cierta inocencia a la palabra. En cambio yo me veía obligada a pronunciarla poquito a poquito y a detenerme ante la jota como un obstáculo, porque a los catalanes, aunque casi siempre hablemos en castellano, las jotas no nos van. Es imposible por lo tanto pronunciar la palabra cojones con naturalidad si no se tiene controlada la emisión de la jota y yo casi nunca había utilizado tal palabra, por lo que me salió como si fuera tartamuda, la primera parte con lentitud y luego el jones disparado en cuanto superé el obstáculo de la jota. Y que se partía de risa doña Esperanza García y ay ay ay que voy a reventar, que no se *pué* aguantar, que qué salero tiene esta mujer.

—¿Y el niño?

Se controló automáticamente, se puso las manos sobre el busto y las hizo resbalar hasta la cintura, sobando el propio contorno de tetas puntiagudas y suficientes, suspiró, se secó una lágrima ensuciada por el rímel y le quedó un ojo desdibujado, inacabado, como si allí empezara a derrumbársele una imagen construida durante horas y horas, años y años.

—Pues está en un colegio, especial, ¿sabe usted? Va unas horas a un colegio muy bueno de Sabadell donde les enseñan a controlar los movimientos y poner atención cuando les hablamos. Estos niños son muy dispersos, ya lo sabe usted. No tardará en volver, lo ha ido a buscar mi marido con el jeep. ¿Y si matáramos el hambre mientras tanto con unas lonchitas de jamón?

Llamó a un camarero que parecía un bailarín de flamenco escuchimizado y calvo y le pidió que nos trajera un plato de jamón y que bajara aquel jamón de allí, sí, justo aquel de allí, para que lo viera la señora.

—Tengo los mejores jamones de la comarca. Si viera usted los fines de semana cómo se pone esto y casi todo el mundo me pide jamón, jamón y caña de lomo, de Cortegana, de la sierra de Huelva.

Cuando volvió el camarero con el plato lleno le ordenó que envolviera el jamón descolgado para que no me manchara el coche. Me di cuenta entonces de que quería regalármelo y opuse todos los reparos posibles, pero ella me inmovilizó cogiéndome los brazos y fusilándome con su conmovida sinceridad.

—Paqui, le voy a hablar con el corazón. No se lo doy para condicionar un veredicto... Se lo doy porque usted me ha caído de bien que no se puede explicar... algo muy hondo, muy hondo me dice que usted es una persona como Dios manda y de eso no se encuentra mucho en los tiempos que corren.

Así que el jamón, una vez envuelto, se quedó como un pedacito de momia, una pierna de momia, apoyado en una silla de las que rodeaban la mesa a la que nos habíamos sentado. Y en éstas que se oye un ruido de camión o algo así, un claxon y Esperanza García se pone de pie con toda la alegría vertical que le cabía en el cuerpo.

—¡Son ellos!

Primero entró el niño, como un chinito pálido y la boquita lagrimeante de saliva, con los ojos rasgados tratando de encontrar la voz de la mujer entre los jamones que colgaban del techo.

—Estoy aquí, mi vida, mi tesoro... ven que te voy a dar mil besos en esa carita de ángel.

Y el niño fue besado como si se tratara de un aperitivo en

una comida caníbal. Él parecía feliz y gruñía. Tras el cuadro de la madre y el hijo se oía el ruido de unas botas acercándose y en el umbral quedó la silueta de un hombre delgado, pero fuerte, con el ademán contenido y los ojos apoderándose lentamente de la situación. En cuanto le vi le reconocí y él a mí, porque a pesar del aplomo de su avance, dudaba en la cara que poner y se quedó a la espera de que yo proclamara mi reconocimiento o no.

—Mire usted, mi marido, bueno, mi compañero, que es más que mi marido, Vicente Blesa, y aquí la señora Paqui...

—Paqui Sans.

—Buenas tardes. Está usted en su casa.

No nos reconocimos pues, al menos él jugaba a que no nos reconociéramos.

—Dale un besito a esta señora, Pedrito. Sé bueno y dale un besito a esta señora.

No era besador el niño o al menos yo no lo atraía, lo que le agradecí, porque la sola perspectiva de que me besara con aquella boquita babeante me provocaba náuseas.

—Dale un besito a esta señora, Pedrito...

—No te pongas pesada, mujer.

Era la voz, la voz del verano de 1974, ahora con autoridad, la que dan más de diez años de distancia y un nuevo papel de ventero consorte y presunto padre adoptante. El niño tendió los brazos para colgarse del cuello de Vicente.

—Quiere que lo tires al aire... ¡Fíjate el mocoso! Y luego dirán que es tonto. ¡Le gusta que lo tiren al aire! Tíralo, tíralo para que lo vea esta señora.

Vicente cogió a la criatura por los sobacos y la lanzó hacia el techo de jamones, provocando una cascada de carcajadas, metálicas, muy sonoras, que no tenían nada que ver con los gruñidos que hasta entonces habían salido de aquella boca ensalivada. Y una y otra vez. Y venga carcajadas y venga exclamaciones de entusiasmo de Esperanza, mientras se daba golpes de puño en el regazo. Yo ya tenía bastante y así lo entendió Vicente, que no me quitaba ojo de encima. Retuvo el chiquillo entre sus manos y se lo pasó a Esperanza.

—Llévatelo a que le den de merendar.

—Ay, pobrecillo, que estará muerto de hambre. Come como una lima. ¿Y sabe usted lo que más le gusta?

No, yo no lo sabía.

—Pan con jalea de membrillo... se lo come ¡a kilos!

Se llevó a la criatura entre arrumacos y Vicente y yo permanecimos unos minutos con la vista vuelta hacia la puerta por donde ella había desaparecido, como si deseáramos su inmediato regreso para aliviar la situación. Debía de estar cortando una montaña de jalea porque no volvía y la voz de Vicente sonó insegura a mis espaldas.

—¿Fuma?

—No, gracias. Nunca he fumado.

—Es verdad.

Hice como si no le hubiera oído.

—El humo del cigarrillo me distrae. Me gusta ver cómo fuman los demás. El humo crea figuras fantásticas. El humo es la materia de los sueños.

—Así visto... es posible.

Era el mismo muchacho que había conocido doce años atrás, pero quizá se parecía más al chico que se marchaba con la cola entre las piernas, que al que vimos aparecer el primer día en la playa, junto a Rafa, como su trofeo. Seguía teniendo un cuerpo fuerte y aquella cabeza observadora, como si fuera un aparato registrador de cuanto ocurría, movido por un cuello largo, fuerte, articulado. Pero las arrugas le dibujaban un rostro de joven envejecido y en las sienes se amontonaban las canas de un cabello más recio que el restante, como si trataran de anunciar su victoria cercana.

—¿Le ha hablado Esperanza?

—Sí.

—Le hace mucha ilusión. Desde hace meses vive para esto. Está obsesionada. Se acuesta hablando del niño, se levanta hablando del niño.

Batía la puerta como un aviso y de uno de sus vuelos brotó la mujer, satisfecha y excitada.

—Lo he dejado comiendo como un cerdito... ay, se me engancha esta criatura, cómo se me engancha esta criatura. ¿Habéis hablado de algo?

—Apenas.

—Pues hay que hablar.

Y nos obligó a sentarnos otra vez a la mesa.

—Usted diga lo que tenga que decir en su informe, pero tenga en cuenta una cosa, y se lo juro por la memoria de mi madre, que es la persona que más hubiera querido en este mundo... ¿Tiene usted madre?

—Sí.

—Pues que Dios se la conserve muchos años, que una madre se necesita siempre... es más, yo creo que deberían morirse antes los hijos que los padres.

—No está mal visto.

Vicente me clavó los ojos por si había alguna ironía en mis palabras.

—¿Lo ves, Vicente? Esta señora y yo hacemos migas... somos de la misma pasta. Pues le juro por la memoria de mi madre que este niño aquí viviría como un príncipe, que todo esto sería suyo el día de mañana y que evitaríamos un desgraciado... ¿No le parecen a usted razones suficientes? ¿No hay demasiada desgracia en este mundo como para que sumemos a un desgraciado más?

—Deja a la señora, Esperanza. Ella ya sabe lo que tiene que hacer.

—Claro que lo sabe... ¡Lo que no sepa esta mujer! Pero es que quiero que se lleve de aquí...

Tendió sus manos inmensas ofreciéndome algo que yo no vi hasta que sus labios lo anunciaron.

—... mi corazón.

Y entonces vi su corazón, enorme, enorme, más grande incluso que sus dos manos unidas, un tumor enorme y sangriento, como si también le hubieran operado el corazón para llenárselo de instinto de madre. Vicente se removía inquieto y trataba de decirle con la mirada que se contuviera, que ya bastaba, que todo quedaba claro. Pero ella estaba en plena representación del papel y nada y nadie la pararía. Con aquellas manos, con aquellas herramientas totales ungidas por la luz de poniente que parecía gotear de los jamones, fijaba en el aire el tamaño de su pasión y su deseo.

—Este niño sería para mí la felicidad... así de claro. A veces te preguntan: ¿Has sido feliz alguna vez? o bien ¿Qué es la felicidad? Y yo digo: Para mí la felicidad es ese niño. ¿Verdad, Vicente?

—Tal vez la señora tenga prisa. Oscurece y las carreteras del Vallés se llenan de los que salen del trabajo o de los que vuelven a sus casas desde Barcelona. Es mala hora para circular por las carreteras.

—Es verdad. Se nos ha ido el tiempo sin darnos cuenta.

—Es que cuando las personas de bien se encuentran parece como si se conocieran de toda la vida y el tiempo pasa y pasa.

Me puse en pie dando por terminada la visita y Vicente me secundó con movimiento ágil, aquella capacidad suya de controlar su cuerpo en la lentitud y en la rapidez.

—Llévale el jamón a la señora hasta el coche, que pesa una *tonelá*... Cada vez que se coma una lonchita, piense en Pedrito, en Esperanza y en Vicente.

Y en tu corazón. Me quiso besar las dos mejillas y le dejé dos besos colgados a poca distancia de sus pómulos rasurados hasta el escozor. Luego salí al exterior, con los ojos atacados por el último resol y a mi sombra el andar ligero de Vicente con el jamón al hombro. Le abrí el maletero para que lo depositara en él, como si fuera un sarcófago, y nos quedamos solos frente a frente, saludados a lo lejos por la voz de Esperanza, apoyada en el quicio de la entrada de su hostal.

—Que tenga un buen viaje. Dé recuerdos a la gente de Atzavara. ¿Aún siguen yendo por allí?

—Muy pocos seguimos... Cada cual vive un poco su vida.

Me preguntó por todos menos por Rafa.

—El mundo es un pañuelo.

Dijo mirando el horizonte de campos y carreteras que me esperaba.

—¿Has hecho teatro durante estos años?

—Al principio lo intenté. Pero todo es muy, muy canalla... Luego encontré a Manolo y nos van bien las cosas. Esto es el culo del mundo, pero nos va a la medida... Más allá no me interesa nada. Cada cual tiene sus límites.

Nos dimos las manos y me fui con las últimas palabras de Vicente sugiriéndome distintos ejemplos que las hacía evidentes. Yo misma. Yo tenía mis límites, por más que estuviera todo el día creando *trompe-l'oeil* para aumentar el espacio de mis vivencias.

—Todos tenemos un límite. Todo tiene un límite.

Conseguí llegar al despacho antes de que se marchara el secretario del juez y le dije que estaba indignada porque me hubieran dado un caso tan especial sin clarificármelo y sin asesorarme. A él le daba mucha risa mi indignación y cuando consideró que era excesiva o que al menos era excesiva su paciencia tolerándomela, me señaló los papeles del expediente, golpeándolos una y otra vez con un dedo nicotinado y con algo de luto en la uña.

—Todo estaba aquí. Si te hubieras leído el expediente...

Antes de rellenar el informe, me leí todo el expediente: el informe psicológico, la carta del párroco, informes de clientes y vecinos del hostal Antequera, informes sobre Esperanza García y Vicente Blesa... Parecía una conjura. Todos estaban de acuerdo en la bondad de la adopción. Yo tenía que rellenar con adjetivos algunas casillas y unas siete líneas para observaciones personales. Me pareció un espacio insuficiente para plasmar todo lo que pensaba y adjunté un folio mecanografiado, una verdadera tortura para mí, porque escribo a máquina sólo con un dedo:

«La delicadeza del tema me impide resolverlo en cinco o seis líneas. Aparentemente todo conduce a la conclusión de que la adopción de Pedro Martos por una pareja "atípica" es un mal menor, teniendo en cuenta la subnormalidad del niño y lo difícil que es encontrar familias para casos como éste. Pero no creo que unir una anormalidad a dos anormalidades dé necesariamente un buen resultado. Todo tiene sus límites y esa extraña pareja resuelve parte de sus problemas emocionales utilizando un amor exagerado y posiblemente enfermizo a un niño que nunca podrá decirnos cuál fue el resultado de su experiencia singular. Socialmente se crea un precedente peligroso, que en algunos casos puede dar resultados tolerables, pero en otros puede conducir a monstruosidades difíciles de imaginar, aun en estos tiempos en los que es posible imaginarlo todo...».

Aquí me detuve sorprendida por mis propias palabras. ¿Era yo quien estaba redactando este informe? ¿O era mi madre? Escribía partiendo de unos presupuestos, como si de pronto descubriera que yo tenía presupuestos... Me sentí contenta por tener presupuestos. Toda la vida había oído hablar o percibido la sospecha de mi irresponsabilidad. Tuve incluso ganas de quedarme copia del informe y correr al encuentro de mi madre para enseñárselo. Mira, mamá, mira qué cosa más sensata he escrito. A mis cincuenta y cinco años me he vuelto una persona sensata. Papá entraba en el salón donde yo explicaba cuentos a los hijos de sus obreros, acompañado de los padres y permanecían unos minutos escuchando mis sorprendentes fábulas. Me señalaba con el dedo, sonriente, convocando la aprobación de sus acompañantes... fijaos, fijaos... ¿a que nunca habíais pensado que este cuento podría tener este final? No. Nunca lo habían pensado.

—Papá, ¿qué harías tú en mi lugar?

—Haz lo que te dicte la conciencia. Es el único juez al que vale la pena tener en cuenta.

—Algunas veces los cuentos tienen que acabar normalmente. Algunas veces el lobo debe ser el malo. No siempre es posible construir la realidad de macramé.

—Lo del macramé no lo entiendo, Sisqueta. Pero haz lo que te dicte tu conciencia.

Mi padre, en la foto del landó, es como una referencia real en el centro de una dulce y policroma tela de araña que lo conserva como el rey absoluto del país de mi infancia. También entre los restos de evocaciones de aquel verano del 74, Vicente es una figura concreta, una figura entonces y ahora intrusa en un mundo que no era el suyo. Entonces parecía un atleta humilde y agazapado, a punto de dar un salto mortal excesivo. Ahora es un atleta algo más viejo y cansado, refugiado bajo la pequeña carpa particular del hostal Antequera.

«... por lo tanto informo negativamente sobre el trámite de adopción del niño Pedro Martos, según demanda de los señores don Manuel García Cepeda y don Vicente Blesa, dejando la resolución final al recto entender de su señoría, pidiendo disculpas por la anormal extensión de mis observaciones, justificada por la anormalidad misma del caso que nos ocupa.»

No quedaba nadie en el despacho y he dejado mi informe sobre la mesa del secretario. Luego he corrido hasta mi casa, hasta mi habitación, mi baúl de mimbre, mis sueños de macramé y cuando lo he recompuesto en la pared he ido en busca de mi madre, semidormida en su silla de ruedas. La he conducido hasta mi habitación y la he dejado ante mi composición. Últimamente puedo llevarla hasta donde yo quiero. Apenas si puede protestar y se queda horas y horas rechazando lo que le ofrezco, refugiada en un mundo de ensueños que me es inaccesible. Entonces soy feliz, porque ella y yo estamos más cerca que nunca. Por fin ella también ha descubierto la insuficiencia obscena de la realidad. Lo que no evita tener que asumirla, con todas sus consecuencias cuando la ocasión lo requiere.

Barcelona, 1978-1987

[illegible]

[illegible]

ÍNDICE

CONTEMPORÁNEA

Cien años de soledad, Gabriel García Márquez

El otoño del patriarca, Gabriel García Márquez

Crónica de una muerte anunciada, Gabriel García Márquez

El amor en los tiempos del cólera, Gabriel García Márquez

El coronel no tiene quien le escriba, Gabriel García Márquez

Los funerales de la Mamá Grande, Gabriel García Márquez

El general en su laberinto, Gabriel García Márquez

Increíble y triste historia de la cándida Eréndira y de su abuela desalmada, Gabriel García Márquez

La mala hora, Gabriel García Márquez

Ojos de perro azul, Gabriel García Márquez

Cuentos de Eva Luna, Isabel Allende

Diario de Ana Frank, Ana Frank

La isla del día de antes, Umberto Eco

India, V.S. Naipaul

Una casa para el señor Biswas, V.S. Naipaul

El inmoralista, André Gide

El maestro y Margarita, Mijaíl Bulgákov

Por la parte de Swann, Marcel Proust

Encerrados con un solo juguete, Juan Marsé

Esperando a los bárbaros, J. M. Coetzee

Caballería Roja/Diario de 1920, Isaak Bábel

DEBOLS!LLO

BEST SELLER

Los pilares de la Tierra, Ken Follett
Alto riesgo, Ken Follett
La casa de los espíritus, Isabel Allende
Baudolino, Umberto Eco
Armonía rota, Barbara Wood
Sushi para principiantes, Marian Keyes
Yo, puta, Isabel Pisano
El Salón de Ámbar, Matilde Asensi
Iacobus, Matilde Asensi
Como agua para chocolate, Laura Esquivel
Tan veloz como el deseo, Laura Esquivel
El amante diabólico, Victoria Holt
Hielo ardiente, Clive Cussler
A tiro, Philip Kerr
Las chicas buenas van al cielo y las malas a todas partes, Ute Herhardt
Claire se queda sola, Marian Keyes
La soñadora, Gustavo Martín Garzo
Fuerzas irresistibles, Danielle Steel
Casa negra, Stephen King y Peter Straub
El resplandor, Stephen King
Corazones en la Atlántida, Stephen King
IT, Stephen King
Dioses menores, Terry Pratchett
Brujerías, Terry Pratchett
Picasso, mi abuelo, Marina Picasso
Saltamontes, Barbara Vine
Chocolat, Joanne Harris
Muerte en Cape Cod, Mary Higgins Clark